见鬼

2

中国古代
志怪小说
阅读笔记

有鬼君——著

南京大学出版社

图书在版编目（CIP）数据

见鬼：中国古代志怪小说阅读笔记. 2 / 有鬼君著.
—南京：南京大学出版社，2023.2
ISBN 978 - 7 - 305 - 26202 - 9

Ⅰ. ①见… Ⅱ. ①有… Ⅲ. ①志怪小说—小说研究—
中国—古代 Ⅳ. ①I207.41

中国版本图书馆 CIP 数据核字（2022）第 194122 号

出版发行　南京大学出版社
社　　址　南京市汉口路 22 号　邮编　210093
出 版 人　金鑫荣

书　　名　**见鬼：中国古代志怪小说阅读笔记2**
著　　者　有鬼君
责任编辑　陈　卓
照　　排　南京紫藤制版印务中心
印　　刷　南京爱德印刷有限公司
开　　本　880×1230　1/32　印张 11.5　字数 283 千
版　　次　2023 年 2 月第 1 版　2023 年 2 月第 1 次印刷
ISBN 978 - 7 - 305 - 26202 - 9
定　　价　68.00 元
电子邮箱　Press@NjupCo.com
网　　址　http://www.njupco.com
官方微博　http://weibo.com/njupco
官方微信　njupress
销售咨询　025 - 83594756

目 录

辑一　鬼生活

辑二 鬼世界

辑三　神仙与精怪

附录　和有鬼君谈鬼

辑一　鬼生活

为什么神仙爱下棋，而鬼只喜欢赌钱

古代关于下棋的故事，很多来自仙话传说，比较著名的有陈抟与赵匡胤下棋，把华山赢了；晋时一位叫王质的樵夫到山里砍柴，见二童子下围棋，便坐于一旁观看，一局未完，发现斧柄已经烂了，他回到村里，才知已过了数十年。而在幽冥世界，关于下棋的故事却很少，虽不能说没有，但是比起阴间丰富多彩的赌鬼故事来，鬼下棋的轶事可谓乏善可陈。

为什么神仙这么喜欢下棋？有鬼君近乎棋盲，只能胡乱猜测，大概有以下几个原因：无论围棋还是象棋，都有大格局的背景，比如围棋中黑白阴阳的相生相克，象棋中车马炮对阵的战争战略；另一个，可以感悟高级的人生智慧，比如"流水不争先""落子无悔"；此外，琴棋书画是高端的文化人的交际方式，低端人群一般是喝雉呼卢而已。

《西游记》第二十六回，孙悟空为寻求医活人参果树的方子，来到蓬莱仙境求援：

那行者看不尽仙景，径入蓬莱。正然走处，见白云洞外，松荫之下，有三个老儿围棋：观局者是寿星，对局者是福星、禄星。

如果三位老神仙在那里玩斗地主，为先出单张还是对子争得面红耳赤，哪有半点"瑶台影蘸天心冷，巨阙光浮海面高"的意境。

而悟空到底是妖猴，如要下棋，根本就坐不住。他在天庭主要活动就是呼朋引伴："与那九曜星、五方将、二十八宿、四大天王、十二元辰、五方五老、普天星相、河汉群神，俱只以弟兄相待，彼此称呼。今日东游，明日西荡，云去云来，行踪不定。"（第五回）除此之外，大概就是赌博了，在第七十七回曾有提及：

（行者）忽想起："我当初做大圣时，曾在北天门与护国天王猜枚耍子，赢得他瞌睡虫儿，还有几个，送了他罢。"即往腰间顺带里摸摸，还有十二个。"送他十个，还留两个做种。"即将虫儿抛了去，散在十个小妖脸上，钻入鼻孔，渐渐打盹，都睡倒了。

护国天王好大的名头，但在《西游记》的设定中，恐怕也就是天庭的保安、门房。显然，即使在仙界，游戏娱乐也有高雅和低俗之分，这跟神仙的等级很有关系。换句话说，神仙的级别决定了他们的眼界，下棋这种需要大格局、大视野的游戏，对看门的护国天王来说，实在有点不合适。《天龙八部》中被邀请参与破解"珍珑"棋局的，都是段誉、慕容复这类世家公子哥，而《鹿鼎记》中市井出身的韦小宝，则最爱用牌九打比方。在志怪作品中，颇能说明下棋与等级关系的，是关于王弼的一则故事。

湖南麻阳某村民，因为田里的禾苗总是被一头来历不明的猪啃得七零八落，就准备了弓箭想收拾这牲畜。某天又遇到这头猪来啃食禾苗，一箭射中，猪带着箭狂奔，这人在后面紧追不舍。追出几里地后，这头猪窜进一户宅院。村民也追进去，见庭院里有位老人，带着个青衣童子。老人问明情况，说，赶尽杀绝，未免有些过了。既然来了，不如喝杯酒吧。童子就带着这人进屋，只见大厅里群仙毕至，羽扇纶巾，或下棋，或桌游，或饮酒，自得其乐。童子倒了杯酒给这人喝了，又带他四处闲逛，只见各间屋中都有仙人，只是没人与他说话。

游览已毕，村民再到庭院拜见老人，见老人正在斥责看门的童子：怎么没把门关好，让猪到处乱跑？老人转头对村民说，这猪非凡间所有，你且回去吧。于是门童领他出去。村民出门后，问童子说，这老头是谁啊，这么拽？童子说，这是河上公，上帝命他为诸仙讲授《周易》，这里是仙人的 MBA 高级研修班。村民再问童子的名字，童子有点不好意思：我就是王弼，因为《周易》学得不好，未能通其精义，所以被罚看门。这人待要再问，童子已经关上门，这宅院也倏然不见了。（《太平广记》卷三十九"麻阳村人"）

河上公和王弼注释的《老子》，都是道家（道教）的经典，王弼还曾为《周易》作注。不过在这个故事中，王弼只配看门，没资格下棋，地位未免太低。有鬼君对道教神仙的排名不太清楚，不过，传说张天师张道陵七岁时就读了河上公注释的《老子》，《神仙传》里也有河上公的传记。他在仙界的地位高过王弼，也是很有可能的。

神仙不仅爱下棋，还会从人间征召国手，《北梦琐言》卷十记载。

唐僖宗年间，有位叫滑能的翰林待诏，围棋下得极好，朝野上下，全无敌手。某天有个姓张的小孩子来找他挑战，事先说好请滑能让他一子。可是棋局展开，令人吃惊。滑能深思熟虑，思考半天才下一子，而小孩子则不假思索，随手跟着就下，落子后还在院子里溜达，四处观景，等滑老师再下。虽然胜负不知，但这孩子显然是个高手。后来黄巢兵起，逼近长安，僖宗逃往四川，滑能也打算跟去。正在收拾行李的时候，姓张的小孩子上门对他说：不必收拾行李了，我不是什么棋手，是天庭的使者，"天帝命我取公着棋"，你赶紧安排家事（后事）吧。滑能惊愕不已，全家哭作一团，当天他就去世了。此事传遍长安城，人人皆知。说起来，天帝喜欢文化人出台，也是惯例了。英年早逝的李贺，传说就是因天帝新修了宫殿"白瑶"，被征召去创作《新宫记》，成为仙界的桂冠（御用）诗人。（《宣室志》）

至于各路散仙，因为不用上班打卡，悠游天上人间，也很爱下棋。

明人盛大有是围棋高手，人称"吴下弈手第一"，也就是包邮国的围棋第一人。有一次他到常州去玩，遇到扶乩请仙，盛老师心念一动，邀请乩仙手谈一局，乩仙爽快地答应了。下到中盘，进入收官时，乩仙说，不用再下了，我已输了一子半，老兄棋力不凡，我再去仙界请高手来。说着"乩即寂然"，去搬救兵了。盛老师将棋局自行填满数了数，果然赢了一子半。过了不久，乩仙请来高手与盛老师对弈，这次一直下到终局，点目的结果是盛老师输了一子半。那位棋仙对盛老师赞不绝口，称他是人间排名第三的高手。盛老师好奇，问这位棋仙在仙界的排名，棋仙说，排名第七而已。仙界排名最高的是南极仙翁，宇宙第一全无敌。(《坚瓠续集》卷三"棋力酒量")

有鬼君觉得，神仙们这么喜欢下棋，一方面当然是为了娱乐，另一方面，可能也存了"个中一着如教会，杀尽三千与大千"(《夷坚三志》辛卷第四"观音寺道人")的豪情。

幽冥世界当然也有少许鬼魂下棋的记载，但更多的是在赌钱。关于赌鬼的情况，有鬼君以前写过，不再重复。这里只指出一点，有鬼君所见的材料中，冥界设有大量的赌场、妓院、鸦片烟馆等三俗娱乐场所，但绝无修身养性、提升境界、开阔视野的翰林院棋待诏。

"天公不语对枯棋"，再惨淡的局面，也是天庭的事，身在冥界，就该安分做鬼，不要问得太多。

从煤油灯、马灯到鬼灯

读到一篇回忆煤油灯的文章，有鬼君想起小时候，有序供电（停电）是常态，偶尔会在煤油灯下做功课，灯影憧憧的，写得马虎点也无妨；至于马灯，则是煤油灯的 PLUS 版，只在革命题材电影里见过。比较起来，对鬼灯就没什么感性认识了。无妨，在志怪笔记中，经常会出现那个世界的灯。

在古人一般的印象中，阴间常常昏暗阴冷，在有些记载中甚至是一片乌漆墨黑的。《宣室志·张汶》记载：张汶入冥，"行十数里，路曛黑不可辨，但闻车马驰逐，人物喧语，亦闻其妻子兄弟呼者哭者……汶因谓曰：'今弟之居，为何所也何为曛黑如是？'季伦曰：'冥途幽晦，无日月之光故也。'"当然，冥界与阳间共享日月光，有鬼君之前曾考证过。同时也有很多材料证明，鬼在阴间并不特别需要灯光照明。当阴间与阳间交集时，阳间的人很难适应那种照明度很低的灯火。所以他们判断是否有鬼，灯光是重要的参照。

北宋高邮县有个大夫叫王攀，年高德劭，经常来往于扬州高邮之间巡诊。某天他要从扬州去高邮，本来计划晚上从东水门坐船，第二天一早就能到。可是当晚与亲友小聚，多喝了几杯，有点醉了，误从参佐门出城（这也怪不得王大夫，唐宋时期的扬州城号称有四面十八门，而且据学者考证，这十八门还只是陆门，不包括水门）。王大夫走了半天也没见到河，更别说船了。他有点犯迷糊，就随便找了家村舍投宿。下半夜醒来，见隔壁灯光昏暗，影影绰绰的，再看看自己住的屋子，不像以往常住的店。不觉叹气自言自语：明天怎么到县里去啊？这时隔壁传来窸窸窣窣的声音，一位妇人隔着墙问明王大夫，说，这里不是去高邮去的路，我派个仆人带您去吧，绝对不会误事。于是叫来一个仆人服侍着王大夫出发，路上遇到难走的地方，仆人会直接把他抱过去。天快亮时，带他到了以往常下榻的客栈，不受酬谢，告辞而去。王大夫从高邮回来后，专程去感谢妇人，结果那里只有一座古墓，并无人家居住。（《稽神录》卷三"王攀"）

这个故事里，昏暗的灯火有点像《盗梦空间》里的陀螺，暗示主人公在另一个空间，或是遇到鬼了。比如在《太平广记》卷三百三十"王鉴"的故事。

唐玄宗开元年间，兖州富户王鉴，生性胆大，不敬鬼神。有天喝了点酒，乘醉骑着马到自己乡下的庄园去。庄园离得挺远，有三十多里地，王鉴对道路也不熟悉。傍晚时分，在小树林边遇到一位夫人，请他帮忙捎带个包袱，说完就不见了。王鉴情知是鬼，打开包袱一看，里面全是些纸钱、枯骨，他毫不在意，往地上一扔，说："愚鬼弄尔公。"继续前行，又遇到十

9

几个人在路边烤火，时值冬天，王鉴正好觉得有点冷，就下马去烤火，一边说起刚才的奇遇，可是那些人无一回应，连声音也没有。他再仔细一看，这十余人"半无头，有头者皆有面衣"。面衣就是脸上盖着白布。王鉴大惊，赶紧跳上马疾驰，一路奔到庄园。这时天全黑了，王鉴敲了半天的门，才有个仆人来开门，他大怒，你们这些小赤佬都死到哪里去了，还不快点灯。仆人转身取来灯，可是"火色青暗"，模模糊糊中对主人说：主子，这十几天，庄上的七人都染了急病，陆续病死了。王鉴问，就你一个还活着吗？仆人说，我也死了，刚才听主子叫门，"起尸来耳"，说完倒地一动不动。王鉴仔细一看也是早已死了。他吓得再骑马到邻村去住下，没过多久，他也病死了。

故事并没有说王鉴的死因，但是从他这一路上遇鬼的经历来看，很可能当地发生了瘟疫。第一个妇人大概是索命的阴差，包袱里的纸钱和枯骨已经是明示了。类似的例子，在《太平广记》卷三百四十五所引《集异记》的故事中，索命的白发老太太在长安城中搭便车，下车后留下一个锦囊，其中"有白罗，制为逝者面衣四焉"，不久车上的四女子陆续死去。

王鉴遇到的十几个烤火的当然也是鬼，蒙着面衣的可能刚死去，无头人很有可能是押解的阴差；至于庄园里死去的仆人起来应门，在志怪小说中很常见（如《稽神录》卷三"周洁"）。"灯火青暗"，则说明火焰受到阴气的侵蚀。王鉴短时间遇到如此多新亡故的鬼，当地发生瘟疫或饥荒的可能性较大。鬼灯、面衣、纸钱，算是这个故事里的冥界三件套吧。

据有鬼君推测，古人认为鬼为阴物，阴气的侵蚀，造成鬼灯总是冷色调，倒未必是为了渲染惊悚的气氛。比如《子不语》卷一"煞神受枷"，说鬼出现时"阴风飒然，灯火尽绿"；《狯园》卷十三记载中元节时，"鬼灯数千百点，荧荧然作青绿色，自远而近，即之渐去，避之复来，积年如此。有人扑得一灯，乃是一茎枯稻草，莫详其所由变化也"。

当然，鬼魂对灯火的影响，并不全是阴气的作用。《玄怪录》卷三"吴全素"讲了个很长的故事，其中的一个情节可以看出鬼魂对灯火的影响。

吴全素是苏州人，到长安赶考，可是几次不中后，他也不好意思回乡了，就在长安城里继续复习。某天他被冥吏索命，到了阴间，判官查看冥簿，说冥吏搞错了，他还有三年阳寿，为了弥补过失，索性劝他别回去了，就在阴间过日子。吴全素对生命的看法当然不如判官这么洒脱，一定要还阳。

两位冥吏又带他回去，路上向他索要草鞋钱，吴全素哪里给得出？在冥吏的暗示下，找到城中做官的姨妈家。当时已是晚饭时分，吴全素来到姨妈家，见他们一家人正在吃晚饭。他走到桌前，拱手说：姨妈万福，姨夫健康！可是没人理他。于是他用手遮住了灯笼，房间立刻暗下来。姨夫说：每次吃饭，就有鬼魂来打扰，真是烦死了，随便扔两个包子给他吧。吴全素勃然大怒，正好有丫鬟过来上菜，他使劲一推，女仆应声倒地。姨夫一家人大喊，闹鬼了！一阵忙乱。吴全素愤愤地走出门，向等在外面的冥吏抱怨。冥吏说：你还没还阳呢，当然是鬼魂；你和他们说话，他们看不到也听不到的；再遮住灯光，当然吓人了；只能用托梦的办法告诉你姨妈。于是吴全素等到深夜再去托梦，终于拿到了纸钱。

这个故事很具体地说明了鬼魂对阳间日常生活的影响。虽然在人看来无形、无声，却能遮住光线，能推倒活人。显然是介于有形无形之间。在《广异记》"安宜坊书生"的故事中，也有类似的情节，但是惊悚度更高，不再叙述了，有兴趣者自可翻检。

不知大家注意到没有，上面说到的鬼灯，其实全是从人类的视角呈现的。鬼世界自然也有灯，但灯火似乎并不是必需品，当然，冥府并未不许百姓点灯，只是灯火对冥府来说，更像是低配版的灯光秀，也就是身份的标识。

清人陈其元的《庸闲斋笔记》卷二记载：陈的伯祖父陈观国是乾隆年间的进士，在多地担任地方官，"所莅之处，均循声卓著"，病逝于海门同知任上。去世前不久，他声称自己要去扬州甘泉县担任城隍。去世当晚，海门同知衙门前的百姓都见到了写着"甘泉县城隍"字样的灯笼，大大小小有几百盏之多，把巷子都堵住了。显然，这是甘泉县城隍府来接陈观国入冥履新的。有很多材料证明，鬼在阴间并不特别需要灯光照明。所以，海门县百姓看到的城隍府的灯笼，更大可能是给阳间人看的。城隍在阴间属于地方官，值得光宗耀祖，如果不提着灯笼出来，岂非衣锦夜行？而且，如果只有一两盏"城隍"字样的灯笼，你可能会认为自己眼花了；数百盏灯笼夜晚刷屏，必然上热搜。灯笼上的官衔标志着仪仗队的规格，所以一些平民鬼在婚丧嫁娶时，千方百计地想要弄盏体面的灯笼。

新建县的张秀才，小时候喜欢手工，用金箔纸做了很多兵器、盔甲、首饰等玩具，长大后也没扔掉，放在小楼储藏室里。某天有位三十多岁的女子上门向他讨要纸首饰，愿意酬以重谢。张秀才问她做什么用，女子说："嫁女夽中所需。"张秀才也不以为意，让她第二天来取。那女子又说：我姓唐，邻居唐某在衙门担任官职，想请先生您帮我去唐家求一张写有官衔的封条，我们也好沾沾同姓的光。张秀才弄不懂这女子的脑回路，索性随手写一张有官衔字样的封条让她拿走。

第二天傍晚，女子来取纸首饰，给了张秀才几百文钱和一些糕点表示谢意。后来发现，"饼皆土块，钱皆纸钱"，知道女子原来是鬼。可是女鬼这么做究竟为什么呢？过了几天，终于知道答案了。半夜时分，村边不远的山上"烛光灿烂，鼓乐喧天"，那座山上全是坟墓，向来无人居住，半夜时分闹腾什么？有几个好事的小青年忍不住跑去瞧热闹，只见"人尽披红插花"，显然是婚礼，唯一特殊的是"灯笼题唐姓某官衔字样"。张秀才听说，明白女鬼求带有官衔的封条，是为了面子。（《子不语》卷十二"鬼借官衔嫁女"）

当然，鬼提灯笼也不全是为了炫耀，也能派别的用场。

清代苏州人朱祥麟，生活不太检点。有一次在朋友家喝酒，散席时已是深夜。他在空荡荡的大街上游荡，走到护龙街（今人民路）时，见一美貌少妇独自夜行。老朱色心大动，也不想想深更半夜的，显然有诈。他尾随少妇走了一段，不断出言挑逗。少妇不答，只是微笑着向他招手。老朱大喜，跟着少妇来到一处宅院。房屋不大，但是陈设华丽，尤其是一张大床，"绮帷罗幔，绣被锦衾"，果然是滚床单的好去处。

少妇轻解罗衫，一直脱到只剩内衣，让老朱先到床上去候着。老朱"心荡不能自持"，正待上床之时，眼前忽然一亮，见十多个人提着灯笼走来，灯笼上写着"苏州城隍"的字样。眨眨眼再看，少妇、众人、灯笼、房子、大床，全都不见了，自己正站在范庄前（近观前街）石栏杆的河边。老朱这才意识到，刚才碰到的是溺鬼找替身。所谓的上床，就是一头栽到水里去。这一吓，他酒也醒了，色心指数瞬间跌停。"此等景象，必溺鬼幻为之，使非神灯一照，是人必于温柔乡中失足矣。"（《右台仙馆笔记》卷八）城隍的仪仗提灯笼出门，驱散闲杂鬼魂，求替的溺鬼才无法作恶。

阴间的游戏与娱乐

这个话题有鬼君写过不少，这篇只是拾遗补阙。

总的来看，阴间的游戏娱乐与阳间相似，大都有赌博性质，比如双陆、投壶、樗蒲、呼卢等，只是下注的彩头不同而已。这个不难理解，有鬼君小时候没有什么电子游戏，但小朋友之间即使玩扔沙包、跳房子、攻城、打杀等游戏，也是要争输赢的。这类游戏也不需要什么防沉迷系统，因为是集体游戏，必须多人线下参与，更重要的是，天黑了就没法玩。

阴间的游戏，据有鬼君阅读所见，儿童参与的也许有，但未见记载，成年人的游戏很多，沉迷于此的亦不少。

唐人卢参军，新婚妻子忽然暴病而亡，他觉得蹊跷，就急忙去求当时著名的术士正谏大夫明崇俨，明崇俨听他讲完，认定这是"泰山三郎"所为，就是泰山府君的三公子强抢民女为妻。明大夫给了卢参军三道符箓，烧完三道符，妻子复生了。妻子说，自己被车载到泰山顶上，进到豪宅中，见一纨绔少年，就是三郎。三郎命丫鬟给她梳妆打扮，自己则在大堂上与其他少年"双陆",等于在自家客厅开了个棋牌室，即使马上要拜堂了，还是玩得不亦乐乎。三道符分别请来不同级别的天官，要求将民女遣返，直到第三道符，才将卢妻救回。（《广异记》"赵州参军妻"）

泰山府君家公子的行为其实是常态，《太平广记》卷一百零二"沈嘉会"条记载，唐贞观年间的校书郎沈嘉会入冥到泰山府君处做客，泰山府君"与嘉会双陆，兼设酒肴"，开席之前也要赌上几局。明万历年间，黄嘉玉在靖江暂居，昼寝时也见到群鬼娱乐游戏：

> 一日嘉玉昼卧斋舍，朦胧之间，双眼未合，忽见一群尺许短人，自庭中四面而来，有老者，少者，长髭髯者，跛而行者，美好者，奇丑者，凡数十辈，相聚戏于斋舍。取架上双陆、围棋、壶矢之属，共相娱乐，旁若无人。

不仅居家要玩，即使在冥官的办公场所，也备有游戏器具。《咫闻录》卷七"朱翁"记载：清乾隆年间，浙江宁波的朱员外家的一个泥水匠被鬼魂附体，失去知觉。朱员外按照当地风俗，"备牲延巫，到城隍庙享神。用雄鸡一，将病者衣裹于鸡身，呼病人名而归，名曰追魂"。泥水匠醒来后，说自己遇到几个无赖地痞鬼敲诈，不从，被他们推推搡搡。经过衙门口时，被差役喝散。可是自己不认路，没法回家，阴差就让他在门房候着，找人领他回去。他在门房枯坐，"房有狭桌，桌有抽斗，斗有竹牌一副，少么六一张。闷坐无聊，自玩其牌"。后来才有人领他还魂。朱员外听他说得神奇，专门跑到城里的城隍庙，进了门房，果然在抽屉里发现一副竹牌，数了数，只有三十一张，少的那张就是"么六"。显然，阴差在公务之余的游戏娱乐也是玩牌。

以上说的这几例并没有明显地暗示赌博性质，有点像我们现在玩扑克牌的升级、掼蛋、够级等游戏，主要还是娱乐。但是鬼神赌性发作起来，不输于人类，《子不语》卷三"赌钱神号迷龙"说的就是阴间的赌场，"迷龙高坐抽头，以致大富。群鬼赌败穷极，便到阳间作瘟疫，诈人酒食"。有些山神、土地神输急眼了，连老婆都能拿去下注。

清代苏州西郊的穹隆山庙，廊下院落有两座神像，有意思的是，两座神像边"各塑一夫人像，珠冠绣帔，俨同命妇"，是这两位神的夫人。庙祝一般睡在院外，某天有事就在院中睡下，半夜时分，两位神仙忽然赌性勃发：

> 左座一神，竟趋右座曰："今夕更漏颇长，伏枕不能成梦，盍一作樗蒲戏？"右座者笑曰："牧猪奴！赌兴又发耶？但我辈近日香火零落，何得有现注？"左座者曰："请以筹马，负者明日覆算。如不归，当以新妇准负债。"右座者笑诺。

两位的赌注不小，因为香火零落，所以约定，如果赌资不够，将各自的夫人作为抵押。赌了两个时辰，右边的神大获全胜，把左边神的夫人也赢了，约定第二天送夫人过来。庙祝看得神奇，第二晚又在院中窥伺，只见左边神的夫人怒斥其夫："黑心贼！汝当日在修文殿鬻选时，幸侬脱簪珥夤缘得一官。今以淫赌，辄将枕边人作孤注，天下负心人有若是哉？"当初你买阴官的钱还是靠老娘的首饰，如今竟然把我作为赌注……右座的神仙吵着要人，左座神仙的老婆死活不依，整夜吵来吵去。庙祝不堪其扰，"竟具鼓乐，送左座夫人亦登右座；喧声始绝"。后来，当地乡民索性称此庙为输赢庙。（《谐铎》卷十"神赌"）

阴间和阳间一样，当时的休闲娱乐就是这些项目，虽有赌博、赌场，但不能算是阴间文化的主流。流风所及，连狐狸精也会玩这些游戏。比如：

> 北京安福胡同有鲁家，有狐狸聚其室中，昼则出游，不见其形。惟一秃发女子见之，饮食供具，皆其奔走。日渐暮，始见形，方巾、胡帽、弹子巾，各色衣饰，及老少肥瘠，好丑短长，无不异状。列坐长桌，呼卢喝采，与人无别。（《狯园》第十四·妖孽·狐妖三）

说起来，这些休闲游戏大多比较平民化，虽然吆三喝四的样子比较吵闹，但一般情况下花费较少。富贵鬼的休闲娱乐并不是这个，而是唱堂会，这种开销，平民鬼是承受不起的。比如龙窝君（龙王）宫中就有一支庞大的文工团，分为"夜叉部""乳莺部""燕子部""柳条部""蛱蝶部"等，这个豪奢的规模，普通百姓鬼连想都想不到。这种级别的演出，不仅没有什么防沉迷系统，还有等级差异。《邵氏闻见录》卷一介绍了宋真宗时的一次演出：

> 真宗皇帝东封西祀，礼成，海内晏然。一日，开太清楼宴亲王、宰执，用仙韶女乐数百人。有司以宫嫔不可视外，于楼前起彩山幛之。乐声若出于云霄间者。李文定公、丁晋公坐席相对，文定公令行酒黄门密语晋公曰："如何得倒了假山？"晋公微笑。上见之，问其故，晋公以实对。上亦笑，即令女乐列楼下，临轩观之，宣劝益频，文定至霑醉。

李迪和丁谓官居宰相，也只是在宋真宗善意许可下，才有机会观赏特供的演出。最后这则是人间的游戏，你玩不起！

爱听秋坟鬼唱诗

古体诗中有一类，虽然作者不详，但是整体都被认为水平不高，这就是鬼诗。据南京大学程章灿教授在《鬼诗是怎样生成的?》（《鬼话连篇》）一文中的分析："衡量鬼诗，当然不宜用人诗的尺度，应当适当放低一些标准。"按照他的说法，鬼诗的特点是"湿暗阴冷，悲凄惨戚，荒旷无人"。

鬼诗水准低于人诗的判断，应该比较靠谱，读古代的志怪小说，会有一个感觉，鬼世界的文化程度要明显低于人类世界。当然作诗的水准也远远不如了。

不过，鬼诗的有趣之处在于，这是他们与人类世界沟通的极好途径。《阅微草堂笔记》卷十一记载，纪昀的一位学生戈式之，爱好赋诗、书法，某天读书到半夜，偶然即景生情，吟出一句"秋入幽窗灯黯淡"，一时想不出妥帖的下句。正在那里沉吟，有位朋友推门进来闲聊，戈秀才就把这句告诉朋友，朋友说，何不对"魂归故里月凄清"？戈秀才大惊失色，这意境，"湿暗阴冷"的特点，分明就是鬼诗啊！再看那位朋友，转瞬之间就不见了，他这才意识到，其实这位朋友已去世很久了。

　　鬼除了作诗，对于作诗的基本训练——对对子，也有不俗的表现。比如《坚瓠补集》卷二"诗鬼降乩"记载，明孝宗弘治年间，一群文人在西湖边扶箕请仙，有人想测试一下箕仙的文化水平，出了个上联："鼓振龙舟，惊起鼋鼍之窟。"箕仙应声对出下联："火焚牛尾，冲开虎豹之关。"不仅对仗工整，还用了战国时齐国田单以火牛阵破燕的典故。众人惊叹箕仙才思敏捷，追问之下，才知是数日前穷愁潦倒、自缢身亡的士人。于是集资将其安葬。

　　如果倒过来，人能帮助鬼将诗续完，也可算一段佳话。《坚瓠秘集》卷二"洛阳士人"记载，一位洛阳的读书人，乘舟远行，夜晚无事，在船头吟诗："银汉无声月正明，谁人窗下读书声。"后两句一时接不下去了，正在沉吟中，不小心掉入江中淹死。这位士子很可能是处女座的，因为此后他每晚都在江中现形，反复吟诵那两句诗。这样一来，船夫吓得不敢在此处停泊了，严重影响江中船只的通行。后来有一官员经过，得知此事，命船夫就在这里歇宿。半夜时分，那执着的哥们又现形吟哦，官员立刻续上两句："游魂何事不归去，辜负洛阳花满城。"劝他回乡安息。此后，这里果然清静了。

　　鬼诗与"诗谶"有些相像，"诗谶"一般是指诗作中那些预兆着对当事人不利的事件，可是在当时却非当事人所知。鬼诗虽非诗谶，但也常带有不祥之兆，让人心里不舒服。比如前面提到的戈式之，在被朋友鬼续了下句不久，也一病不起。纪昀认为这是"衰气先见，鬼感衰气应之也"。所以，无论如何，鬼诗是不怎么受欢迎的。

不过，正因为鬼的文化程度不高，除了严守格律的近体诗，类似打油诗、曲子词的韵文，也常有出现。

河北沧州有个花园，园子主人姓佟，佟氏园设计巧妙，三面环水，林木茂盛，经常有游客租来操办文人雅集。奇怪的是，守园子的人几乎每晚都会听到有鬼在唱歌，唱词是：树叶儿青青，花朵儿层层，看不分明，中间有个佳人影，只望见盘金衫子，裙是水红绫。似乎有什么含义，却又很含糊。这鬼足足唱了好几年。后来有一次雅集，一位歌妓被客人羞辱，愤而自缢于园中树下。她死时的穿着，正是"盘金衫子"和"水红绫"裙子。有懂行的人解释说，那位唱歌的鬼是吊死鬼，在等替身，很早就知道要来做替身的是什么人，所以高兴得每天哼唱。（《阅微草堂笔记》卷十二）

另一个吊死鬼的才情就远胜前者了。河北景州有人扶乩，请来的乩仙一到就赋诗一首："薄命轻如叶，残魂转似蓬。练拖三尺白，花谢一枝红。云雨期虽久，烟波路不通。秋坟空鬼唱，遗恨宋家东。"从这首诗看，这乩仙原来也是缢鬼，"练拖三尺白，花谢一枝红"说得很清楚了。按照"云雨期虽久，烟波路不通"的说法，她应该还是思春不得的女鬼。扶乩者细问之下，果然如此。艳鬼、缢鬼且有才，如果脑补一下，差可比拟韦小宝初见双儿时惊疑不定的心情。只是纪晓岚评价这女鬼"才不减李清照"，却未免抬得太高了。（《阅微草堂笔记》卷十八）

有些鬼诗交际味十足，完全是新闻发言人的口吻。据《坚瓠八集》卷三"箕仙"条记载，某人扶箕，请来的箕仙自称是何仙姑，在民间传说中，吕洞宾和何仙姑是有些暧昧关系的，所以有个顽童故意调侃箕仙："洞宾先生安在？"面对娱记式的问题，箕仙随口回答："开口何须问洞宾，洞宾与我却无情。是非吹入凡人耳，万丈长河洗不清。"非常官方地否认了自己与吕洞宾的暧昧关系，表达了对八卦绯闻四处传播的无奈之情。至于这类打油诗的水平嘛，呵呵！

孔子说"质胜文则野"，说实话，有鬼君对于志怪小说中才华横溢的鬼向来不太喜欢，因为他们大多喜欢掉书袋，绕来绕去的，比较令人烦闷，反而不如接地气的鬼来得可爱些。

手撕渣男老公的女鬼

前几年，有一首挺出名的歌《死了都要爱》，歌词里有这么一段：

死了都要爱

不哭到微笑不痛快

宇宙毁灭心还在

穷途末路都要爱

不极度浪漫不痛快

发会雪白土会掩埋

思念不腐坏

到绝路都要爱

不天荒地老不痛快

不怕热爱变火海

爱到沸腾才精彩

有鬼君面对那种动辄山盟海誓、天荒地老、生死不渝的套路不是很懂，但是涉及生死，必须指出的是，只有无神论者才敢这么秀，古人一般不敢随口这么说。

浙江吴兴人袁乞与妻子恩爱无比，妻子临死的时候，握着他的手说：我死之后，你还会续弦吗？袁乞说：我怎么忍心呢？如你所料，妻子死后不久，他很快就再婚。成亲没几天，就见前妻现形，怒斥负心汉：忘了你当初的誓言吗？直接拿刀砍向夫君的要害，"虽不致死，人理永废也"。（《太平广记》卷三百二十二"袁乞"）

类似的例子也见于《夷坚甲志》卷二"张夫人"。宋代的太常博士张子能的妻子郑氏是个美女，张先生与她恩爱异常。可是天妒红颜，郑氏得病早死。临死前劝丈夫再娶，张子能坚决不肯，并且指天誓日，如果有负妻子，将来要遭天谴。郑氏得此承诺，就此一瞑不视（有鬼君很怀疑这是她在钓鱼）。过了几年，一表人才的张子能被朝中权臣看中，硬是假传圣旨招他做了女婿。仕途虽然因此蒸蒸日上，可是张先生想起自己的毒誓，心中不免惴惴。果然，婚后不久，死去的郑氏就现形了，大骂张如何负心。说着"遽登榻以手拊其阴，张觉痛，疾呼家人至，无所睹，自是若阉然"（还真的是手撕）。从此天下又多一个练葵花宝典的好苗子。

对无神论者来说，死者已逝，生者自可继续生活，再婚亦无不可。只不过，古人总是认为，包括死者在内的家庭才是完整的。《右台仙馆笔记》卷十四一则故事，就说明至少在晚清，这个观念还是很普遍的。

25

浙江一位姓蔡的，儿子才四五岁时，他就买了一个幼女，预备将来长大了做儿媳妇。可是没等长大，女孩就死了。老蔡于是给儿子另行定了一门亲。等儿子正式结婚时，女方送新娘子来，送亲的建议，按照惯例，要在新房外设立香案，插上香烛，让新娘子在香案前叩拜，意思是身为继室，要先向正房行礼。之前的婚事，因为尚未成礼，老蔡根本不当一回事，断然拒绝。结果，夫妇拜堂时，新娘子忽然倒地，好像被人掐着脖子，口中荷荷有声。老蔡这下慌了，赶紧做了那个已死去的女孩的牌位，让新娘子对着牌位叩拜，即承认自己是续弦的，婚礼才顺利进行。（《右台仙馆笔记》卷十四）

正因为存在阴＋阳的家庭观，生死不渝的誓言才特别要紧。

山东泰安的聂鹏云，与其妻子琴瑟和谐。妻子死后，他悲不自胜，妻子在冥府受到感应，恳请冥官同意，再现形，"聊与作幽会"。聂鹏云此后也不再考虑续弦，并且向妻子发誓。可是他的族人不干，这样岂非要无后？于是威逼劝说他再婚，聂鹏云想了半天，答应了，只是没敢告诉前妻。婚期临近时，妻子知道了，大骂他："我以君义，故冒幽冥之谴；今乃质盟不卒，钟情者固如是乎？"聂鹏云无言以对，但坚决不肯退婚。

新婚之夜，前妻来大闹洞房，两任妻子，一人一鬼，就在洞房开打。老聂谁都不敢惹，谁都不敢帮，缩在屋角一直到天亮。此后，每天前妻都来闹事，也不强行跟老聂滚床单，要么死劲掐他的手臂，要么晚上在屋内对两人怒目而视。两位新人不知所措，只能生无可恋地忍着。后来还是请了个方士，"削桃为杙，钉墓四隅"，用桃木做成木钉，钉在前妻的坟墓的四角，这才镇住。(《聊斋志异》卷八"鬼妻")

大概有人会说，不是有生死轮回吗？已经去世的人，进入轮转系统，怎么可能再回来手撕渣男？说到这里，有鬼君实在是对古人敬佩无已，为了让这一伦理原则成为超越生死的普世价值，他们连轮回问题也打上了补丁。

清代某村有个杀猪的屠户去世，当天邻村有户人家的母猪生了一头小猪。两个村子相隔四五里地，有意思的是，这头猪每天都要到屠户家躺着，赶也赶不走。猪的主人没办法，只好用链子把它锁起来。当时大家就怀疑这头猪是屠户转世。这还不算稀奇，屠户的妻子一年后改嫁，穿着新衣，正要登船去婆家，那头猪忽然冲出来，"怒目眈眈，径裂妇裙，啮其胫"，凶相毕露。众人急忙救护，把猪直接踹到水里，赶紧开船。没想到，那头倔强的猪"自水跃出，仍沿岸急追，适风利扬帆去，猪乃懊丧自归"。(《阅微草堂笔记》卷二十一)《耳谈》卷二"胡泰母"也说了类似的事，只是逝者转世为鸡，与新妇每天好勇斗狠。

既然死生相妒是宇宙洪荒的真理，那么出路在哪里？

江南某乡的陈张氏，结婚七年后丈夫去世，为生计所迫，由媒婆牵线，改嫁邻村的鳏夫张某。结婚半个月，张氏就被前夫附体：你竟然不肯为我守节，嫁给这么个 low 货。边说边自打耳光。张氏的家人烧纸钱求饶，可是一点不起作用。这边闹得欢，那边厢张某的前妻也来附体了：你这个薄情寡义的混账，只知道新人笑，不知道旧人在泉下伤心。也是边说边自抽耳光。

正在鸡飞狗跳的时候，那位无所不能的媒婆出现了，笑着说：这事好办。我从前都是替活人做媒，今天不妨为你们两位死鬼做一回媒呢。既然你们在阴间也是孤男寡女，不如就结为夫妻。这样你们在阴间不寂寞，不再骚扰原配，阳间的活夫妻也可以平安度日。那被女鬼附体的张某面带羞涩，低首不语。媒婆又转向被男鬼附体的张氏，那边也爽快地答应了。

媒婆正待说话，两鬼同时表示：此事如此解决，当然好极。但我们虽然身为鬼魂，也是要排面的，不可随便未婚同居，被其他鬼嘲笑。媒婆你要做主替我们剪纸人、备花轿，敲锣打鼓迎亲，摆喜酒。总之，阳间婚礼的一切程序都要不偷工减料地做足，以示我们在阴间成为合法夫妻。这样我们才不来骚扰你们。媒婆满口答应，为鬼夫妻把场面做到位，这一家就此太平无事。(《子不语》卷四"替鬼做媒")

简单地说，要么做个有神论者，安抚好泉下的前任！要么做个彻底的无神论者，即使渣出天际也不怕。

别与饿鬼谈吃相

好多年前，大学里曾流行辩论赛，其中一场国际大专辩论会的著名辩题是：温饱是谈道德的必要条件吗？现在很多小朋友可能不太理解温饱和小康有什么差别，有鬼君没打算忆苦思甜，只是想切换一下场景，俗语说的"有钱能使鬼推磨"，是真的吗？

每年中元节，各家都会准备祭品给饿鬼食用。关于饿鬼，丁福保的《佛学大辞典》解释说：

> 《法华经》云：受地狱饿鬼畜生之苦是也。又为六趣之一。饿鬼趣常苦饥饿，由其所受果报不同，而有胜劣。有福德者，则为山林冢庙之神。下者居不净处，不得饮食，常受刀杖之苦。《杂心论》八曰："从他希求故，说饿鬼。"《婆沙论》百七十二曰："有说饥渴增故名鬼，由彼积集感饥渴业，经百千岁，不得闻水名，岂能得见，况复得触。有说被驱役故名鬼，恒为诸天

处处驱役驰走故。有说多希望故名鬼，谓五趣中，从
他有情。多希望者，无过此故。"《大乘义章》八末曰：
"言饿鬼者，如杂心释，以从他求，故名饿鬼。又常饥
虚，故名为饿。恐怯多畏，故名为鬼。"此鬼类中。有
药叉罗刹之大威德者，故新译曰鬼，不曰饿。然旧译
之经论，名曰饿鬼，以鬼类中饿鬼最多故也。

　　鬼由于"不得饮食，常受刀杖之苦"，常苦于食不果腹，所
以其中饿鬼最多。当然，在佛教传入中国之前，鬼的挨饿问题，
也牵动着肉食者的心，《左传·宣公四年》说，若敖氏的后代楚
国令尹子文，担心其侄越椒将使若敖氏灭宗，临死前哭着对族
人说："鬼犹求食，若敖氏之鬼，不其馁而？"若敖氏的鬼要挨
饿了。

　　不仅灭族灭宗会导致祖先挨饿，刚饿死的鬼，对食物同样
充满了渴望。

　　霍邱县令周洁罢官之后，游历于淮河一带，正赶上大饥荒，
到处是逃荒的难民。周洁虽然不至于担心饿肚子，但根本找不
到旅店。走了很久，见远处村落里似乎有人烟。赶过去敲开一
户人家，有一女子出来应门。周洁想要求宿，女子说：家里人
因为没饭吃，都饿病了，也没法招待您，只有客厅里有张床供
您休息。周洁感谢不已，进了屋子，女子的妹妹从里屋出来，
躲在姐姐后面。周洁安顿下来，拿出自带的干粮，给了女子两
个饼，两人拿了走进内室，再也没有一丝动静。周洁这才感到
有点瘆人。第二天一早，他向女子告别，可是内室没有人答应，

推开门一看："乃见积尸满屋，皆将枯朽，惟女子死未旬日，其妹面目已枯矣，二饼犹置胸上。"他昨晚见到的，其实是饿死不久的女鬼。（《稽神录》卷三"周洁"）

两女子大约因为刚死不久，形神尚未消散净尽，所以还能与人交流。在阴间待久了的饿鬼，可就没这么矜持了。

有人曾描述盂兰盆会上赶着吃免费食物之饿鬼的盛况："俄有黑气数十百，其巨如斗，源源而来，皆从目前经过，隐隐若有声，的是奇观。"

据袁枚说，江苏苏州洞庭山有很多饿鬼。某家蒸馒头，蒸好一揭开笼屉，只见"馒头唧唧自动，逐渐皱缩，如碗大者，顷刻变小如胡桃"。而且这缩水的馒头吃起来像面筋一样无味，精华尽去。有老人说，这是饿鬼在抢馒头吃，揭开笼屉的时候，用红笔点一下馒头，他们就抢不了了。这家人准备好红笔，但揭开笼屉时，没点到的照样缩下去，一个人点，怎么也敌不过众饿鬼抢着吃。（《子不语》卷二十二"鬼抢馒头"）

人最多能饿三五天，鬼能饿多久呢？说法不一，下面的故事是其中之一。

杭州钱塘秀才张望龄，感染疟疾，偶遇已故的朋友顾某帮忙，得以痊愈。张秀才见朋友为自己的事奔波，可是"衣裳褴缕，面有菜色"，显然生活极不如意。顾某说：我现在是本地的土地神，因为官职小，地方清苦。我自己又有心理洁癖，不肯擅受祈祷，作威作福，所以终年没有什么香火。虽然做了这么个小官，但常常忍饥挨饿。张秀才说，这好办。第二天，准备了丰盛的贡品祭奠朋友。当晚梦见顾某来感谢："人得一饱，可耐三日；鬼得一饱，可耐一年。"我享用了你这一顿大餐，可以一直挨到冥府下次考评，也许能以优秀的等第升迁。张秀才不解：你如此清廉，按理应该直升担任城隍啊？顾某说：能破格提升的，只有那些懂应酬、会吹捧的官；像我这样的清官，只能靠常规的考评，还得看运气。（《子不语》卷八"土地受饿"）

冥官是否廉洁，这里不讨论。重点是"鬼得一饱，可耐一年"。他们吃了这顿，下一顿不知要等多久。所以，能挨饿一年，才是活下去的基本素质。

人当然不可能像鬼那样坚持一年，但是饥饿的体验是相通的。有位同事曾经说，人可以分成两类：用过粮票的和没用过粮票的。有鬼君想起还在用粮票的时代，学过一篇课文：

> 小的时候，我是那么馋！刚抽出嫩条还没打花苞的蔷薇枝，把皮一剥，我就能吃下去；刚割下来的蜂蜜，我会连蜂房一起放进嘴巴里；更别说什么青玉米棒子、青枣、青豌豆罗。所以，只要我一出门儿，碰上财主家的胖儿子，他就总要跟在我身后，拍着手、跳着脚地叫着："馋丫头！馋丫头！"羞得我连头也不敢回。
>
> 我感到又羞恼，又冤屈！七八岁的姑娘家，谁愿意落下这么个名声？可是有什么办法呢？我饿啊！我真不记得什么时候，那种饥饿的感觉曾经离开过我，就是现在，每当我回忆起那个时候的情景，留在我记忆里最鲜明的感觉，也还是一片饥饿……（张洁《挖荠菜》）

温饱问题可以摧毁人们心理的很多道德防线，当饿鬼遇到温饱问题时，别说推磨了，更下贱的事也肯做。

清道光年间，福州城外闽江的南台，有很多船家聚集，做皮肉生意。有个要饭的，经常在这里流连，此人模样丑陋，"面无脸皮，两颗红肉累累"，众妓女原本都嫌弃他。不过，当时有位客人得了疝气，这人自荐，说"呵其肾囊可愈"，客人一试，果然灵验得很。众妓对他立时刮目相看，经常给他些剩饭剩菜吃，偶尔也让他帮着做饭烧菜。就这样，这人做了没有编制的龟奴。一天，客人嫌他做的汤凉了，很不高兴。其他龟奴为了让客人消气，抓起棍子就朝他打过去，没想到，此人"应手而灭"，众人才明白，这叫花子其实是鬼。作者感慨说："人无脸皮，百事可做，鬼无脸皮，亦乞食供役于娼妓之家耳。"（《妄妄录》卷一"无脸皮鬼"）

这个故事太像寓言了，不过，鬼为了吃顿饱饭，不愿将脸面示人，倒真是有的。

松江人张俨在江苏南京做师爷，他租住的房子一直有鬼出没，而且是个吃货鬼。每到吃饭时，仆人把饭菜端上桌，一转身就不见了。而且这货还不挑食，无论荤素、冷热，一律扫荡干净。必须有人时时守着饭菜才行。即便是剩饭剩菜，端到厨房，也是稍一分神就被吃光。

这个吃货鬼经常现形，只是看不到脸，只能见到他俯首在盘盏之间，飞速游走。过去抓吧，又立刻消失。张俨的朋友听说，专门买了一大堆鸡鸭鱼肉，还有一条猪腿，就为了见识鬼中老饕的吃相。果然，一桌好菜摆上，"一颈连脑后发际次第俯几上"，就见一带辫子的脑壳在饭桌上游走，顷刻间吃了罄尽。只有猪的脊椎骨还在盘旋不定，那是这哥们在啃骨节缝隙中的肉。(《妄妄录》卷二"老饕")

如果我们想与这两个故事里的鬼谈吃相、谈道德、谈自尊，那是很滑稽的，因为这两位根本就没兴趣跟人类交流，吃饱了活下去大概是他们最大的梦想。

我们现在常评论人说吃相难看不难看，可是，都已经做鬼了，对他们谈吃相有意义吗？

论节俭，我们都看不到颜回的尾灯

为了抵制"舌尖上的浪费"，各地奇招迭出。有鬼君不由感慨：人心不古！我泱泱中华，在吃饭问题上，无论奢靡还是俭省，都有悠久的历史传统。厉行节约，N-1、N-2是否有可操作性且不论，动用英文字母，就已落了下乘。

古人豪奢的吃法，石崇、王恺早已做了榜样，大家都熟悉，不必啰唆。节约的妙法，倒可以介绍一二。

《菽园杂记》卷三记载：江西民俗勤劳节俭，无论给人吃饭还是鬼吃饭，都有节制之法。比如，吃饭时，第一碗饭不许吃菜，第二碗才能"以菜助之"，称为"斋打底"。荤菜则尽量买猪内脏，称为"狗静坐"，因为没有吃剩的骨头喂给狗吃。宴席上的果盘，全部"以木雕刻彩色饰之"，只有中间一枚是真正的水果可以食用，称为"子孙果盒"。献祭给祖先的贡品，都是从食品店里租来的，献祭完毕再还回去，称为"人没分"。既解决了温饱问题，又达到了不浪费的目的，堪称完美。

而那些没有操作性的纯粹悭吝做法，只可入《笑林广记》

而已：

> 二子同餐，问父用何物下饭，父曰："古人望梅止
> 渴，可将壁上挂的腌鱼，望一望吃一口，这就是下饭
> 了。"二子依法行之。忽小者叫云："阿哥多看了一
> 眼。"父曰："咸杀了他。"

即使是多人聚餐，比如红白喜事，《清稗类钞》"饮食类"
也有极为精妙的处理，而且顺带连红包问题都解决了：

清道光年间，湖南麻阳人参加红白喜事，都不送礼物，直
接送钱，从一文钱到七文钱不等。主人全都开设宴席招待，赴
宴者随意落座。送一文钱的只能吃一道菜，吃完这道菜，餐厅
里的司仪就会喊一嗓子："一钱之客请退。"于是有若干人离席。
第二道菜吃完，司仪喊一声："二钱之客请退。"按照当地惯例，
送五文钱的，可以吃完整的宴席；送七文钱的，会有特别的加
菜。当然，当时生活水平不高，五道菜已经是很高规格了，所
以司仪喊到第五嗓子时，在座的已寥寥无几。

现在可能不少年轻人觉得宴席只有五道菜是个笑话。有鬼
君就吃过，20世纪九十年代中期，有鬼君随父母回老家南方农
村过年，十余人吃年夜饭，总共三脸盆菜，一盆是鸡块鸭块合
煮，一盆是煮鱼块，一盆是炒荷兰豆。除了口味不太适应（他
们只用盐和味精两种调味品），也没什么不妥。

还是回到有鬼君的专业，浪费食物，穷奢极欲，究竟在那
个世界会受怎样的果报？应该说，古人并非一味追求节俭。他

们既强调"食不厌精、脍不厌细""割不正不食"的礼节，也推崇"一箪食一瓢饮，回也不改其乐"。有礼有道，衣食住行就不违仁。所以冥府官员曾说："尝见世人无知，横多嗜乐，其他鱼鳖猪羊之类皆为人食料，充口腹阻饥而已。不加非理，即罪稀矣。"他们要惩治的是饮食的"非理"，也就是残忍：

李令问，开元中为秘书监，左迁集州长史。令问好服玩饮馔，以奢闻于天下。其炙驴罂鹅之属，惨毒取味。天下言服馔者，莫不祖述李监。……鬼自门持令问出，遂掷于火车中。群鬼拥而之去。……令问尸为鬼所掷，在堂西北陈重床之下，家人乃集而哭焉。（《太平广记》卷三百三十）

世人既以鸡兔为常馔，而于野雀、鸽子、鹧鸪、鹌鹑之类，复掩取无遗，以为适口，或谓之野味，或谓之山味。又谓必生拔其毛方得净尽，惨酷不可名状，登俎无几而罪孽有邱山之重矣。

有一县尹喜食鹅掌者，炽火于铁片之下，笼鹅令跳跃其上，久之，两掌渐厚，乃取而烹炙之。……后患恶疮，展转床蓐乃死。时人以为报应无爽云。（《北东园笔录》初编卷六"广爱录"）

余杭一僧，极奢侈，穷极其嗜，因之巧极其任。好食鳖，于釜顶开一孔，火盛水沸，鳖头出口张，僧以醯酱姜桂之属，杓而饮之。鳖熟而味已入矣。如是有年。一夕，火发。僧故楼居，仓猝间，思钻月窗以遁。窗小，仅容一首，竟烧死。观者曰："今日之烧死僧，如当日之活煮鳖。"（《小豆棚》卷三"鳖僧"）

对于纯粹浪费食物的，死后受另一种罪："生时烹鲜割肥，极口腹之奉，物以珍，家以贫，故身死而肠胃犹生，不尔更也。"（《耳食录》二编卷三"河东丐者"）生前吃得太好，食肠宽大"不尔更"，死后就总感觉吃不饱。就像八戒，自投胎成猪后，取经路上，总也吃不饱。即使取经成功，也被封为净坛使者，如来道："因汝口壮身慵，食肠宽大。盖天下四大部洲，瞻仰吾教者甚多，凡诸佛事，教汝净坛，乃是个有受用的品级，如何不好！"

这个结果虽然令八戒不甚愉快，但并非刻意的惩罚或调侃，而是自然之道。

古人关于冥簿中的命数问题，多有讨论，其中也涉及"人间食料簿"，有鬼君以前写过，这里不再多说，唯一感慨的是古人在食料问题上的智慧。《阅微草堂笔记》卷十中说：

> 天道凡事忌太甚，故过奢过俭，皆足致不祥。然历历验之，过奢之罚，富者轻，而贵者重；过俭之罚，贵者轻，而富者重。盖富而过奢，耗己财而已。贵而过奢，其势必至于贪婪权力，重则取求易也。贵而过俭守己财而已。富而过俭，其势必至于刻薄计较，明

则机械多也。士大夫时时深念，知益己者必损人，凡事留其有余，则召福之道也。

天道最忌讳走极端，过分地奢靡和过分地俭省，都"足致不祥"。但从冥府处罚看，是根据情况处理的。过分奢靡的，富人受的惩罚轻，因为他们都是花自己的钱，官员受的处罚重，因为他们势必搞权钱交易；过分节约的，官员受的惩罚轻，因为他们只是守财而已，富人受的惩罚重，因为他们必然刻薄计较，机心太重。

你品，你细品。

鬼脸识别

　　关于人是否能看见鬼的话题,有鬼君以前写过。简单地说,"视鬼"分先天和后天两类。先天能视鬼的又分两种,一种是十岁前的小孩子,"或言小儿眼净,所见必有因"。(《夜谭随录》卷三"地震")另一种是"异目",就是眼睛异于常人。《洞灵小志》多次提道:"异目能视鬼。"比如"俗言人目碧色者能视鬼"(《妄妄录》卷十"蓬头鬼")、"胡宝璂……乾隆十七年,由兵部侍郎巡抚山西。性清约精微,既贵不改。眸青碧,能白昼视鬼神"(《山西通志》卷一○四)、"相法:瞳神青者,能见妖;白者,能见鬼"(《子不语》卷八"冒失鬼")、"扬州罗两峰自言净眼能见鬼物"(《履园丛话》十五鬼神"净眼")、"有韩氏之仆田姓者,人谓其有狗眼,能见鬼"(《右台仙馆笔记》卷五)、"河南中牟县民间一女子,生而两目与人异。其瞳子旁有白痕一线围之,自幼能见神鬼"(《右台仙馆笔记》卷六)。林林总总,不一而足。

　　不过有鬼君这次主要谈的不是先天视鬼的,因为这种个人天赋无法复制。那些通过后天训练习得的视鬼能力，才具备技术意义。不好意思，有鬼君还是要说，这个技术又是自古以来的。

西汉武帝时，魏其侯窦婴与武安侯田蚡政争，田蚡设计陷害窦婴和灌夫，致使两人被腰斩弃市，后来窦婴和灌夫的鬼魂报仇，痛殴田蚡，将其杀掉。这个故事大家都很熟悉，不用细述。关于田蚡之死，司马迁的《史记·魏其武安侯列传》卷记载：

> 其春，武安侯病，专呼服谢罪。使巫视鬼者视之，见魏其、灌夫共守，欲杀之。

《汉书·窦田灌韩传》的记载稍微详细一些：

> 春，蚡疾，一身尽痛，若有击者，呼服谢罪。上使视鬼者瞻之，曰："魏其侯与灌夫共守，笞欲杀之。"竟死。

显然，"视鬼者"是官方巫师中的专业技术人员，所以汉武帝可以随时派遣他们执行视鬼任务。其他还有如"望气者"，即通过观察云气进行占测。一般来说，巫师的这些技能都是有师承甚至家学，通过后天的学习掌握，从而成为国家公务员。换句话说，能够进入衙门当差，说明官方对于他们的师承及能力是认可的，这与天生能视鬼的人完全不同。

这些备皇帝咨询的巫师，常常随侍左右。《幽明录》记载：

孙权生病，视鬼巫师报告说，见到有个鬼进宫了，穿着打扮像是老一辈的将相，神情倨傲，门神也呵斥不住。当晚，孙权就梦见已去世的鲁肃，穿的衣服跟巫师描述的一样。

视鬼人要成为公务员，还需要进行测试，大约因为数量需求不多，皇帝往往亲自测试。根据《搜神记》卷二的记载，三国时吴帝孙休生病，找能视鬼的御用巫师看病（"求觇视者"）。孙休想先测试一下巫师的能力，于是命人杀了一只鹅埋在园中，然后在上面造了一座墓，墓中"施床几，以妇人屐履服物着其上"。命这位巫师来看，如果能说出墓中妇人的样子，重重有赏。可怜的巫师，看了半天，哆哆嗦嗦一句话也说不出。孙休大怒：到底看到什么了？巫师嗫嚅着说：实在是没看见鬼，只看见一只白头鹅站在墓里，我怀疑是鬼在变幻形象，想等等看（"当候其真形而定"），可是一直也没变化，所以不敢确定。孙休大喜，妥了，你确实能视鬼。

随着技术的进步，视鬼巫师在唐代大发展，成为皇帝的重要顾问。据《旧唐书·方伎列传》记载，著名方士张果频繁制造灵异事件，刷热点，因此唐玄宗即位后，"亲访理道及神仙方药之事"，将其召进宫。可是，唐玄宗又有点怀疑张果的本事，于是安排了两场测试：

> 有邢和璞者，善算人而知夭寿善恶，玄宗令算果，则懵然莫知其甲子。又有师夜光者，善视鬼，玄宗召果与之密坐，令夜光视之，夜光进曰："果今安在？"夜光对面终莫能见。

御用算命先生算不出张果的寿夭，御用视鬼人近在咫尺也看不到张果，可见此公深不可测，玄宗一高兴，甚至打算把女儿嫁给他。

《朝野佥载》卷一提到，唐中宗即位后，年间曾滥授非正式的官爵，以致屠夫、小贩都身居高位。睿宗继位后罢免了这些滥竽充数的。当时的一位见鬼人彭卿收受贿赂，假托见到已故去的中宗，中宗表示反对罢官："我与人官，何因夺却。"结果这一批两百多人竟然全部官复原职。

五代时闽国国君王鏻，"好鬼神、道家之说，道士陈守元以左道见信，建宝皇宫以居之"。宠臣"又荐妖巫徐彦，曰：'陛下左右多奸臣，不质诸鬼神，将为乱。'鏻使彦视鬼于宫中"。（《新五代史·闽世家》）

各种方伎、术数，无论是为了占测还是为了监视、规训百姓，首先要为皇帝服务、为权力服务。

但是，巫师的视鬼技术只服务于皇权，且私人传授、秘不示人，极不利于普及。在鬼学领域，广大人民群众迫切需要识别鬼魂与识别技术严格保密之间的矛盾，就显得非常迫切。这时候，零起点的视鬼技术也被发明出来。更有意思的是，这技术还是由鬼界传入人间的。

南宋帝都临安一位官员范寅宾在升阳楼请客，遇到已故的仆人李吉在卖烤鸡，李吉告诉主人，世间如他一样的鬼魂到处都是，"与人杂处，商贩佣作，而未尝为害"。就连主子家里洗衣服的赵婆，也是鬼。说着掏出两块石头给主人，只要在赵婆面前出示这块石头，她就会现出本形。范寅宾虽不大相信，回家后还是测试了一下，故意对赵婆说：听说你是混迹人间的鬼，有这回事吗？赵婆一脸不高兴，我在您这里二十年了，不要开这种玩笑。范寅宾就掏出石头给她看，赵婆一见，脸色大变，"忽一声如裂帛，遂不见"。（《夷坚丙志》卷九"李吉爊鸡"）《夷坚丁志》卷四"王立爊鸭"也讲了类似的故事，只不过鬼魂改卖烤鸭了，而被测试的则是官员家中的奶妈。

另一则珉楚和尚的故事，有鬼君讲过多次了。相识的鬼给了珉楚一束花，说："凡见此花而笑者，皆鬼也。"珉楚拿着这束花在大街上闲逛，"其花红芳可爱而甚重，楚亦昏然而归，路人见花，颇有笑者"。（《稽神录》卷三"僧珉楚"）

再一个但是，鬼世界传入的技术，虽然便捷，但没有实现量产，对于大规模监控来说，显得杯水车薪。所以清代最流行的是圆光术，比汉唐时期为帝王服务的视鬼术复杂，但操作性强，且在民众中较为普及。用计算机术语就是，公开了源代码。

晚清以来，很多术士都会使用圆光术，基本与阳间的监控一样。而且，圆光术使用的是云存储技术，根本不需要硬盘。

俞樾等学者认为，圆光术起源于南北朝时期。《晋书》卷九十五"佛图澄传"云：

> 及（刘）曜自攻洛阳，勒将救之，其群下咸谏以为不可。勒以访澄，澄曰："相轮铃音云：'秀支替戾冈，仆谷劬秃当。'此羯语也。……此言军出捉得曜也。"又令一童子洁斋七日，取麻油合胭脂，躬自研于掌中，举手示童子，粲然有辉。童子惊曰："有军马甚

众，见一人长大白皙，以朱丝缚其肘。"澄曰："此即
曜也。"勒甚悦，遂赴洛距曜，生擒之。

顺便说句题外话，冥府的监控手段，冥簿在技术上显得很
落后，成千上万的人在那里奋笔疾书、登记造册，典型的劳动
力密集型产业；而业镜、心镜，在技术上又显得特别超前，连
摄像头和存储器都不需要。不同的监控，技术水平相差如此之
大，让人难以理解。

俞樾在《右台仙馆笔记》中就介绍了这种云监控技术实施
的具体案例。

俞樾大儿媳妇的娘家，有位刘氏忽然得了癔症，疯疯癫癫
的。医生没办法诊治，有仆人介绍当地一位圆光术士来试试。
术士来了之后，要求准备一间整洁的房间，屋里放着一张桌子，
桌下放一个小瓶子。桌上放一个大的柳条编的半球形容器笆斗，
笆斗盛满大米和麦子，上面再放一面镜子，镜子边上插满了小
旗子和箭。笆斗前放一盏装满灯油的灯，尽可能让灯光明亮些。

术士开始焚化符咒作法，让三个童男盯着镜子看，描述所
见到的情形。童男先看到一处宅院，有个圆形的大门，宅院里
有个白发老翁。然后景象会切换到老翁所见，仿佛老翁头上安
了个摄像头。只见老翁在屋里四处溜达，看到一个怪物，"四足
而毛，大如羊豕"，老翁捉住这怪物，放进一个大缸中。术士听
童男说到这里，就用纸封住桌下的瓶子口。说，已经搞定了。
然后童男就再也看不到镜子里的景象了。术士对这户人家说，
怪物已除，病人会痊愈的。刘氏果然痊愈，说自己得病前，见

到一只猫跳进屋子，然后自己就浑浑噩噩了。术士捉的怪物，就是那只成精的猫。（《右台仙馆笔记》卷十）

这个故事当然可以存疑，因为很可能是术士与童子合起来设的套，假装说捉住妖怪了。不过，最后病人痊愈了，这是实锤。在有鬼君看来，这个术士的水平不能算很高，因为他作法所用的镜子是实实在在的，高手可以做到眼前无镜，心中有镜。

杭州的大富翁沈公子是个同性恋，"余桃断袖，嗜而溺之"。只有他最喜欢的两个小鲜肉，才能在内室伺候他。沈公子家传一枚稀世珍宝夜明珠，缀在他头巾上，轻易不肯示人。有天晚上，沈公子读书困倦，将头巾随手放在书桌上就去睡了。没想到第二天起来，头巾不见了。因为只有这两个小鲜肉可以进入他的书房，所以沈公子认定是他俩中的一个偷了。可是无论怎么训斥、责打，他俩都不肯承认。

事情僵在那里，有人就推荐了擅长圆光术的绍兴秀才俞万春。俞秀才来到沈公子家，他预先准备了十二张黄表纸，在纸上书写符咒，默念口诀，然后烧了扔在地上。请沈公子找来十几个十二岁以下的童男，围着纸灰站成一圈。过了一会，就有童子说看到地上出现一面圆镜，镜子里可以看见沈公子的宅院，里面的亭台楼阁乃至各种摆设都清清楚楚。然后就见沈公子进了书房，两个小鲜肉跟着。沈公子脱了外衣在书桌前看书，小鲜肉则端茶倒水、捶背挥扇地伺候。

过了一两个小时，沈公子似乎困倦了，伸了个懒腰，然后脱下头巾、衣服鞋袜，两个小鲜肉伺候他睡下，然后关门出去。俞秀才问童子，这个时候头巾还在桌上吗？童子说还在。俞秀才对童子们说，现在是见证奇迹的时刻了，孩儿们看仔细了。然后有童子说，看到池塘里忽然有个老头从水中站起来，而且是人首蛇身。他像蛇一样游到书房窗前偷窥，从窗子又游进去，在书桌前衔起缀着珠子的头巾，冲着床上的沈公子诡异地一笑，就又游回池塘里了。

俞秀才哈哈大笑，说，真相大白了。当时围观的几十人都啧啧称奇。沈公子命人将池塘水抽干，果然见到那块头巾。可是夜明珠已经不见了。原来是池塘里的蛇妖将夜明珠偷走了。（《里乘》卷四"圆光"）

这个故事当然也可以质疑，比如是俞秀才与童子设局的，因为不管怎样，夜明珠是不见了。但这十几个童男都是沈公子家里的娈童，俞秀才要同时收买，难度实在太高。再加上围观的吃瓜群众，这种监控力度，很难造假。

可以毫不夸张地说，圆光术达到了古代世界监控技术的顶尖水平：一、会操作的术士遍布于民间，不再为皇家独享；二、成本低廉，术士所用道具都是日常用品，便于量产；三、不仅能视人，也能视鬼、视妖，全方位监控。唯一的缺陷是，识别能力依赖于童子的肉眼，有出错的可能。不过，多一双眼睛就少一分错，多找些娃儿就行了。

在人脸识别技术大发展的时代，如何将高科技与数术、方技结合起来，进一步弘扬传统文化，做到识人、识鬼、识妖，对广大码农是新挑战和新机遇。

软饭必须硬吃，才能理直气壮

曾经看到一个段子，某网友回忆自己读初中时，有个女生大约是暗恋他，对他说：我将来是要成为富婆的，你会不会娶我啊？这哥们当时比较中二，心想自己怎么能娶个富婆吃软饭呢，于是断然拒绝了女生的表示。然后……当然就没有然后了。如今只能为自己错失了一段美好的早恋而懊丧不已。

按照社交平台的惯例，这根本就不是暗恋，不过是人生三大错觉之一。有鬼君倒是觉得，不管是不是错觉，其实不必对吃软饭耿耿于怀。既然能靠脸、靠才华吃饭，为啥非要去搬砖呢？奉旨填词的柳三变，词话里说他"为举子时，多游狭邪，善为歌辞。教坊乐工每得新腔，必求永为辞，始行于世，于是声传一时。余仕丹徒，尝见一西夏归朝官云：'凡有井水处，即能歌柳词'"。这软饭吃得多牛！

至于志怪作品中的吃软饭，更是所在皆有，人鬼、人神、人妖、人仙之恋（男方均为人类），其实核心就是吃软饭。而其中写得出神入化的，恐怕要算《聊斋志异》了。章培恒、骆玉明主编的《中国文学史》这么评价《聊斋志异》一书：

> 《聊斋志异》长期以来受到人们的喜爱，最主要的原因，是其中有许许多多狐鬼与人恋爱的美丽故事。……这些小说中的主要形象都是女性，她们在爱情生活中大多采取主动的姿态，或憨直任性，或狡黠多智，或娇弱温柔，但大抵都富有生气，敢于追求幸福的生活和感情的满足，少受人间礼教的拘束。……作者艺术创造力的高超，就在于他能够把真实的人情和幻想的场景、奇异的情节巧妙地结合起来，从中折射出人间的理想光彩。

学者的评价，有鬼君当然很赞成。需要注意的是，正因为这些女性狐鬼"在爱情生活中大多采取主动的姿态"，才给了男同胞吃软饭的机会。那些"真实的人情""幻想的场景""奇异的情节"，以及最后达致的"人间的理想"，在直男癌晚期患者蒲松龄的笔下，往往被改造成软饭硬吃的桥段。

说蒲松龄是直男癌，很多人大概不以为然，且让有鬼君用事实说话。蒲松龄常常在每篇的文末以"异史氏"的名义对故事做些点评。我们摘录数条：

一、夜叉夫人，亦所罕闻，然细思之而不罕也。家家床头有个夜叉在。（卷三"夜叉国"）

二、或谓天下悍妒如某者，正复不少，恨阴网之漏多也。余曰不然。冥司之罚，未必无甚于钉扉者，但无回信耳。（卷五"阎王"）

三、人生业果，饮啄必报，而惟果报之在房中者，如附骨之疽，其毒尤惨。每见天下贤妇十之一，悍妇十之九，亦以见人世之能修善业者少也。观自在愿力宏大，何不将盂中水洒大千世界也？（卷六"江城"）

四、女子狡妒，其天性然也。而为妾媵者，又复炫美弄机，以增其怒。呜呼！祸所由来矣。若以命自安，以分自守，百折而不移其志，此岂梃刃所能加乎？乃至于再拯其死，而始有悔悟之萌。（卷七"邵九娘"）

五、悍妻妒妇，遭之者如疽附于骨，死而后已，岂不毒哉！（卷九"云萝公主"）

大致可以说，蒲松龄只要写到悍妇、正房的故事，必然会开地图炮，其中第三条更是将十之八九的女性归为悍妇。对女性如此刻骨的仇恨，难道不是直男癌？当然，这是时代造成的，我们无须过多苛责他。所以，可以说，直男癌加上高超的艺术创造力，才使得蒲松龄将软饭硬吃写得如此光彩照人！

比如卷二"莲香"一篇中，男方桑晓，"沂州人，少孤，馆于红花埠"，就是一乡村私塾教师，且无论颜值、才华都平平而已。可是在蒲松龄笔下，他的艳遇多得不要不要的。先是狐狸精莲香假托"西家妓女"，以"倾国之姝"主动荐枕席；然后是女鬼李氏自称"良家女，慕君高雅，幸能垂盼"，李氏还是个"弹袖垂髫，风流秀曼"的萝莉。桑秀才轮番临幸一鬼一狐，身体不支，莲香竟然"采药三山，凡三阅月，物料始备，瘵蛊至死，投之无不苏者"。

之后的情节更富于奇幻色彩了。李氏为能与桑秀才长相厮守，借尸还魂，以白富美的身份下嫁穷书生。而莲香因身为狐狸精，无名无分，"君行花烛于人家，妾从而往，亦何形颜？"郁郁而终后转世为人，十余年后再嫁给桑秀才。

蒲松龄最后点评说："死者而求其生，生者又求其死，天下所难得者，非人身哉？"此篇中的桑秀才一无所长，只是因为"人身"，一碗软饭竟然吃得风生水起！恕有鬼君眼拙，实在看不出文中女性光彩照人的描摹对所谓的"封建礼教"有什么突破！

如果桑秀才多少有点才华的话，那么下面这个故事里冯木匠的艳遇就完全与才华无关了。某座官衙改造，请了一些工人做装修，每晚就住在官衙里。某天夜深时分，窗户忽然自行打开，月光下，一少女走到窗边向屋中张望。冯木匠尚未睡着，以为这是某个同事的相好，可是，其他工人明明已经睡熟了。冯木匠心中敲小鼓一般，盼着少女认错人，对自己投怀送抱。没想到并非错觉，那少女跳入房中，直上他的床榻。冯木匠生怕错失良机，默默地在黑暗中与少女滚了床单。"欢毕，女亦遂去。自此夜夜至。"过了好几天，少女才对他说，我没认错人，就是找你啪啪啪的。此等美事，冯木匠当然笑纳。装修结束后，少女还跟着冯木匠回家，夜夜春宵，不过家人都看不到，冯木匠才知道少女非狐即鬼。过了几个月，冯木匠身体不支，让家人请道士驱鬼（狐），可是完全没效果，少女还是每晚都来。有一晚，少女忽对他说："世缘俱有定数：当来推不去，当去亦挽不住。今与子别矣。"然后就离开再也不来了。（卷十一"冯木匠"）

上一个故事中，桑秀才与狐鬼还有共同生活、交流甚至生儿育女的经历。即使在早期《搜神记》中那些简单朴素的异恋故事中，也有情感交流的桥段。这个故事非常奇特，冯木匠在这几个月中，除了晚上滚床单，与女鬼（狐）没有任何交流。显然女方也没存着害他的心，身体不支纯粹是纵欲无度的结果。一般来说，狐狸精或女鬼找男人，无论善意还是恶意，往往打着真假难辨的"凤缘"的旗号，可是从来没有先滚几个月床单，再说是"世缘"的，而且说完就走，冯木匠连跪舔的机会都没有。生生逼得他软饭硬吃！

卷二的"巧娘"篇，是将软饭硬吃写得最为有趣的。广东的富家公子傅廉"甚慧而天阉，十七岁阴才如蚕"，而且糟糕的是，此事在当地尽人皆知，所以没人肯把女儿嫁给他。

傅廉有天逃学看戏，害怕老师责打，机缘巧合，正好有一年轻女子华三姑请他到海南岛给母亲送信。他索性离家出走，泛海琼州。收信的人其实是狐狸精，与一美貌女鬼巧娘一起住。傅公子刚住下，巧娘就来撩拨，"女暗中以纤手探入，轻捻胫股，生伪寐若不觉知。又未几启衾入，摇生，迄不动，女便下探隐处。乃停手怅然，悄悄出衾去，俄闻哭声。生惶愧无以自容，恨天公之缺陷而已"。华母得知，悄悄用秘药治好了傅公子。"挑灯遍翻箱簏，得黑丸授生，令即吞下，秘嘱勿哗，乃出。生独卧筹思，不知药医何症。将比五更，初醒，觉脐下热

52

气一缕直冲隐处，蠕蠕然似有物垂股际，自探之，身已伟男。"

原来，华三姑的夫君去世，她看中了傅公子，写信请母亲撮合。华母从广东接来女儿，当晚就让他们同房。华母为了让女儿独占这位伟男，与女儿一起瞒住巧娘。虽然傅公子口舌便给、夸夸其谈，可是始终没有与巧娘单独相处的机会。而巧娘还以为他仍是"丈夫而巾帼者"，也只将其视为"蕴藉，善诙嘲"的男闺蜜而已。（"妇命相呼以兄妹。巧娘笑曰：'姊妹亦可。'"）某天，华氏母女外出，照例将傅公子锁在屋内。这哥们巧舌如簧，说动巧娘开门进来，"生挽就寝榻，偎向之，女戏掬脐下，曰：'惜可儿此处阙然。'语未竟，触手盈握。惊曰：'何前之渺渺，而遽累然！'生笑曰：'前羞见客，故缩，今以诮谤难堪，聊作蛙怒耳。'遂相绸缪"。

就这样，傅公子以"天阉"之身，去了趟海南，竟然将鬼狐都拿下。后来他回到家，向父亲说明情况，要娶华三姑。父亲根本不信："妖言何足听信？汝尚能生还者，徒以阉废故。不然，死矣！"意思是幸好他不能人道，否则妖女早把他榨干了。傅公子百般解释也没用，于是"辄私婢，渐至白昼宣淫，意欲骇闻翁媪"。"一日为小婢所窥，奔告母，母不信，薄观之，始骇。呼婢研究，尽得其状。喜极，逢人宣暴，以示子不阉。"

之后的情节就顺流而下了，傅公子同时娶了华三姑和巧娘，鬼狐双姝一起拿下。

有鬼君不太理解这篇的背景和用意。傅公子除了能说会道，在鬼狐眼中，包括资本在内的能力几乎等于零。虽说整部《聊斋志异》中的女性"在爱情生活中大多采取主动的姿态"，可这个故事中的女性主动得有点令人发指了。明明是软饭，创造条件也要让他硬吃！

《聊斋志异》以及其他志怪著作中此类故事虽多，但真正达到"不是针对各位"的境界的，是唐代的题为牛僧孺所作的短篇小说《周秦纪行》。不过，据说这篇小说是"牛李党争"时为了黑牛僧孺而托名的，各位可自行翻检。

为什么志怪中有如此多软饭硬吃的故事，以有鬼君肤浅的理解，原因大约有以下几条：一、创作者均为男性，各种形态的异类姻缘，首先要满足男性的意淫；二、在人鬼、人妖、人狐的关系中，人是最尊贵的，无论出于什么原因，异类都自觉低人一等，即使在人仙关系中，仙女的那些超能力也无法取代活色生香的人间生活；三、文化传承所形成的与生俱来的道德优越感，决定了软饭必须硬吃，才能旗帜鲜明、理直气壮。

神仙都占据食物链顶端了，
平民还以为他们天天吃藕

有鬼君从小在山沟里长大，没见过世面，读《西游记》时，除了艳羡那些奇妙的咒语、法术之外，对作者不遗余力地描述铺陈的素斋菜单，也会看得口舌生津。现在回想那些情节，如来佛、观音以及唐僧师徒都是吃素，自不必谈，天庭的神仙们好像也只吃素，反倒是下界的妖魔鬼怪酷爱吃荤。比如孙悟空推倒镇元观的人参果树，四处求取仙药，曾到瀛洲找九老，只见九老在那里"着棋饮酒，谈笑讴歌"：

> 碧藕冰桃为按酒，交梨火枣寿千秋。……
> 九老又留他饮琼浆，食碧藕。行者定不肯坐，止立饮了他一杯浆，吃了一块藕，急急离了瀛洲，径转东洋大海。

而盘丝洞的蜘蛛精，给唐三藏提供的餐食则是：

原来是人油炒炼，人肉煎熬，熬得黑糊充作面筋样子，剜的人脑煎作豆腐块片。两盘儿捧到石桌上放下，对长老道："请了。仓卒间，不曾备得好斋，且将就吃些充腹。后面还有添换来也。"

类似的桥段在书中很多，不再列举。在《聊斋志异》卷九"安期岛"中，神仙们喝的石钟乳，还是冷热两用饮水机的前身：

洞外石壁上有铁锥，锐没石中；僮拔锥，水即溢射，以盏承之；满，复塞之。既而托至，其色淡碧。试之，其凉震齿。刘畏寒不饮。叟顾僮颐示之。僮取盏去，呷其残者；仍于故处拔锥，溢取而返，则芳烈蒸腾，如初出于鼎。

神仙们真的只吃素？或者像有鬼君这种凡间的穷鬼遥想的那样，鸡蛋灌饼无限畅吃，每个灌饼放两只鸡蛋？《狯园》中的一则故事，大约可以解惑。

明代初年，山西平阳有个造金箔为业的小手工业者金箔张，他儿子张二郎小时候遇到一位仙人，传授了他一卷《鹿卢蹻经》，就是道士的飞行之术。张二郎少年心性，学会之后就恃技乱窜，"闾里骇其所为"。

二得很！

某天，有个道士来访，说自己的师傅卸足道人也会些许小法术，请张二郎去看看。张二郎说好啊。第二天一早，两位道童各骑着一条龙下来，还牵着一条龙作为张二郎的坐骑。张二郎正准备骑上坐骑，那条龙貌似性子很烈，"龙狞甚，昂首不伏。童子出袖中软玉鞭鞭之"，这才老实了。

众人来到一处山谷，各种花团锦簇，一看就是仙山的模样。进入道观，只见一个道长坐在床上，神奇的是，他的两条腿却挂在一丈远的墙上。道长见到张二郎很高兴：贫道因为不愿踏入红尘，一直把膝盖卸下来，双腿挂在墙上，今天见到小哥你很高兴，就破例一次吧。说着招招手，"壁间双足，自行前着膝上，辐辏如常人"。

卸足道人继续装腔作势，比如故意让无首童子出来献茶，假意呵叱："对佳客乃简率如此乎！可速戴头来。"到了饭点，对客人说，仓促之间没什么准备，就随便吃道"脍青龙肝"吧。还再三向客人致歉说，孩儿们日常做青龙料理习惯了，有点血腥，莫怪唐突：

> 见童子牵一青龙于阶下，引短剑断龙首，龙亦蜿蜒就屠，先剖其腹，次取其肝，切肉作脍，聚肝其上燔之，爪牙鳞角，俱弃于地。少焉登俎，五采烂然。

张二郎真的被吓住了，脍龙肝端上来，一口没敢吃，全让卸足道人一扫而空。张二郎惊惧之下，拜道长为师，学习法术，几个月后被送走。回头再看，"四顾皆黄沙白草之乡，无复花木陂陀、泉石洞壑。讯之，乃在大同浑源州北岳恒山下。步行旬

日，始得还家"。(《狯园》第二·仙幻·卸足道人)

按照仙界的尊卑排序，卸足道人占据洞府，可能属于地仙，而且，在地仙中也属于级别偏低的。有个细节似乎暗示了这一点。张二郎学艺数月后回家，步行十天到家。可见，卸足道人的洞府只是空间尺度与凡间不同，时间尺度则与凡间一样。而《幽明录》所记载的刘阮入天台的故事中，刘晨、阮肇"停半年还乡，子孙已历七世"，天台洞府中半年，等于人间两百年。但不管怎样，能位列仙班，含仙量肯定是有的，绝非那些汲汲于求道而不可得的修仙者可比。

当人类要炫富时，可能会想到像石崇、王恺那样，用蜡烛当柴烧，但也不过是快速做出豆粥，或者蒸乳猪特别鲜美。而占据食物链顶端的神仙待客，就不会这么土鳖了，只有一道菜：堂食青龙肝！

忽然想到，瀛洲九老款待孙悟空的琼浆、碧藕，恐怕只是为了配合《西游记》整个设定，故意摆出来给孙猴子看的。我还一直担心他们天天吃藕会不会嘴里淡出鸟来。

神仙占据食物链的顶端，而最底层的普信鬼，则吃得比较惨淡。

饮食男女是人之大欲，也是鬼之大欲。所以鬼世界最看重的就是吃。《论语》说"祭如在"，意思是祭拜祖先就得像祖先真的在一样。原本是想强调祭祀的时候要诚心诚意，不能糊弄祖先。但是怎样祭祀才不算敷衍呢？《论语》里没细说，所以有了具体的司法解释，《礼记·礼运》说："夫礼之初，始诸饮食，其燔黍捭豚，污尊而抔饮，蒉桴而土鼓，犹若可以致其敬于鬼神。""礼之初，始诸饮食"，这就很清楚了，让老祖宗吃好喝好是第一位的，即使是粗茶淡饭也"可以致其敬于鬼神"。然后做注的郑玄再来加一句："言其物虽质略，有齐敬之心，则可以荐羞于鬼神，鬼神飨德不飨味也。"所以，下面讨论的鬼喝粥的问题，其实没有什么深刻的意义，态度才决定一切。

唐人许至雍与妻子感情甚笃，但妻子很早就去世了，许秀才日日思念，难以自拔。某天妻子托梦给他，说了一句话："若欲得相见，遇赵十四。莫惜三贯六百钱。"但赵十四是谁，他也不知道，只能心里记住。

过了几年，许秀才到苏州闲游，听说"此州有男巫赵十四者，言事多中为土人所敬伏"，就是他了。于是找到赵十四，说明来意。赵十四说，我本来只召生魂，不召死魂，不过你们夫妻情深，而且又是尊夫人托梦所致，我看行。当下计算了所需费用，果然是三贯六百钱。选好了吉时，赵十四"洒扫焚香，施床几于西壁下，于檐外结坛场，致酒脯。呼啸舞拜，弹胡琴"。排场不小。半夜时分，许先生的亡妻果然现形与他相会。夫妻俩畅叙别情，说及冥界情况，夫人告诉他：阳间各种祭日祭奠，冥界都能收到，但最看重的是"浆水粥"——白粥。（又问："冥间所重何物？""春秋奠享无不得，然最重者，浆水粥也。"）许秀才赶紧请赵十四拿来白粥，许夫人端起碗来吃，吃完再看，那碗粥还在。

过了一会，妻子要告别离开，许秀才请妻子给他一件信物带回去，妻子说："幽冥唯有泪可以传于人代。"于是许秀才脱下外衣放在地上，妻子拿衣服捂着脸痛哭一番，乘空而去。许秀才再看衣服，"泪痕皆血也"。（《太平广记》卷二八三"许至雍"）

许夫人之所以对丈夫说冥界最看重白粥，更大可能是因为他们夫妻情深，并不需要靠大鱼大肉来表达思念。在另一处记载中似乎也暗示了这一点。

唐玄宗开元年间，晋昌人唐晅，妻子早亡，他感怀无已。过了几年，在家中意外遇到妻子现形：

> 妻亦流涕谓晅曰："阴阳道隔，与君久别。虽冥寞
> 无据，至于相思，尝不去心。今六合之日，冥官感君
> 诚恳，放儿暂来。千年一遇，悲喜兼集。"

唐晅悲欣交集，让家人都来拜见女主人。然后两人进入内室，虽然阴阳异路，但妻子还是给足了他面子："阴阳尊卑，以生人为贵，君可先坐。"等夫君落座之后，妻子开始半开玩笑半当真地抱怨：

> "君情既不易平生，然闻已再婚，新故有间乎？"
> 晅甚怍。妻曰："论业君合再婚。君新人在淮南，吾亦
> 知甚平善。"

虽然妻子随后找补回来，唐晅脸上还是有点挂不住，故意问起妻子在冥界的生活，说，你们在阴间，也有改嫁的吧？妻

子说："死生同流，贞邪各异。"自己被亡故的父母逼着改嫁，对方是北庭都护郑乾观的侄子郑明远，正牌官二代。可是自己"誓志确然，上下矜闵，得免"。

唐先生越发有点接不住了，只好问妻子想吃点什么，妻子说：

> "冥中珍羞亦备，唯无浆水粥，不可致耳。"晅即令备之。既至，索别器，摊之而食，向口如尽。及撤之，粥宛然。（《太平广记》卷三三二"唐晅"）

这里的说法与前一则稍微有些不同，好像阴间山珍海味都有，独缺白粥。但我们很难理解这一点，只能归结于两位妻子出于对夫君的情意，才提出喝粥这么简单的要求。万一她们提出要堂食青龙肝，两位男士就只能一头撞死了。实际上，亡灵确实会更多地为在世的亲人着想，在另一则再生的故事中，已逝的妻子体谅夫君家境贫寒："百味之物，深所反侧，然不如赐茶浆水粥耳。茶酒不如赐浆水，又贫居之易辨。"（《太平广记》卷三百八十"郑洁"）

比较了这几则故事的说法，我们大致可以说，鬼确实是喝粥的。但祭奠祖先时，并不是非将粥作为祭品不可。更重要的，喝粥是鬼魂的最低生活要求，他们往往如此恳求："堕饿鬼道中，已将百载，每闻僧厨炊煮，辄饥火如焚。窥君似有慈心，残羹冷粥，赐一浇奠，可乎？"（《阅微草堂笔记》卷十一）

鬼市的秘密

冥界的经济问题，向来有很多矛盾的说法。有鬼君之前与一位媒体朋友在关于纸钱通胀率的讨论中，曾经提了一个说法：在鬼世界，衣食需求都仰仗于人世，那么冥币的锚点无论是黄金、石油或不动产，其实都不重要，反正人间会烧给他们。古人祭祖，除了烧纸钱，还会烧衣食住行等一应生活所需的物品。祖先在冥界既然已衣食无忧，那么冥币上的天文数字，也就只是数字游戏而已。就像我们吃饱喝足后玩大富翁游戏，游戏中纽约、洛杉矶那些商业大厦的价格、过路费，完全可以随便标注，你丝毫不会觉得这个游戏中的价格对于真实世界有什么冲击。鬼大概也是这么想的。

在志怪小说中，很多涉及烧纸钱的故事，鬼魂在要求烧纸钱的同时，也会让亲人准备食物及生活用品以供使用。所以，纸钱大都不是用来实现基本消费或商业投资。那么纸钱用来做什么呢？很多故事里是用来行贿、打点阴差，甚至用来赌博。比如《子不语》卷三"赌钱神号迷龙"说某人生性好赌，死后还魂，让家人"速烧纸锞，替还赌钱"，那些输了的"赌败穷极，便到阳间作瘟疫，诈人酒食"。

真正艰难的是那些在阳间没有亲友祭祀的孤魂野鬼，他们确实是有生存之忧的。所以对鬼世界来说，每年七月半的盂兰盆会（中元节）可能比只是祭祖的清明节更重要，因为这一天是向所有鬼世界开放的，让饿鬼吃顿饱饭。

其实有鬼君想说的是，在阴间，经济问题并不是关系到国计民生的大事。当然，不重要不等于不存在，诸多关于鬼市的记载，说明那里的小商品经济，还是有一定的发展。

明万历年间，吴县秀才黄嘉玉染时疫病故，过了四五天又复活。他入冥时并无勾摄的阴差指引，游魂在一望无际的旷野荒郊乱闯，心中惊惧。走了很久才见到人烟村落，远远能看到高城：

> 便入城，城内有通衢夹道，皆市廛阛阓，屠门米肆，鸡犬相闻，或斧薪，或锻铁，或饮酒、吹笙，绝无相识。

有肉铺、米铺，有卖柴火的、打铁的、卖艺的，当然还有酒楼。描述得不很细致，但显然是热闹的集市，到处是店铺与地摊，未提及有无城管。黄秀才正茫然无措，正巧遇到冥府官员出行，意外认出那个官儿竟然是父亲的故交、嘉靖朝首辅顾鼎臣。顾鼎臣命阴差放故人之子还阳，这才逃过一劫。（《狯园》第九"冥迹·黄生遇顾文康"）

在另一则故事中，入冥的曹理斋先生，遇到的摊贩就是自己的亲人。开封人曹理斋很早父母双亡，由祖母抚养长大。他九岁时曾身染重病，梦入冥界。看到一处官府前"有布摊货果饵者"，小娃娃不懂阳间阴间，正在果饵摊前流口水。右边摊位一个"短身白须"的人指着边上"顾而长，面瘦颊微削，无须"的人说，这是你三公公。小孩子很听话，喊了声"三公公"，三公公说，你个小娃子，到这里来做什么，赶紧回去，说着抓住他肩膀一推，孩子就醒了。醒后他向祖母说起三公公的样子，祖母说，这是你祖父的三弟曹子敬，在开封做幕僚，四十岁上就去世了。曹家三兄弟只有曹理斋一个独苗，他兼祧三房。所以曹子敬的"精魄亦护持之也"。（《洞灵续志》卷三"曹理斋"）

这次的鬼市直接摆在冥府门口，显然冥府并不认为摆摊有碍观瞻。

有鬼市，也就会有纠纷，所以也有市场管理工作。四川酆都县一直有鬼市的传统，"日暮有鬼即出市廛中交易"，天天如此，人们也习以为常，到了晚上主动远离鬼市，互不干扰。某天，住在鬼市附近的李县丞忽然被冥府征召，据他说，因为"酆都县市价不公，以我无私，遣为议断"，而且是阎王亲自下的调令。李县丞就此去世。后来曾有人晚上误入鬼市，见到李县丞，"从者数百人，刑械毕列"，很可能城管队伍也成立了。需要数百人的城管，可见鬼市的规模之大。（《古今奇闻类纪》卷四"酆都鬼市"）

这个故事对鬼市的设定很有趣，鬼市与阳间共享一个空间，只是日暮即出，对阳间的正常生活干扰较少。那不就是夜市吗？在另一个故事里，进一步印证了这一点。

民国时期，无锡北门内大街有家布铺叫"唐瑞成"，少东家唐少兰每天到布铺打理，晚上出北门回家。某年夏天，他从布铺出来，没留神出了西门，西门外原本是荒林旷野，可是这时却"广逵坦坦，两旁店肆林立，上为层楼，电火灿烂如昼，车马行人，往来喧呷，俨如海上之南京路"。无锡夜市竟有如此繁华，堪称上海南京路。唐少兰信步街市，顾盼甚乐。忽然有人从后面拍了一下他的肩膀，回头一看，是乡里的熟人，提着灯笼。唐少兰还纳闷呢，这大街上"电火灿烂如昼"，哪里用得着灯笼。眼前一黑，定定心神，这才发现自己在惠山山脚下的树林中漫步，离无锡城已经好几里地了。原来他误入鬼市，幸好有乡人将其唤回。（《洞灵续志》卷六"鬼幻"）

可能会有人说这是鬼为人设定的幻觉，可是一般鬼幻总有目的，或为缢鬼、溺鬼求替，这个故事并无这类情况，更大的可能是唐少兰误入鬼界，实际上，人界与鬼界的接壤处并不是只在酆都，活人稍不注意，机缘巧合，就可能误入鬼界。鬼市设在无锡城外的惠山脚下，对阳间的影响也确实比较小。

从这个故事可以看出，民国时期的鬼市已如此发达，四十年前的无锡，未必会有这样繁华的夜市。不过，人类总是很乐观，所以喜欢一遍遍倒带：看成败，人生豪迈，只不过是从头再来！

土地爷的崇高感与土地奶奶的优美感

土地爷的崇高感无须做过多论证,简单引一段吕宗力、栾保群先生在《中国民间诸神》中的按语:

> 土地的前身,叫社神,也称社公。……古人因为"土地广博,不可遍敬,故封土为社而祀之"。统一王朝出现以后,抽象化的大地之神称为地祇、后土,由皇帝专祀,而各诸侯国、大夫采邑、乡里村社则奉祀管理本地区的社神,即《独断》所谓"社之所祭,乃邦国乡原之土神也"。土地崇拜发展到这一阶段,自然崇拜的性质已渐渐消失,转化为具备多种社会职能的地区守护神信仰,人格化的倾向也已发生,如各地分别以大禹或勾龙等为本地区的社神。……西汉以后……兼具多种社会职能、以单纯的区域观念为准则的土地神出现了。它继承了传统的土地崇拜观念,在民间得到普遍的信仰,但并无聚合作用,其人化现象

也更加明显。……经过种种变迁，土地神在民间构成
了与普通百姓最接近、慈善可亲而神通有限的形象。

从土地爷的起源，就能看出其神格曾经非常尊崇，所以土
地爷的崇高感首先来自其出身；其次，从美学意义上思考，土
地爷的崇高别有一层含义。原本是由皇帝专门祭祀的原始崇拜
中的王者，演化到后来，降级成神界最基层的片警。其地位的
反差与坚持护佑一方平安之间所蕴含的美学张力，当然也具备
了崇高的意蕴。

南宋孝宗乾道年间，湖南衡山一个村民，在社日祭神，喝
得大醉，回家途中不小心摔在水田里。这一下摔得太厉害，不
自觉地神魂出窍，魂魄自行回到家中。可是到家就发现不对
了，因为他身子可以从关闭的房门缝隙中穿过去，妻子、孩子
在家里都看不到他，与他们说话，也听不到。村民大惊：莫非
我已经死了？嗒焉若丧，经过祖先牌位时，向祖先泣告。亡父
说，不用怕，我去请土地爷。说着飘然出去。过了一会，一个
老农民进来，穿着粗布衣服、草鞋，戴着斗笠，原来他就是土
地爷。土地爷问明缘由，叫一个牧牛娃模样的小孩进来，跟着
村民到他摔倒的水田里，教他以魂魄抱住肉身，大声呼喊自己
的名字，叫了几声，就苏醒过来，形神俱完。（《夷坚丙志》卷
八“衡山民”）

这个故事里的土地爷“布衫草屦，全如田夫状”，与土地庙
里威严庄重的形象截然不同，但有鬼君相信，这反倒是村民心
中土地爷的常态。整日峨冠博带，开口“天人合一”，闭口“格

物致知"，如何做得了片警？

至于土地奶奶的优美感，论证起来则颇为困难。虽然现在不少地方都默认土地奶奶的存在，但实际上，无论是仙界还是冥界，对于仙官和冥官的夫人，大都避而不谈，仿佛有了夫人，就削弱了其神性，比如《坚瓠辛集》卷四"盛教授启"中记载：

> 盛教授《请除土地夫人书》曰："伏睹本学重建地灵祠于戟门之外，其神本无有也。使诚有之，是岂不知廉耻者哉！今肖像之设，夫妇偶坐，楚楚裙钗之饰，盈盈朱粉之施，侍从旁立，男女杂处。《礼》曰：男子居外，女子居内。又曰：女子出门必拥蔽其面。虽近世风俗之弊，亦未尝无男女之别。至于闾阎细民，客或过之，其妻犹避而不出。岂有身为神明妻，乃不知内外之分，呈身露面，据案并食，以饕士大夫笾豆之荐，反不若闾阎匹妇乎？幽明虽殊，礼制则一。司世道者，宜亟去之。"

这篇文章强烈反对建土地奶奶塑像，他的主要理由是，男女授受不亲，即使在人间都是如此。土地奶奶身为神明之妻，却公开抛头露面，与土地爷在庙里大吃大喝，有碍观瞻，如何母仪地方？

但文章其实并未否认土地奶奶的存在，只是不希望她削弱了土地爷的神性。但是，如前所述，在土地爷逐渐人化的情况下，让其做鳏夫极不人道。所以，给土地爷配土地奶奶，也是兼具神性与人性的五伦之一。

明正德年间，台州知府顾璘新上任，就下令说：土地爷岂能有夫人，赶紧把塑像撤掉。老百姓不敢抗命，只能折中，说知府庙前的神缺夫人，请让土地夫人改嫁给他吧。顾知府：……为了不直接违逆民意，顾知府说，这样吧，我们请庙神决断。在庙神前占卜，吉！于是老百姓高高兴兴地将土地夫人塑像抬到知府庙里。还说：土地夫人嫁庙神，庙神欢喜土神嗔。过了一年，老百姓又来请愿，说是夫人嫁过去一年了，应该有个娃了。顾知府：……那么再去占卜，还是吉！于是庙神边又加塑了一座太子像。老百姓又出歌谣：期年入配今生子，明岁更教令爱生。顾知府：……（《坚瓠辛集》卷三"土地夫人"）

有鬼君看到老百姓乐呵呵的样子，忽然怀疑，这一切是不是刁民、愚民在糊弄顾知府：所谓改嫁是假的，在他们心中，夫人还是土地夫人，至于太子，当然也还是土地爷的崽。

论证了土地奶奶存在的合理性，有鬼君突然卡壳：优美该如何论证？算了，硬试吧。

清乾隆年间，南京虎踞关名医涂彻儒的儿媳妇吴氏，有一晚梦见所在的街道办事处李主任拿着簿子要求她捐款，说是虎踞关将有火灾，请大伙众筹请戏班演戏以祈禳消灾。簿子上的名字，都是四方邻居。她正犹豫时，有位穿黄衫的老太太进来，说，九月初三这里要着火，你家首当其冲，命数所在，逃无可逃。最好买点纸钱、祭品还愿，这样可以避免伤亡。吴氏吓得醒来，忽然记起街道办李主任早已去世了。这个怪梦如此清晰,莫非真有蹊跷?她心里起疑,去土地庙烧香,赫然见庙中所塑的土地奶奶,就是梦中的黄衫老太。吴氏赶紧跟四方邻居说明,大家都慌了,纷纷掏钱,集资请戏班演出、给土地庙上供。

快到九月时,涂家将"衣箱器具尽搬移戚里家",从九月初一起,家里不再开伙。可是到了初三那天,四邻寂然,全无着火迹象。(《子不语》卷七"土地奶奶索诈")

按照《子不语》作者袁枚拟的标题"土地奶奶索诈",似乎认为这是神仙敲诈人类。但有鬼君倒觉得,最后没有火灾,很可能是虎踞关乡亲祈禳起效,同时亦将火灾隐患扑灭。不能简单地认为土地奶奶是在敲诈。更进一步说,土地奶奶虽然代土地爷索贿,毕竟将事情办成了,也可勉强算是"见小利思大义"吧。

好了,有鬼君编不下去了,还是开车吧。

清初有一叫王炳的村民,经过村口土地庙时,见庙中出来一位美女,"顾盼甚殷"。王小哥试着上前撩拨,没想到异常顺利,当晚,美女就悄悄到他家里来同宿,"极相悦爱"。可王小哥发现一个奇怪的现象,有时他和妻子同榻,美女也照来不误,而且"必来与交,妻亦不觉其有人"。试着问美女,美女也直截了当:"我是土地夫人。"王小哥一听,自己竟然给土地爷戴了顶绿帽子,这是多不想活了啊!赶紧让美女走,可是怎么也没法阻止。土地夫人照样每天过来跟他来一发,到后来,更加不避讳了,连王小哥家人都看得见她。半年后,王小哥就一命呜呼。王妻再见到土地夫人来,不由破口大骂:"淫鬼不自羞!人已死矣，复来何为？"她这才不再现身。(《聊斋志异》卷四"土地夫人")

优美感除了心灵美，自然也包括外表形体美，如"丁香花开随风飘"的"高绝风韵"，以及女性的大道之美——开车的天人和谐，灵肉合一。这就算有鬼君证明了土地夫人的优美感吧。

身许阴曹心许你

在有鬼君心中，鬼学中的投胎学就像永恒的道德律和头顶浩瀚的星空一样，不为世事变迁所动。

人鬼之间，或者说形神之间的交流切换，在投胎学的语境下一点也不稀奇。

唐代开元年间，凉州节度使郭知运到治下视察，没想到在驿馆中暴病身亡。此时尚无人知晓，他的魂魄与肉身分离出门，命令驿卒把尸体所在的房间门锁上，不准任何人进去。然后，魂魄独自回到节度使官衙，处理公私事务，一气做了四十天，把所有事情都处理好了。再命人到驿站将自己的尸体运回，生魂亲自主持了自己的葬礼。入土前一刻，他与家人告别，"投身入棺，遂不复见"。（《太平广记》卷三百三十"郭知运"）

这个故事没有提到郭节度使家人、下属的反应，想来魂魄回家时已经知晓。魂魄可以代替肉身工作四十天，如果不是肉身要下葬，也许形神还可以继续分离下去。当然，严格说起来，在正式下葬前，魂魄尚未在冥府报道，还不能算是身许阴曹。

有点像佛教中说的中阴身。可是，这个故事至少说明："身许×
×心许你"并不违和，随便骂人是不对的。

淮阳叶秀才，"文章词赋，冠绝当时"，时任淮阳县令丁乘
鹤对他极为看中，提供各种奖学金，一心栽培，可是叶秀才命
中无禄，还是铩羽而归。郁闷之下，叶秀才"形销骨立，痴若
木偶"，一病不起。丁县令命人求医问药，可始终不见好转。

恰在此时，丁县令因得罪上司被免官，预备回乡。正要动
身，叶秀才忽然上门求为家庭教师，跟随县令北上。县令当然
求之不得。回乡之后，叶秀才悉心调教丁公子，而丁公子也不
负所望，"凡文艺三两过，辄无遗忘。居之期岁，便能落笔成
文"。在科场连战连捷，直至外放为官。公子对叶秀才感激不
尽，替他捐了科名、捐了官。后公子到南方做官，离淮阳不远，
就命仆人送叶先生回乡省亲。

叶先生回到家中，见门庭冷落、萧条，妻子出来一见他，
吓得扔下手里的东西就跑。叶先生神色惨然：如今我富贵回乡，
才三四年不见，难道你连夫君也不认识了吗？妻子说：你都死
了那么久了，还说什么富贵还乡的昏话？当初家里穷，没法给
你下葬，现在孩子长大成人，要找一方吉壤，你现在跳出来吓
人干什么？叶先生听闻，怅然不喜，进了房间，见灵柩还在屋
中放着。忽然仆地倒下，身体像水汽蒸发一样消散掉，只剩下
衣冠鞋袜落在地上。

原来，叶先生在县令回乡之前就已去世，魂魄一直跟着县
令数年，像正常人一样生活。如果不是他妻子说破，形神分离
恐怕还会继续下去。（《聊斋志异》卷一"叶生"）

这两个故事很容易被认为是在描述魂游，不过从形神关系上看，并不那么简单。首先，这两个故事中的主人公都已死，魂魄在外游荡之后，依然要附于肉身下葬。而在魂游故事中，人并未死去，而是在睡觉、昏迷或假死的情况下，魂魄脱离肉身的控制，在外游荡。贾宝玉魂游太虚境，看了金陵十二钗的判词，一觉醒来，还是身在阳间。其次，这两个故事中的魂魄能自主地、心智无碍地在阳间生活，前者生活了四十天，后者更是活了三四年，还培养了一个进士学生。而魂游故事中的魂魄大都不能自主，很难和阳间的人正常交流。

实际上，古人对这种情况有专门的说法：生身活鬼。下面这个故事见于《夷坚三志》壬卷十"颜邦直二郎"。

江西弋阳农民何一，小时候曾经在邻镇颜二郎邦直家中做过三年学童，之后再无往来。某天，何一在田里干活，有人自称是颜邦直，让何一跟他走一趟。何一与田里的其他人打了声招呼，就跟着主人走了。没想到这一走就半月没回来。何家人找到颜家，颜家更是大吃一惊：二郎已经过世十多年了，怎么可能去找旧日的书童呢？何家无可奈何，只能慢慢求访。

两年后，何一忽然回家，讲述了自己的奇遇：他跟着二郎东奔西走，到各处寺庙拜访。去年莫名其妙到了湖北蕲水武三郎家。颜二郎与武三郎寒暄之后说：您府上有一个婢女桂奴是生身活鬼，她领养的一个孩子也是鬼。武三郎把桂奴喊来对质，桂奴大骂颜二郎：你说我不是人，你又是什么东西？还不一样是无身之鬼，还骗了个活人何一，害得他撇妻离子到处乱窜。二郎说，"吾虽无身"，但生前读了《度人经》，可以逍遥自在地在阳间游荡，我这是超度何一，怎么可能害他？桂奴无言以对，转身又大骂武三郎：我在你家勤快做事，没犯什么错，现在被颜二郎说破，你也不给我做主。说着就抱起领养的那个孩子走到厨房去，再也不见了。

颜二郎说破桂奴，自己也被桂奴说破，何一当然不敢再跟着他了，自行返乡。幸好一切如常。

这个故事里的颜二郎和桂奴都是生身活鬼，也就是以鬼之身份在阳间像正常人一样生活。如桂奴所说，虽然表面看起来大家都一样，但无身之鬼究竟与人在形质上不同，一旦说破就无法挽回。

很多志怪小说都暗示，有相当多的鬼在阳间像正常人一样生活，也并不显示出任何超能力。而且一旦出于各种偶然的原因被说破，就立刻消逝。无论他们心中如何向往阳间，身体（形质）却很诚实。为什么这些鬼喜欢在阳间生活？也许他们只是喜欢潜伏吧！

土偶之爱

古人有物老成精的观念。西晋时的名臣张华号称博学，一位千年修行的狐狸精不服，偏要去与张先生清谈，古今中外无所不知，把张华弄得下不来台。他恼羞成怒：除了多年生的妖精，这世上没人比我更博学多闻了。张华最终将这只爱显摆的狐狸精杀掉，还搭上一根千年的已成精的华表。（《搜神记》卷十八）

除了动植物、山石河流之外，人造物品如果得到充分滋养，也会成精，特别是玩具土偶。

《坚瓠秘集》卷二"泥孩"记载，南宋临安商业发达，很多到西湖游览的游客，会买些土特产、纪念品送人。有个女子买了一个"压被子"用的泥娃娃（压被子似乎是一种民俗，有用铁的，也有用布袋装五谷，估计是求吉祥平安之意），因为泥娃娃做得很精致，女子爱不释手，每天把玩。某天晚上临睡前，恍惚听到有人吟诗："绣被长年劳展转，香帏还许暂相偎。"声音越来越近，朦胧中见到一男孩来到帐前（原文用"童子"，具体年龄不好估算）。女子吓了一跳，男孩说：小姐姐别怕，我和你是邻居，因为见小姐姐生得美貌，魂游至此，想一亲芳泽。女子见这男孩长得也颇俊俏，又知书达理的，就与他滚了床单。分别的时候，男孩脱下手上的金镯子给女子作为定情之物。女子珍重地将其放在箱子里，过了几天打开箱子，发现这金镯子竟然是土制的。再看那压被子的泥娃娃，左臂上的金镯子不见了。这才明白，自己那晚是和成精的泥娃娃睡了。赶紧砸碎扔到江里，此后那男孩就不再出现了。

《夷坚甲志》卷十七"永康倡女"讲的故事与此类似。宋代一妓女到灵显王庙烧香，见到其中一个泥塑的士兵，身材高大、健硕，连衣服都塑得栩栩如生。这女孩越看越爱，发了花痴一般，回到家竟然对塑像犯了相思病，连生意也不愿做了。第二天晚上，有恩客上门，长得和庙里的兵哥哥一模一样，女孩大喜过望，认为是上天所赐，连续几天都只接待这位兵哥哥。某晚兵哥哥忽然流泪对她说：我其实就是庙里的泥塑。承蒙妹妹你垂青，所以特来相会。因此这几天庙里的晚点名我都没到；部队上管理严格，我因为严重违纪，被判刺字发配。明天就要上路了，会经过你家门，希望你看在这几天的情分上，烧点纸钱给我路上用。女孩也哭着答应了。第二天果然见到兵哥哥被两位狱卒押着，两人洒泪分别。过了几天，女孩再去庙里，见到那军卒的塑像已经倒在地上了。

庙中泥塑成精的故事最著名的可能就是泥马渡康王，这在当时的社会可算共识。女子们喜欢的小摆件、抱枕、布娃娃之类，如果时间久了，也很可能成精。古玩行业中有包浆的说法，天天被把玩的那些器物，偶尔显灵也是理所当然的。所以，那些爱上自己收藏的芭比娃娃、充气娃娃的宅男腐女们，也很可以理解了。只是，个人觉得最好不要买无锡惠山泥娃娃那样的套装，成精的太多，估计招架不住。

爱上玩偶还有一些意料之外的后果——生娃。

山东沂水县有位年轻的寡妇王氏，父母一直希望她趁年轻改嫁，王氏坚决不肯，甚至以死相逼。为了表达守节的强烈愿望，她还请艺人做了一个丈夫的土偶，每天给土偶丈夫敬献食物。

这样坚持了一段时间，某晚土偶忽然复活，并且身形变大，就像丈夫生前一样。土偶开口对妻子说："我的命不好，因为我爹，也就是你的公公当年阴德有损，所以被判没有后人，我也因此早早身亡。你守节太艰难，阴司也很感动，所以允许我回来，让你生个孩子再走。"王氏自然欢天喜地，两人当晚就睡在一处。此后一个月，土偶丈夫每天都幻化成人形来播种，直到王氏怀孕，才洒泪分别。

王氏的肚子一天天大起来，终于不能隐瞒了，她将此事告诉了母亲，母亲自然不会相信什么土偶丈夫，但王氏确实从不出门与外人见面，此事实难索解。十月之后，王氏产下麟儿。周围邻居当然也不相信亡夫还魂的说法，与王家关系不好的某人到官府告状，说王氏伤风败俗。县令听了双方的陈词，并未独断，说：据说鬼之子都是没影子的，试一试就知道了。把婴儿抱到阳光下，那影子果然是淡淡的，像烟一样，与常人完全不同。再扎了一点婴儿的血涂在那个土偶上，立刻就被吸收了，换其他土偶，就完全进不去。县令于是判定这确实是鬼之子。这孩子长到几岁后，音容笑貌与他爹完全一样，众人才相信。（《聊斋志异》卷五"土偶"）

这个故事里，王氏生子是遵循阴司的命令，为丈夫留后，也就是说，是有合法的准生证的。所以她在"滴血认亲"这种传统剧目中顺利过关。如果没有准生证会怎样？不大妙。

南宋时期，潭州善化县的苦竹村有个村级守护神"苦竹郎君"，还有座小庙。邻村有个妇人唐氏，与一帮小姐妹郊游，经过苦竹村，顺便到庙里赏玩。唐氏有点花痴兮兮的，见这郎君的塑像唇红齿白，衣带飘飘，秒杀周围的"乡村非主流"，不免心生爱慕，回到家里还是念念不忘。过了几天，那位"苦竹郎君"竟然半夜闯进来，与唐氏"归房共寝"。此后每隔几天就来一次，唐氏的丈夫和家人完全不知。后来，唐氏也怀孕了，可是产期已过却生不出来。唐氏痛苦不堪，只能向丈夫坦白。丈夫请来巫师祈禳，全无效果。最终唐氏难产而死，"出黄水数斗"。（《夷坚志》补卷九"苦竹郎君"）

在这两个故事里，女方都是阳间之人，如果男方是阳间之人呢？

山东淄博颜神镇一位姓国的女子，嫁人后不久就去世了。其夫只能独守空房，不过没过多久，妻子就现形了，且"华妆盛服，艳逾生时"，继续为丈夫暖床。稍有异常的是，她的衣服窸窣的声音听起来像纸做的。过了一个多月，家人发现有问题，认为是恶鬼祟人，但是请来的巫师道士也赶不走那女鬼。女鬼照样天天来陪侍丈夫，做丈夫的当然没有理由拒绝了。过了一年多，女鬼的肚子慢慢隆起，显然是怀孕了。可是妻子却说自己要前往泰山府君处报到，不能再来，将来生了孩子，会交给丈夫抚养。此后再也不来，从此音讯隔绝。第二年的某天，丈夫半夜醒来，忽然发现被窝里多了个孩子——是个泥娃娃！（《小豆棚》卷十一"泥娃娃"）作者认为这可能是鬼的恶作剧，不过有鬼君觉得，鬼妻与泥塑可能真有点渊源。

古人真的挺爱生娃的，人仙恋生娃、人鬼恋生娃、人妖恋生娃，连与土偶谈恋爱也要生娃，养娃不要花钱吗？

投胎学：受限制的旅行

投胎转世，既是阴阳之间流转的动力或规律，也是人类努力改变自己命运的途径之一。不过，改变命运并不容易，在六道轮回中，天道最难，地狱道最苦，而人道大概是一般人都想去的。如果我们把转世成人看作一次旅行或移民，要经历怎样的困难和限制，才能到达期待的终点呢？

《地藏菩萨本愿经》第六品说：

> 未来世中，若有恶人及恶神恶鬼，见有善男子、善女人，归敬供养赞叹瞻礼地藏菩萨形像，或妄生讥毁，谤无功德及利益事，或露齿笑，或背面非，或劝人共非，或一人非，或多人非，乃至一念生讥毁者。
>
> 如是之人，贤劫千佛灭度，讥毁之报，尚在阿鼻地狱受极重罪。过是劫已，方受饿鬼。又经千劫，复受畜生。
>
> 又经千劫，方得人身。纵受人身，贫穷下贱，诸根

不具，多被恶业，来结其心。不久之间，复堕恶道。

　　是故普广，讥毁他人供养，尚获此报，何况别生恶
见毁灭。

　　文中提到的"讥毁之报，尚在阿鼻地狱受极重罪。过是劫
已，方受饿鬼。又经千劫，复受畜生。又经千劫，方得人身"，
如果简单理解，就是先在地狱受罪、累积劫难、刷够积分之后，
再升到饿鬼道继续受罪、刷分……直至投胎为人。

　　佛教传入中国后，那些千劫、万劫的时间单位有时会转化
为具体的刑罚次数，这在志怪小说中也有不少体现，特别是一
些历史上公认的大奸大恶之辈。《剪灯新话》卷二"令狐生冥梦
录"记载了秦桧在阴间所受的苦：

　　见数十人坐铁床上，身俱桎梏，以青石为枷压之。
二使指一人示（令狐）误曰："此即宋朝秦桧也。谋害
忠良，迷误其主，故受重罪。其余亦皆历代误国之臣
也。每一朝革命，即驱之出，令毒虺噬其肉，饥鹰啄
其髓，骨肉糜烂至尽，复以神水洒之，业风吹之，仍
复本形。此辈虽历亿万劫，不可出世矣。"

　　以秦桧为代表的奸臣，因为罪恶太多，被判了永不保释的
无期徒刑。所以"虽历亿万劫，不可出世矣"，永远不能到达旅
行的终点。如果都是像秦桧这样的无期徒刑，也就起不到惩恶
扬善的目的，所以，有不少罪犯，在阴间被判的是有期徒刑，

这样旅行才有意义。我们以秦国名将白起为例，看看有期徒刑的情况。

白起是秦国的名将，在后世也被奉为战神。《史记》卷七十三记载，白起最后是被秦昭襄王赐死的：

> 秦王乃使使者赐之剑，自裁。武安君引剑将自刭，曰："我何罪于天而至此哉？"良久，曰："我固当死。长平之战，赵卒降者数十万人，我诈而尽坑之，是足以死。"遂自杀。武安君之死也，以秦昭王五十年十一月。死而非其罪，秦人怜之，乡邑皆祭祀焉。

白起认为自己在长平之战中坑赵国降卒四十万，所以被赐死也是报应。这一报应，在阴间就显得特别惨烈，《广异记》"河南府史"记载，一王姓小吏入冥参观地狱：

> 忽见一人头，从空中落，随池侧，流血滂沱。某问："此是何人头也？"使者云："是秦将白起头。"某曰："白起死来已千余载，那得复新遇害！"答曰："白起以诈坑长平卒四十万众，天帝罚之，每三十年一斩其头，迫一劫方已。"

白起受的刑罚是每三十年砍头一次，要满一劫才行。在佛经的记载中，一小劫为一千六百八十万年；合二十小劫为一中劫，共三万三千六百万年；八十中劫为一大劫，共计两百六十八亿八千万年。印度人的数学太好，不仅发明了零，而且操弄无限大的数字跟玩似的，这对国人来说太烦琐了。所以在其他记载中，白起还是有盼头的。

《庸庵笔记》"山东某生梦游地狱"记载：老儒生到冥府游历，接受警示教育，其中一处是暴贼之狱，只见狱中有"裸身反接者数百人。鬼卒或锯其项，或剥其皮，或断其手足"。其中五个杀人最多的暴贼朱粲、黄巢、秦宗权、李自成、张献忠，所受刑罚最惨。每杀一人，就要相应地在地狱挨一刀。所以他们五位每天被斩首一次，第二天将其尸首合起来，灌下续命汤后复活，再斩首。如此往复，每年要被斩首三百六十次。黄巢杀人八百万，张献忠杀人一千多万，一人一天，也相当于无期徒刑了。而白起"自长平坑卒四十万外，节次杀人复不下四十余万"，合计杀了八十多万人，所以在阴间待了两千多年，"罪孽甫满，今出狱不久耳"。

在另一则记载中，白起在地狱受的处罚不是 HARD 模式，早早就转世了。《谐铎》卷九"顶上圆光"记载，黄山上有个老和尚，向游客述说了自己的前世情况。

老和尚的第一世为白起，因"伊阙之战，斩首二十四万，破赵长平，取四十万人尽杀之，复坑降卒不下数万。阎摩王大怒，转轮回六道，受诸怖苦"。这次受罚，才到唐代就刷够积分，与奸相李林甫同一天转世为牛，升级到畜生道。因做牛时一心向佛，开了外挂刷分，再次转世成人，在南宋时转世为贾似道，可是一做官就"迷失本来，起多宝阁，广通贿赂，贻误国家"。再次回到地府受罪，经多次轮回，"今始度入佛门，虔修善果"。

当然，我们要清楚，像白起、秦桧这样的极端大奸大恶之人，毕竟是少数，大部分亡灵生前虽有过错，但无须 HARD 模式。甚至可以由阳间的亲人开外挂，诵经、抄经即可。随便举一例，《夷坚丙志》卷十"黄法师醮"记载地狱的刑罚酷烈：

> 火轮、铜柱、铜狗、铁蛇，锻治于前，楚毒备极。三人着公服在其中。将军曰：一为临政酷虐，二为事父不孝，三为作监官不廉。监官乃吾弟，曾任潭州税官，盗用公家钱而逃，至今在狱。而酷虐者获罪尤重。叔介问："如何可救？"曰："除是转《九天生神章》一万遍，即可救拔。"

转《九天生神章》一万遍，虽然也要花点时间，但确实属于 EASY 模式了。就这一点来说，佛教确实给了人类很多开外挂的方便法门。

很多人会说，我一介平民，又不是位高权重的官老爷，想作恶多端都不可能。如果越过地狱道受罪这一关，不是可以顺利移民到下一世吗？

图样！

转世成人的困难很多，比如档期不对：

> 惟节妇守贞者，其夫在泉下暂留，待死后同生人世，再续前缘，以补其一生之茕苦。余则前因后果，

各以罪福受生，或及待，或不及待，不能齐矣。（《阅微草堂笔记》卷十三）

比如投错胎：

逞雄撞入广寒宫……扯住嫦娥要陪歇。……却被诸神拿住我，酒在心头还不怯。押赴灵霄见玉皇，依律问成该处决。多亏太白李金星，出班俯颜亲言说。改刑重责二千锤，肉绽皮开骨将折。放生遭贬出天关，福陵山下图家业。我因有罪错投胎，俗名唤做猪刚鬣。（《西游记》第十九回）

比如性别转换：

海秋前生为四川绵竹令，渠为幕友，宾主极相得。曾用主人银，将及万，今世应转男子身，以主人之银未还而情未答也，特现女子身以报。（《北东园笔录》三编卷二"姚伯昂先生述二事"）

比如被迫转世：

客有自山东来者，言济南某村妇，已死经日，忽复苏。妇固朴拙，至是乃能歌，凡箫、笛、胡琴之属，罔不娴习。人咸异之。久之，乃自言实邻村妇之魂，年三十余，患时疫，误于药而死。冥司察其生平无大过恶，命隶役送还。讵天暑尸已腐坏，不得已乃留于役所，俟有女尸年岁家道差埒者，俾借以还阳。诸役无事，多以吹弹歌曲自遣，妇亦渐习之。适是村妇卒，遂送以往。两家盖相距百余里也。初苏，与家人皆不相识，其夫入房，妇坚拒之，久乃相安。盖近年事。

（《洞灵补志》卷一·济南村妇）

即使这些难关都顺利度过，还有些意想不到的事情。

南宋绍兴年间，一位叫赵丰的将领率军进驻四川，驻扎南充时，驿站闹鬼。赵将军胆子大，借着酒醉与女鬼交流。女鬼自言叫解三娘，因战乱流离失所，嫁给郡守之子做妾，不容于正房，被虐待致死，被随意地葬在此处。至今三十年，一直没法转世。"遗骸思葬，未尝须臾忘。是间有神司守，不许数出。十年前妾夜哭出诉，地神告曰：后有赵将军来此，是汝冤获伸之时。"毫无理由地将冤魂羁押三十年。

赵将军可怜她的身世，命人"召僧为诵佛书作荐事"，并且派人将其遗骸起出。解三娘特别交代，在起骸骨时，"顶骨最在下，千万为我必取。我不得顶骨，不可生"。（《夷坚甲志》卷十七"解三娘"）如果没有顶骨，转世也无法成功。

当然，按照阴律的规定，生前行善积德，死后往往会有转世绿色通道甚至成神，但这是对其前世的补偿。还有一类绿色通道并不多见。

北宋仁宗年间，相国庞籍去世前，曾在梦中朝拜玉皇大帝，玉皇下诏书说：你先回去，多活几天，到时与南岳真人一起来。

然后有仙官领着他去见南岳真人，"复至一殿庭列班，庞居上游，卷帘毕，既拜，熟视乃仁宗皇帝也"。过了不久，"三月二十七日庞薨，越一日，仁庙上仙"。（《括异志》卷一"南岳真人"）

想到仁宗姓什么，这事就不奇怪了。

阎罗殿怎样保护犯错的冥官

从阴间的视角看，人的死亡大多是遵照法律规范处理的。最常见的场景是，阴差拿着合法勾摄的文书，将人的生魂带至冥界登记注册。这个过程并不复杂，同时我们也很容易发现，阴差勾摄出错的情况时有发生。出了错就要改正，这是当然之理。对活人来说，勾摄是人命关天的大事，怎能随便出错呢？可是，如果站在冥府的角度，生死也许只是生命的一体两面而已，对于勾摄的差错，他们处理得总有点轻描淡写，甚至连执行勾摄任务的阴差也不甚措意。

南唐时代，有个看守仓库的小官陈德遇，经常要到仓库值班。有天晚上，他妻子独自在家，睡梦中见到两个胥吏拿着文书进来：这是陈德遇家吗？妻子说是，不过他去仓库值班了。两个胥吏转身就走。他妻子想起一件事，赶紧追出去说：我夫君名叫陈居让，字德遇。还有个负责衣被仓储的叫陈德遇，住在东曲街道，经常有人搞错。你们究竟找谁？两个胥吏"相视而嘻"：差点搞错，走吧。第二天，管理被服仓储的陈德遇，忽然暴病而亡。原来两个胥吏就是勾摄的阴差，如果不是陈居让的老婆多说一句，这次勾摄就搞错了。(《太平广记》卷三百五十三"陈德遇")

这个故事中，有鬼君注意到"相视而嘻"这四个字。阴差执行勾摄工作时的粗疏、马虎就不必提了，让人不可思议的是他们那种浑不在意的态度。也许这就是人与鬼对生命的态度判然有别吧。

这只是一次险些出错的公务，那些已经出错的情况呢？阴差又是另一副嘴脸。

南宋福州黄秀才的女儿黄十一娘，在家中闲坐，忽然有阴差进来说要执行勾摄任务。黄小姐刚回到屋中就心痛而死，过了几天又复活，向家人描述了自己在冥界的奇遇。当时她跟着阴差一起赶路，走了几十里，阴差忽然脸上露出惊恐之色，对黄小姐说：我要勾摄的是王十一娘，刚发现搞错了，待会见到判官，你就说你姓王，要是敢说实话，"当捶杀汝"。黄小姐不敢抗拒，先答应了。到了冥府，见到三位冥官坐在堂上。巧的是，居中的竟然是黄小姐已故去的父亲，原来他在这里做了判官。黄小姐赶紧向父亲说明自己是被错抓来的，而且阴差还威胁自己做伪证。黄判官对旁边的同事说，阴差搞错了。同事说，你怎么知道？黄判官说：错抓的是我女儿啊！同事命阴差取来冥簿查看，说，真是搞错了。哈哈一笑：都说王法无亲，今天却有亲人。说着，几位判官哈哈大笑，放黄小姐还阳。(《夷坚甲志》卷十三"黄十一娘")

这个故事也很耐人寻味。阴差抓错了人，首先想的不是放人还阳，而是逼迫当事人做伪证，否则"当捶杀汝"。有鬼君觉得他脑子可能有点不好使，黄小姐不做伪证会被"捶杀"，做伪证也是死，有什么差别吗？三位判官对错抓的态度也很有意思，"皆大笑"，并无惩处阴差的打算。另两位倒也算了，黄判官对自己女儿的命好像也浑不在意，这究竟是人性的扭曲，还是道德的沦丧？

也许只能像上个故事那样解释：人和鬼对生命的态度太不一样了。更有甚者，误抓之后，冥官还会游说当事人别回去了：

> （崔敏殻）自说被枉追，敏殻苦自申理，岁余获放。王谓敏殻曰："汝合却还，然屋舍已坏，如何？"敏殻乞固求还，王曰："宜更托生，倍与官禄。"敏殻不肯，王难以理屈，徘徊久之。（《太平广记》卷三百零一"崔敏殻"）

当然，并不是所有的冥官都如此"草菅人命"，在《夷坚甲志》卷十七"张德昭"的故事中，阴差误勾摄"建州张德昭。王者怒曰：'命尔追某州孔昭德，今误何也。'付吏治其罪，命张还"。惩处了阴差，放张德昭还阳。但你想象中的冥府赔偿，那是绝对没有的。

以上说的还是非故意勾摄的情况，还有一类，则是冥府的下属机构收受贿赂、草菅人命的，这就让人愤怒了。

清末民初，湖州举办迎神赛会，庆祝城隍爷生辰。有位姓丁的姑娘在楼上看赛会，因为丁姑娘是当地有名的绝色美女，轻薄少年纷纷在楼下围观。有个小伙子也挤在人群中，不小心失足掉到湖里淹死了。当晚其魂魄就附体丁姑娘："尔女冶容诲淫，吾以此丧命。顷控于岳庙速报司，蒙神断为伉俪，兹来挈之同归也。"都是因为丁家女儿太漂亮，害死了我。我已经向东岳庙下属的速报司起诉，现在判决丁姑娘到阴间跟我做夫妻，我这就领她入冥。丁家人再三恳求无用，只能连夜赶往东岳庙反诉。东岳神表示，涉及自己的下属，请湖州本地城隍审理此案。因为所有过程都由被附体的丁姑娘传达，所以整个湖州城哗然，第二天都来围观这场冥判。这案子太明白了，城隍很快做出判决："罚鬼为城旦。速报司徇情枉断，详岳神治罪。"（《洞灵续志》卷五"湖州东岳庙"）

这个该死的少年鬼在阴间提出如此荒谬的要求，速报司竟然也徇情同意了。当然，城隍在判决时卖了一个人情，没有直接处罚速报司，而是交给其上级东岳神处理。这当然是出于保护东岳系冥官的考虑。速报司是做什么的？就是加速因果报应，以求现世报的冥府机构。

这个故事里，被收买的不是某个阴差、冥官，而是作为行政机构的速报司，换句话说，这件冥府腐败案其实是一个部门腐败的窝案。至于速报司的结局如何，虽然文中未说，但东岳神为了保护奴才，绝不可能把速报司一锅端，大胆猜一下，也就罚酒三杯吧。毕竟丁姑娘也没死。

阎罗王为什么要请家教

同事最近比较开心，因为他两个娃都通过摇号进了魔都的知名中小学，于是很凡尔赛地问有鬼君：阴间上学有没有摇号？

要回答这个问题不容易，让有鬼君试着一层层解释。

首先，冥府其实不办教育的，几乎没有关于古代的太学、府学、县学的记载，更不用说现代的大学、中学、小学乃至教育培训、职业培训机构，简而言之，冥府对教育浑不在意，甚至可以说是刻意不办教育。

举个简单的例子，北宋英宗年间，韦安之与同学张道一起拜在理学家李潜门下读书。当时李先生门下学生甚多，其中张道表现优异，一年学习下来，在同学中成绩最好。某天，他忽然与韦安之告别，说自己其实是阴间的冥官，到这里来读书，其实是阴间的升职培训。因为泰山府君想提拔他，但是他才学都有明显的不足。于是给了他一年的进修假，让他到阳间访名师学习。一年期满，他要再回阴间继续工作了。临别之际，还向韦安之透露了其一生的命运。（《太平广记》卷三百四十七引

《灵异录》）连队伍梯队建设这么紧要的事情，冥府也不愿自己办，宁愿借用阳间的教育机构和教师，可见他们对教育的无视。

但诡异的是，冥府其实很看重读书人。《小豆棚》卷十一"沈耀先"条说："冥司最重读书人，且读书者门路多。"实际上，这和冥府的教育无关，因为冥府公务员主要来自阳间，这是最关键的。中国古代的科举教育是为选官而设，阳间培养的读书人，死后尽可以被阴间择优录用，冥府当然没有办学的必要和冲动。

另一个可能更深层次的原因，与冥府的治国理念有关。冥府的主流意识形态，如果不太严格地概括，接近黄老之学。也就是说，冥府的管理，偏于无为而治（阎罗殿相当于出入境管理处或公检法机构，不能代表鬼世界的日常生活），对于阴间的成员，只期待他们"虽有舟舆，无所乘之；虽有甲兵，无所陈之；使民复结绳而用之。甘其食，美其服，安其居，乐其俗。邻国相望，鸡犬之声相闻，民至老死不相往来"。进一步说，生活在阴间的老百姓，让他们吃饱喝足就行，越是没有知识，没有思考能力，越容易管理。别说什么应试教育、素质教育了，连学门手艺的蓝翔技校都不需要。限于篇幅，有鬼君没法展开说，但是可以细品。

所以，我们很容易理解，冥府一方面不办教育，另一方面对于阳间的科举考试又特别重视，科场鬼的故事非常多。他们看重公务员考试，看重冥官阶层的选拔；百姓鬼只要安分地做奴才就好。

话又说回来，冥府固然不需要搞提高全民族素质的义务教育，但是，冥官请家教的情况却很多。

明末清初的张恭锡就曾被阎罗王请去做家教。冥官用大红帖子半请半强制地将其带到冥王府。阎罗王对张恭锡说，想请您坐馆，教我的两个儿子，搞搞应试教育，将来参加科举考试。张恭锡很奇怪：您都这么大的官了，贵公子将来直接就能继承您的爵位，还需要考试？阎罗王不好意思地笑笑：我也不是铁帽子王，将来要轮回转世成人的，何况犬子呢？我这是为他们的将来准备。于是命两位小公子出来拜师，这两个小孩十三四岁，懂礼貌，也聪明。阎王指定了教材，让张恭锡仔细讲解。简单地说，这教材有点类似我们现在著名的黄冈模拟题，妥妥的应试教育。张恭锡也不知教了多久，只觉得恍惚间时间过得飞快。某天，阎王设谢师宴，张思乡心切，无心饮食。阎王也不勉强，说：先生您有中举的命，不过命中无子，有点可惜；我送您两个孩子，作为家教的酬劳吧。说着招招手，下人就捧着一个金盘进来，盘子里坐着两个不足一尺的小孩，展示给张恭锡看。宴会结束，命人将他送回家。张恭锡醒来才知道，原来自己失去知觉已经两天了。此后，他果然科举顺利，还生了两个儿子。（《坚瓠秘集》卷六"冥王延师"）

上面这个故事中的家庭教师是直接去阴间坐馆的，有些阎王，为了不吓着老师，会让孩子跨界到阳间来求学，有点像借读。当然，阎罗王有权有势的，学区房、家教的价格再涨，也是难不倒他们的。

明代镇江有个胥教授，曾经做过几任小官，退休后在家里办了私塾教学生。有阎江、阎海兄弟俩来求学。哥俩对老师非常客气，束脩给的也丰厚，只是每十天要回家一次。他们读书认真，还很聪明，读了三个月，老师教的就大致都通了。要回去时，对老师说：家祖父明天想请先生吃饭，表示感谢。胥教授答应了，第二天，兄弟俩带着仆人和一匹马来接胥教授，说这匹马比较顽劣，让他闭上眼睛骑。一会工夫就到了，胥教授睁眼一看，阎府豪华无比，正厅里有位王爷模样的人正在处理公务，庭院里上百人披枷带锁，正在过堂。他跟着哥俩来到后院，一位老翁拄着拐杖出来，说："二孙久荷陶铸，无以报德，今者薄设相邀，小儿适有公事不获奉款，使老子迓宾，诚疏于礼。"就是代替自己的儿子向老师表示谢意。酒席丰盛异常，吃饱喝足，老翁又送了胥教授一大盘金银作为谢礼。

胥教授告别老翁，跟着哥俩出去，经过一个院子时，见树上绑着一人，正是自己的亲家公。他大吃一惊，忙问是怎么回事。亲家公说，我犯了罪被抓，您是这里的贵宾，请替我求求情。胥教授请两位公子帮忙，哥俩答应了，让仆人先送他回家。胥教授心里有点奇怪，也不知东家是哪里的大官。第二天起来，到亲家家里探望，亲家说，你救了老哥我的命啊！昨天我病故，到阎王殿待审，幸好遇见你向两位公子求情，我才能还阳。胥教授这才醒悟，原来那哥俩是阎王之子，自己昨晚是到阎王殿做客去了。不过，此后哥俩再也没来。（《庚巳编》卷五"胥教授"）

类似阎罗王请家教的故事还有不少，比如《聊斋志异》卷十二"元少先生"中，阎王请的家庭教师韩荩，后来在康熙十二年中了状元。

阎罗王请家教的事，也值得仔细琢磨。一方面，他们希望百姓鬼安分守己做文盲，另一方面，阎罗王却热衷请家教一对一培养自己的孩子（高企的教育成本，对他们完全不是负担）。不管冥府怎样无为而治，总有一小部分鬼是劳心者，绝大部分鬼是劳力者。劳力者当然希望能通过教育改变命运，成为劳心者，可是在阴间，所有的门都被堵死了。

冥界连教育行业都取消了，更不用说教育培训之类的产业，所以，扫黑除恶的手段完全用不上。

只要你愿意信鬼，天天都是七夕节

某年七夕的凌晨时分，朋友圈见到这么一段话：

> 宾馆外面随便走两步随便抬头看都能看到银河，
> 我慕了，并且织女牛郎并没有汇合，一个巨亮一个巨
> 暗，可以说是非常女权了。

这大概就是有鬼君一直不喜欢凡人与仙女恋爱故事的原因。
那些荡气回肠、惊天地泣鬼神式的爱情，大多数避免不了"娜
拉出走以后"的结局，不接地气。明明老婆是仙女，却要洗衣、
做饭、带娃，非常不女权！即使仙妻施展神通，全家锦衣玉食，
回仙界的时辰一到，甩手就走，夫君、孩子直接扔在人间。

凡男升仙太难了，最多做个工具人。

而人鬼恋爱的故事，不仅充满了烟火气，而且很多女鬼做
事爽利，只要看中的小哥哥，直接带到阴间去成亲。

西晋武帝咸宁年间（有学者认为是东晋哀帝兴宁年间事），

三位官二代同游南京城外的蒋山庙。庙里有几尊美女的塑像，不知为何方神圣。三个年轻人喝多了，指着塑像互相开玩笑，"自相配匹"。当晚，蒋山神就托梦给这三位：我这几个女儿长得并不好看，没想到得诸位公子垂青，现安排某天，迎接诸位到舍下成亲。三人醒来后互相试探，都在梦中被蒋山神招为东床。大惧，准备三牲到庙里去谢罪，恳求蒋山神收回成命。当晚蒋山神再次托梦给他们：婚姻大事，岂能儿戏！你们既然已在庙中选中了妻子，不能悔婚。过了不久，这三位公子哥就同时去世，到阴间做女婿去了。（《搜神记》卷五）

这三位公子的父亲分别是太常卿韩康伯、会稽内史王蕴、光禄大夫刘耽，全是高官，蒋山神当机立断，与他们结为亲家，如非对官场情势洞若观火，岂肯如此？

这个故事里，女鬼的婚姻由父亲做主，其本人的态度如何，不得而知。下面的故事，女鬼则完全是自主择婿。

唐玄宗天宝年间，会稽主簿季攸带着两个女儿和外甥女上任。到任后，不少人来求婚，季主簿把两个女儿都嫁出去了，却不肯嫁已是孤儿的外甥女。"甥恨之，因结怨而死，殡之东郊。"过了数月，主簿下属中一位姓杨的小伙子忽然失踪，小杨是大户人家，而且长得俊美。家人怀疑他被精怪所魅惑，就在周边各处墓地寻找，最后在外甥女停灵的殡室发现了那孩子衣服的一角。诡异的是，殡室完好无损，家人报告主簿，请他主持开棺。"女在棺中，与胥同寝，女貌如生。"家人将痴呆呆的杨小哥哥带回家中调养，数日后方痊愈。

女鬼并未罢休，附体活人向季主簿抱怨：舅舅你太偏心，让自己的两个女儿都嫁了好人家，对外甥女却不闻不问。我死后在冥府，已请神道批准嫁给杨小哥，所以先把他弄来睡了。如今整个会稽郡都已知道此事，那就好好办一场婚礼吧。恳请您向杨家知会一声，收了他家的聘礼，以女婿之礼待杨小哥。下月初一是吉时，婚礼就定在那天吧。

季主簿又怕又惊，忙不迭地去安排。杨家无奈，拿出几万钱作为聘礼，把婚事定了。季主簿为外甥女"造作衣裳帷帐。至月一日，又造馔大会"。与阳间婚礼一般无二。女鬼再次附体，感谢舅舅和公婆，亲自迎接杨郎。说完，杨小哥就暴卒。两家于是办了冥婚，将他们合葬在东郊。（《太平广记》卷三百三十三"季攸"）

整个婚事，夫君是女鬼自己选的，结婚手续也是她自己向冥府申请的，婚礼仪式也是她一手安排的。作为父母早亡的孤儿，她将自己在冥界的生活安排得妥妥帖帖，对阳间也有合理的交代。民俗相传，室女未嫁而亡，死后多为厉鬼祟人。此类故事很多，但从时人的视角看，室女自主择婿，恐怕不能仅仅归于厉鬼祟人。《牡丹亭》中杜丽娘还魂嫁给柳梦梅，并因此复生。一般认为这部戏"体现了青年男女对自由的爱情生活的追求，显示了要求个性解放的思想倾向"。虽然人鬼殊途，但幽明一理，杨氏夫妻双双在阴间生活，同样"体现了青年男女鬼对自由的爱情生活的追求"。只要是美好的爱情，无论在阳间还是在阴间，都应该得到赞美。更不能因为杨小哥学历远不如柳梦梅而歧视他。

男人对人鬼爱情的追求，也有很值得称道的。唐人曹孝廉游览属地，在都江堰拜谒李冰庙，见"土塑三女俨然而艳"，指着第三座塑像发誓说："愿与小娘子为冥婚，某终身不娶凡庶矣。"当场卜卦，大吉，庙祝核对了卦象后，对曹孝廉说，既然婚事已定，请曹相公留个信物，于是曹孝廉解下汗衫留在女像的座下，庙祝也取来女像的红披衫给他，请他好好保管，二十四年后来迎娶李冰的女儿。

曹孝廉真是汉子，此后绝口不与凡人提婚事，"纵遇国色，视之如粪土也"。这样过了二十四年，他自感身体不适，算算时日差不多了，就沐浴更衣，穿戴整齐，等候李冰神。当晚，迎亲的"车马甚盛，骈塞曹门，同街居人竟来观瞩。至二更，邻人见曹升车而去，莫知其由"。第二天再看，曹孝廉已一瞑不视，做了李冰神的乘龙快婿。（《鉴诫录》卷十"求冥婚"）

身为男子，曹孝廉对女鬼从一而终、守身如玉，比杨过还多等了八年。在有鬼君过眼的志怪小说中，极为罕见。这难道不是"体现了青年男女鬼对自由的爱情生活的追求"吗？

最近这些年七夕节庆越来越引人瞩目，不知与修仙小说、电视剧的流行是否有关。其实，人仙情、人鬼情无分轩轾。甚至可以说，仙界受所谓命运的束缚更大，而女鬼对自主把握命运的愿望和能力，要远超那些餐风饮露的女仙。

只要你愿意信鬼，天天都是七夕节。

找个好人家嫁了

以冥界的视角，抢亲是很合理的，甚至连贩卖人口的行为，也会很贴心地命名为"找个好人家嫁了"。

其实古人有时候倒是直截了当，连抢亲也说得道貌岸然。《搜神记》卷四说，吴郡太守张璞，上任经过庐山途中，去山神祠参观，结果因为一句玩笑话，女儿和侄女都被山神庐君抢走。幸好庐君后来主动认错，交还了二女。

《太平广记》卷二百九十八的"赵州参军妻"故事中，抢亲就更加霸道了。唐高宗年间，赵州卢参军年轻漂亮的妻子在端午节那天"忽暴心痛，食顷而卒"。因为死得太蹊跷，卢参军立刻求助于当时著名的术士正谏大夫明崇俨，明大夫给了卢参军三条符箓，让他回家后按次序烧掉，如果三符烧完，人还不能复活，那就是真死了。烧了三条符箓之后，其妻醒转。说自己正要出门时，被车子强行载到泰山山顶。有一帅哥，自称是泰山府君家的三公子。三公子看上了卢夫人，要与她成亲，"令侍婢十余人拥入别室，侍妆梳"。三公子自在大堂与清客们下棋聊天，等待吉时拜堂。

这时有上利功曹上门，说是奉都使令查问三公子，为何强抢民女，令他送还。三公子恶少范发作：老子娶妻拜堂，关都使甚事！赶走功曹。过了一会，又有使者上门诚勉谈话，这会清客也有点怕了，劝三公子放人，他还是不听。第三次，两个使者远远地就高喊："太一直符，今且至矣！"估计是"太一"行政级别很高，三公子这下真怕了，赶紧将卢氏放出。几位使者这才将其送还。

不消说，使者三次上门，是明崇俨给的三道符请来的。而三公子之所以放人，并非法力不够，而是因为使者的级别越来越高。即使在神界，同级监督也是无法有效遏制贪腐的。

如果没有高级术士给的符箓，那就花钱消灾吧。桃林县令韩光祚，上任时经过华山，爱妾被华山神的三公子抢走（为什么又是山神，又是三公子）。韩县令求助于巫师，然后花钱铸了观世音菩萨像，连铸三座像，观音菩萨才将其爱妾救活。（《太平广记》卷三百三"韩光祚"）

类似山神、河神抢亲的故事，在志怪小说中是很多的，大都是蛮横地以力取之，那些遮遮掩掩地强抢凡女的，往往会打着找个好人家嫁了的旗号。

清嘉庆年间，合浦李县令十二岁的女儿忽然走失。几天后，有人在城隍庙的神龛旁发现了奄奄一息的孩子。救醒之后，小姑娘只知道被人引诱到一座宅院，有人陪着说话吃东西。说着就上吐下泻，高烧不止，昏迷不醒。县令忧心不已，全家一起到城隍庙烧香求庇护。

半夜时分，门房忽报城隍爷拜会。县令心中疑惑，阴官公然拜访，莫非自己命数已到。战战兢兢地出门迎接，只见对方"仪仗服饰，如阳官状"。两位官爷寒暄之后落座，城隍爷开口就叫：岳父大人！令爱是小婿看中了；小婿的前妻已转世还阳，小婿与令爱生前即有夙缘，当为继室；阴阳之间，也找不到人做媒，所以小婿特来求婚，三天后就将迎娶令爱。李县令还没回过神呢，这算哪门子的亲事啊！城隍爷又说了：岳父大人是阳间的县令，小婿是阴间的城隍，成亲之后，自然要助岳父大人整顿地方，阳间的那些疑难案件，在小婿看来，都洞若观火。说完，竟不容县令说话，转身告辞离去。

三天后，小女孩果然病故。李县令与妻子商量，这鬼女婿的态度，根本没法拒绝，只能假装嫁了个好人家。于是请人给女儿塑了一尊像，选取吉日，"鼓乐喧街，彩舆耀目，衣衾妆具，无不齐备，径送至庙"，热热闹闹地将女儿嫁给了城隍爷。此后，李县令在合浦县断案如神，成为全国知名的优秀县令。（《咫闻录》卷十二"城隍娶妻"）

人神恋爱的故事中，很多人津津乐道的是女神如何对凡男青眼有加，如何与夫君恩爱，甚至为了夫君不愿回到仙界。可是性别一转，几乎全是霸道总裁模式。即便是最后一个故事，城隍爷也是照样不容岳父大人推辞，所谓的帮助断案，无非是添头彩礼而已。

虽然上面说得已经够暗黑了，但是冥界还有我们更难以想象的深黑。

清代的乌鲁木齐，有一个卖丝绸的小贩，他老婆长得挺好看，忽然得了怪病，每天昏昏沉沉卧床不起，另一方面却食量惊人，一顿要吃好几个人的饭。这么昏迷了两年多，才清醒过来。她说自己的魂魄被判官捉去，被逼着做了判官的小妾。另外找了一个饿鬼附体在她身上，所以她才食量大涨。当她寿数已到，面临冥府文书勾摄时，判官又安排另一个饿鬼附体，而让前一个饿鬼领着文书去转世投胎。按照判官的设想，小贩老婆的肉身可以用接力的方式一直在阳间躺着，自己则安心地霸占其魂魄。后来，城隍对文书进行复核，才发现了判官的诡计，判其入狱，小贩老婆才能神志清醒。(《阅微草堂笔记》卷十六)

中国台湾学者王年双在《洪迈生平及其〈夷坚志〉之研究》一书中，曾详细地讨论"游魂滞魄"的问题，其中很大篇幅是以女鬼为例，在有鬼君看来，那些成为"游魂滞魄"的女鬼，大多由以下几个原因造成：一、遇人不淑，死于异乡；二、遭逢意外，死于非命；三、魂魄滞留，暂难返乡。但是，冥府无论出于何种考虑，对这几类情形，也断然不会把"嫁个好人家"作为解决方案。

身为人类，不应该把所有不能接受的暗黑都甩给阴间。假如真到了阴间，"却顾所来径"，都能看见更无法呼吸的空间。

辑二　鬼世界

关公怒了

　　志怪小说中的关公，脾气都比较大。这不难理解，《三国演义》中的关羽，就是易怒的人设，所以即使成神，暴脾气还是很难改。

　　清初，四川酆都知县刘纲，因为处理民间祭祀问题，误入冥府，见到了在此办公的包公和关帝爷。宾主寒暄，谈事，一切顺利，办完事闲聊，刘知县带去的幕僚李某有点呆气，蓦然问了关公一句："玄德公何在？"关公脸色立刻变了，拂袖而去。包公对李某说，你惨了，谁也救不了你了！阴间的事怎么能随便乱问呢？况且对着臣子直呼其君主的名讳，怎么着也得说"昭烈帝"吧。关帝爷素来忠义，这等羞辱不会忍的，你小子等着遭雷劈吧。刘知县和李某连忙跪下求饶，包公说，按照关帝爷的脾气，命是保不住了，只能让你死得快些，少受罪。说着从桌上木匣中取出一方印章，在李某的背上盖了一个印记。刘知县和李某匆匆告辞返回阳间，刚到南门，李某就中风发作，立刻死了。家人还未来得及下葬，就有雷鸣电闪绕着棺材，雷电停了之后，只见李某的衣服全都被烧光了，只有背上盖了印章的地方还是好的。算是保住了全尸。（《子不语》卷一"酆都知县"）

现在看起来，关公有点小题大做了，可是，刘备是蜀汉的创始人、缔造者，对他的大不敬，虽不致命，但最起码也是社死的结局。况且，关公记仇不是记一辈子，是几千年。

也是清代，湖北的秀才钟某参加乡试，出发前夕，梦见自己被文昌帝君召见，到了殿上，文昌帝君并不说话，只是叫钟某走近些。然后取笔在砚台上饱蘸浓墨，把他的脸涂了个满脸花。钟某惊醒，心里嘀咕，这莫非是暗示我考试的时候，试卷会被涂抹污染？郁郁不乐。进了考场，文章写得倒也顺畅，也没有墨点污染试卷。写得累了，就趴在桌上打瞌睡。这时，见一"长髯绿袍"的大汉进来，赫然便是关帝爷，指着钟某大骂："吕蒙老贼！你道涂抹面孔，我便不认得你么！"说完就不见了。钟某再次惊醒，忽然悟到，自己是吕蒙转世，冤家关帝爷找上门来了。这次乡试，钟某高中举人，之后倒也没有什么异常，他继续努力考中进士，十年后，被任命为山西解梁县知县。众所周知，解梁是关羽的家乡，身为吕蒙转世的钟县令，心中的惊惧可想而知。他到任的第三天，就赶赴关帝庙拜谒，希望能化解恩怨，没想到，一个头磕下去，就再也没起来，当场在庙中无疾而终。（《子不语》卷四"吕蒙涂脸"）

这个故事虽短，但一波三折，文昌帝君给钟某涂脸，显然是知道他科举必中，关帝爷也必会来寻仇，想混过阴间的人脸识别系统。但关帝爷眼里不揉沙子，虽然等了十年，还是等到了报仇的机会。怪只怪关公身后名位太高，已位列仙班，杀个俗人，仙界显然不会阻止。钟某身为吕蒙后身，自带原罪，几乎无路可逃。唯一可能的自救办法，按照有鬼君的推测，如果他到解梁上任第一天，就迅速强拆关帝庙，使其"灵应不响"，也许可以逃过此劫。不过，解梁的关帝庙历史悠久，又有赐额（皇帝的册封），名列祀典，想来也不敢拆。

当然，这个故事有两处可以视为 BUG 的地方。一是吕蒙死于大约一千五百年前，为何到此时才转世？转世的时间间隔其实一直不统一，有即可转世，也有耽搁很久的。吕蒙的情况并非孤例，《庸闲斋笔记》卷四"古人转世"就记载了东晋权臣王敦转世为清康熙朝名臣张英的事，也隔了千年之久。另一个疑似 BUG 是，当时各地都有关帝庙，关公在哪里都能报仇，钟某为何多活了十年，偏偏在解梁死掉。《庸庵笔记》"亡兵享关帝庙血食"中的灵鬼对此有解释："天下关帝庙，奚啻一万余处，关帝岂能一一而享之。故选各处有灵之鬼代享血食，以功德之大小，定岁月之久暂，各如其量，不爽分寸。"各地的关帝庙，都是由灵鬼代理的，很可能只有解梁才是关帝长期驻跸所在。

如此看来，关帝爷的势力遍布全国，既有总舵，又有分舵，似乎已没有对手。但各地均有很多"淫祠"，即没有官方执照的祠祀，深受当地群众的崇奉，这类淫祠，关公就斗不过。《朱子语类》卷八十七对此曾有解释：

> 或问："今人聚数百人去祭庙，必有些影响，是如
> 何？"曰："众心辐凑处，这些便热。"又问：'郊焉而

天神假，庙焉而人鬼享'，如何？"曰："古时祭祀都是
正，无许多邪诞。古人只临时为坛以祭，此心发处，
则彼以气感，才了便散。今人不合做许多神像只兀兀
在这里坐，又有许多夫妻子母之属。如今神道必有一
名，谓之'张太保''李太保'，甚可笑！"

朱子虽然瞧不上那些邪诞的祠祀、神像，觉得愚民很可笑，
但是他也承认："众心辐凑处，这些便热。"群众崇奉的灵鬼，
确实有其功效。

江苏丹阳的吕城镇，传说是三国时吕蒙所建。清代镇上有
两座神祠，一座是唐汾阳王郭子仪的庙，另一座是袁绍部将颜
良的庙。这两座庙来历不明，没有赐额，不在祀典之列，属于
淫祠，但是颇为灵验，当地百姓极为虔信。而且当地还有一个
不成文的规矩："所属境周十五里，不许置一关帝祠，置则为
祸。"关羽死于吕蒙之手，而颜良死于关羽之手，所以这个禁忌
也不难理解。可是，某位新上任的县令偏不信邪，赶上颜良庙
办社戏时，他莅临观看演出，并点了一出三国的戏，一定要关
公出场。结果开场锣一响，狂风大作，戏台被旋风卷起到空中，
再狠狠砸下，几位演员当场丧命。这还没完，方圆十五里内，
瘟疫大作，人畜死亡不少，连县令也大病一场。纪晓岚对此极
为不解，他觉得，当年关羽和颜良、吕蒙等两军对垒，是各为
其主，是"以公义杀人，非以私恨杀人也"。所以战场上阵亡，
亡魂不会再去寻仇。况且颜良死了一两千年，"曾无灵响"，这
次忽然发飙，与天理不合。纪晓岚觉得，灾难虽是真的，但关

羽、颜良争斗云云，是庙祝巫师故意编造的。(《阅微草堂笔记》卷十九)

纪晓岚对于天理的理解，有点僵化，还是朱子说"众心辐凑处，这些便热"，更有道理。老百姓既然在吕城建了颜良庙，香火甚盛，其灵如响，那么方圆十五里不许有关帝庙的规定，就是划定了势力范围。在电影《古惑仔》中，东星的手下是绝对不能到洪兴的地盘卖白粉的。戏班子挑战了这个禁忌，难怪颜良之神要给予惩戒。所以我们可以看到，这个故事虽然由于演三国戏引发，但在吕蒙和颜良的场子里，关公完全没有出现。而在另一个故事中，关帝神像甚至被肆意挪动。

清初，南京无赖子弟陈某去普济寺游玩，见寺庙供奉的五通神像位次竟然在关帝之上，大怒。五通为邪神，寺庙供奉已然大大不妥，忠义关帝爷竟然还屈居邪神之下，这怎么可以？叫来庙里的和尚严厉斥责，命他们将神像位置互换。众游客也深以为然，纷纷叫好。办完这事，陈某得意扬扬，往家走。到家门口就被五通神堵住附体，大声叫嚷：我是五通大王，在人间享用血食已久。之前运气不好，也被人将神像逐出庙门，可那两位是江苏巡抚汤斌、两江总督尹继善，老汤和小尹既是贵人，也是正人，我斗不过，也只能忍了。可是你姓陈的不过是个市井小人，竟然也敢作威作福，挪动我的神像，绝不饶恕。陈某家人听闻，连忙跪拜求饶，准备三牲、纸钱祭祀，请和尚祷告，全都无效，陈某不久就死了。(《子不语》卷八"五通神因人而施")

这个故事也有意思，邪神五通显然已经多次遭到驱逐，但是依然能回来霸占 C 位，陈某虽然是无赖，但对关帝爷一片赤心，可是至死关帝爷也没有出手相助。可见在当地，关帝的势力远不如五通，才能任由五通将其神像压制住。

神灵的能力，固然与其在仙界或凡间的名分、地位正相关，但实际的情形，却因时、因地而异。

与魔鬼订约的人

　　有鬼君一直说阴间鬼魂的文化程度不高，心机更不及人类，但这是从整体上判断的。有时候，鬼也会使些小手段和伎俩，捉弄人，当然，说捉弄轻了，因为相信鬼话，会闹出人命的。

　　北魏末年，朝野混乱。528年，胡太后、孝明帝母子反目，孝明帝密召尔朱荣为援，尔朱荣求之不得，进军中央，北魏朝廷迅速被尔朱荣控制。尔朱荣拥立孝庄帝，把胡太后和幼主元钊带到河阴，投入黄河淹死，然后又以新主皇帝祭天，召见百官为名，诱使两千多名官员齐集陶渚，在众多骑兵包围下，尔朱荣历数百官罪状，将他们全部杀死，史称"河阴之变"。530年九月，孝庄帝不甘心做傀儡，利用朝见的机会，伏兵杀死尔朱荣与其长子等三十余人，尔朱荣这一支死亡殆尽。尔朱家族立刻发动复仇，由尔朱兆、尔朱世隆立长广王元晔为傀儡皇帝，出兵俘虏孝庄帝，送到晋阳缢死，北魏中央仍由尔朱集团控制。

　　为孝庄帝定计杀尔朱荣的是城阳王元徽（拓跋徽），尔朱兆进占洛阳城之后，元徽吓得躲到洛阳令寇祖仁家里，因为寇家出了三个刺史，全是仰仗元徽安排，所以元徽很放心。尔朱兆杀了孝庄帝后，悬赏万户侯捉拿元徽。这么高额的赏格，寇祖仁当然要出卖恩人了，于是杀了元徽去请赏，同时吞没元徽的家产百斤黄金和五十匹马。没想到尔朱兆不仅没有封赏，还要他交出元徽的财产。原来，元徽死后，立刻托梦给尔朱兆，说自己有黄金二百斤、好马一百匹，全在寇家，你尽可取用。尔朱兆醒来一琢磨，没错啊，前一阵查抄城阳王宅，"全无金银"，原来是这么回事。寇祖仁原本想封侯，没想到竟然陡生变数，只能交出百斤黄金和五十匹马，尔朱兆当然不信，还有一半呢，寇祖仁求爷爷告奶奶地借钱，又凑了"金三十斤，马三十匹"，还是不够数。尔朱兆大怒，"悬头于树，以石捶其足，鞭捶杀之"。算是变相地为元徽报了仇。（《还冤记》）

元徽报复的手段并不复杂，如同后世韦小宝骗人的套路，黄金和马匹都是真的，只是数字变了。尔朱兆这种暴脾气的蛮族，哪会动脑子？

严格说来，这不能算是人鬼订约，事实上，中国文化传统中，人鬼订约的情况不很常见，或者说没有那种很明确的契约意识，人鬼之间交往主要靠蒙骗。而在西方基督教社会，人与魔鬼订约则是很严重的事，中世纪的猎巫，对于巫师的定义，就是与魔鬼订约，弃绝上帝，将灵魂交给魔鬼。近日新出的《夜间的战斗：16、17世纪的巫术和农业崇拜》一书，说的就是意大利民间农业崇拜仪式被宗教裁判所裁定为巫术的故事，教会审判员对嫌疑人各种威逼利诱，就是要他们说出自己与魔鬼订约的细节。嫌疑人最后只能胡编："恶魔和我，还有所有的男巫和女巫一起，出现在同一个地方。我重申了要把灵魂交给恶魔的誓言，并且再次向他保证，在恶魔的要求下，我又一次背叛了耶稣基督还有对他的信仰。每次去巫师的舞会，我都和其他男巫和女巫一样，亲吻恶魔的臀部。……"一般得到这样的招供，审判员就可以心满意足地提交审判决议了，大抵是火刑。

比较起来，西方魔鬼的邪恶写在脸上，一望即知，是否信仰坚定，没有太多转圜的余地。而中国的心机鬼则狡诈得多，这主要是因为冥府的基层阴差主要由阳间的胥吏死后担任，这些胥吏将人类的各种刁滑手段输出到阴间，一般老实人根本没法分辨。《夷坚支志》乙卷三"洪季立"就说了个被鬼戏弄的小故事。

南宋高宗年间，乡绅洪季立五十八岁了，身体很好，某天早起后，把侄儿洪乔喊来，高兴地告诉他：昨晚我做了个佳梦，你得摆桌酒祝贺我。原来，昨晚他梦见阴差转告，他的阳寿原本是六十八岁，因为"近有阴德，幽冥所重"，所以增加寿数十年。想到自己可以悠游田间直到近八十岁，不由喜不自胜。洪乔一听，叔叔这么大的喜事，当然要好好祝贺，招来亲友大吃一顿。没想到，当晚老洪就突发急病，第二天就死了，才五十八岁。原来老洪的阳寿被减了十年，阴差是来索命的，故意说加了十年。"恶鬼侮人如此。"

此类阴差鬼魂戏弄人的故事很多，往往是在活人的阳寿上搞花样。《酉阳杂俎》续集卷一"支诺皋上"介绍，长安恶少李和子被阴差索命，他请阴差喝酒勾兑，约定烧纸钱四十万，换三年阳寿，没想到烧完三天就死了。阴差的解释是，咱们阴间三年等于阳间三天，你没搞清楚换算规则，活该。恶人自有恶鬼磨！

这些只能算小手腕，真正把人带进坑里的阴差，对人性的洞察力则叹为观止。

清同光年间，翰林院学士钱林有项特殊技能，每年都会入冥判案，所以常常会跟同僚谈谈冥府的见闻。有一年八月二十七日，他入冥判案一天，就是根据冥簿勾决人，勾了的自然是阳寿终结。至于勾谁不勾谁，"凭其册注，大抵昧财者居多，然亦有昧至盈千累万而不勾者"，就是阴差提供的卷宗中人的善恶，凭自己的判断决定。那天到了冥府，阴差送上冥簿，钱学士一边看一边勾决，有个阴差在旁待候，指着冥簿上的两人说，这两个恶贯满盈，应该勾决。钱学士看看这两人的善恶记录，确实是奸徒，但他原本就对胥吏在公务上上下其手很反感，没想到冥府也搞这个调调。一定有诈，于是偏不勾决这两人。勾决完毕，阴差收起冥簿交给上司审阅，上司看完之后对钱林说：阁下勾决很合理，只是有两人似乎漏了。原来就是阴差指的那两人。钱学士有点脸红，说我再补勾吧。上司说，命数已定，不能改。"奉旨请尔来办此，勾由尔，饶亦由尔，不能补也。"钱学士还阳后，与朋友复盘，朋友说，老兄一定是着了阴差的道了。他们不知收了什么好处，本就想饶了这两人，却故意让你勾决，引你起疑，你果然上了当。（《北东园笔录》三编卷二"钱学士"）当阴差掌握了人性的弱点，真是防不胜防。

但是，总的来看，鬼魂在约定上使诈的情况还是不多见，毕竟人的心计远胜于鬼，且人一旦不要脸，鬼也很难办的。

明末崇祯年间，某士人扶乩，关帝爷降乩批示，此人"官至都堂，寿止六十。"后来此人果然中举，在崇祯朝做到中丞之职。清军入关后，他主动投诚，但是官位却没有升，一直活到八十岁还身体康健。有天偶然到乩坛，正好又遇到关帝爷将乩。此人心里盘算，自己一定积了阴德，才能延寿这么久。于是跪下请教：弟子的官位应验了，可是寿命却远超预示。莫非修德在我，神明也有所不知？关帝爷在乩坛上大书了一行字："某平生以忠孝待人，甲申之变，汝自不死，与我何与？"此人再一算，崇祯殉难那一年，自己正好六十岁。原来，判词所谓的"寿止六十"，指的是甲申那年，他应该一死殉国，关帝也没想到，此人毫无气节，不肯死……（《子不语》卷十三"关神下乩"）

他就是不肯死，你说该怎么办？

别对因果报应挑三拣四

在鬼世界，很重要的一个原则就是因果报应。在志怪小说中，果报有现世报、来世报（不一定是下一世），有鬼君的朋友还写文章介绍过东岳速报司，就是以加急快递的形式要求果报快点到来。这还只是时间上的维度，遇到一些更复杂的情况，比如一个地痞，同时又是孝子，该如何衡量其善恶。某人作恶多端，按照冥判规则，理应绝后，可是其子却行善积德，该怎么处理……

古人其实早已意识到复杂阴间的困难，他们并不像科学教一样，对所有困难都挥舞理性的大旗。阴间并不是一台精密运转的机器。生活世界有时需要兜圈子，有时则可以其他方式转换，总之，在信仰的领域，形式逻辑是不够用的。比如下面这则果报转换的故事：

清代有个生意人，与某雄狐狸精是好友，他外出经商，就托狐狸精打理家事。以狐狸精的本事，家里的仆人不敢偷奸耍滑，外面的盗贼也不敢上门打劫，治理得井井有条。不过有一点很奇怪，这家的女主人与隔壁老王一直暗通款曲，狐狸精却置若罔闻。等生意人两年后回来，开始对狐狸精很感激，后来听说了内人不轨的事，对狐狸精很是埋怨。狐狸精说，这是神判，我也不敢违抗？生意人更气了：鬼神都是劝人向善的，哪有劝妇人出轨的？你别瞎扯。

　　狐狸精说，你这事有点复杂，涉及前世的因果。隔壁老王的前世是巨富，你的前世在他家做会计，趁机贪了他不少钱。冥判让你今世的夫人肉身偿债，每幽会一次扣五两银子。现在还剩七十多两，他们再做十来次，你和隔壁老王前世的债就结清了。你如果不信，现在给老王七十多两银子，看看会怎么样？生意人很信任狐狸精，心里不爽，但还是试了试，于当晚给隔壁老王家送去八十两银子，说自己这次出去狠赚了一票。你老王家境贫寒，乡里乡亲的，希望能互相帮助。老王收了八十两银子，感动且羞愧，于是不再与妇人来往。到了年底，准备了极其精美丰盛的酒席感谢生意人，生意人悄悄算了一下，这桌酒席钱加上狐狸精所说的七十多两银子，正好是八十两。也就是说，生意人前世欠老王的债已经还清，但是多出来的钱，老王无意中又还回来了。（《阅微草堂笔记》卷十四）纪晓岚感慨说："乃知夙生债负，受者毫厘不能增，与者毫厘不能减也。"

　　这个故事让人有点纠结，虽然说因果报应延及后世，且最后的结果是债务两清，可是换算的方式却有违公序良俗。似乎只要把账轧平，采用什么手段是无所谓的。污浊不堪的阳间如此做账我们大概都能接受，可貌似公正、公平的冥判也如此，有点受不了。或者我们可以这么理解，因果关系也许像经济规律一样恒定不变，但其表现形式却大相径庭。冥府既然是由阎王、冥官打理，而不是靠精密的程序运转，这些稀奇古怪的事也就很正常了。

在另一个故事中，因果报应的最终呈现也让人觉得难以接受。

明代华山的寺庙中养了一头猪，这是头高龄猪，具体年龄不知道，但是毛都全脱落了。令人称奇的是，它竟然持斋戒，从来不吃荤，而且听到庙里和尚念经，还会叩头做顶礼状，一派虔心向佛的样子。因此庙里和尚都称它为"道人"。"道人"到底年岁已高，某天生病，奄奄一息。庙里的住持湛一和尚正要出门讲经说法，就交代徒弟说：猪道人如果死了，你们一定要将其"碎割"，把肉分送其他寺庙。众僧嘴上答应，心里却不以为然，觉得老师傅实在太薄情寡义。过了几天，猪道人去世，众僧并未将其割肉，而是全尸埋葬。等湛一和尚回来，得知此事，大惊失色，急忙跑到埋猪的地方，以禅杖击地，哭着说：我对不起你啊！我对不起你啊！然后对众僧说，三十年后，某村会有一位清贵官员无辜受凌迟酷刑。他就是猪道人的转世。猪道人前世也是做官的，因为生前德行有亏，知道自己在劫难逃，于是托生为牲畜，请我超度。我之所以让你们"碎割"之，就是想用刀解法来化解他的劫难。没想到你们这些俗人，误了我的大事。

过了三十年，在崇祯年间，某村有位翰林郑鄝，是东林党人，被他舅舅诬告忤逆母亲，虽然人人都知道他是冤枉的，可还是被判凌迟处死。这时湛一和尚早已圆寂。（《子不语》卷六

“猪道人即郑鄤”）

在这个故事里，因果报应历经三世，虽然有高僧想化解，可错进错出，还是应验了。这个报应虽然可以说是命中注定，但其辗转行来，并无规律可循。转世入畜生道，且努力修习佛法，仍然在劫难逃。郑鄤并未有错，却因为两世之前的罪孽而受酷刑，上哪说理去呢？《子不语》的另一则故事更加玄乎，蚩尤因为跟黄帝对抗，一直到清代还在阴间受刑，每隔一段时间，就要被带出来吊打一次。我们更加熟悉的秦桧，在志怪小说中简直就是冥府酷刑的代言人，各种惨烈的报应都尝过。这其间的不合逻辑之处多如牛毛，为什么会这样？因为在我们的日常生活中需要因果报应来化解郁闷，疏导心理问题，而不是因果报应需要我们的生活来验证。是我们在求它显灵好不好？别挑三拣四了。

递刀子的人与递绳子的鬼

在鬼世界的设定中，一般情况下，某人的阳寿已尽，阴差来拘走，这是常态。可是，淹死鬼（溺鬼）和吊死鬼（缢鬼），必须找到生人替代，才能转世。这些溺鬼和缢鬼寻找替代的过程，称为求替。这是鬼世界设定中一个很奇怪的 BUG。而且，因为溺鬼和缢鬼大多是自杀的，这又生出一个新问题，自杀是他们的自由选择吗？

有鬼君粗粗翻检了关于缢鬼的志怪作品，可以比较明确地说，故事中大多数上吊自杀的，其实当时并不想死，只是因为有吊死鬼递绳子。

清代广东有赵、李二秀才，在番禺山中读书准备科考。端午节那天，两人弄了些酒菜，放松一下。夜深时分，忽然有不速之客敲门进来，也是一个书生，衣冠楚楚，说自己住得不远，"慕两生高义，愿来纳交"。三人就一起坐下饮酒谈天。一谈之下，赵、李二人发现，这个书生无论举业时文，还是古文辞赋，样样精通，远胜他们。最后谈到仙佛，李秀才深信不疑，赵秀才倒不大信。书生说，仙佛当然有，想要见到佛菩萨，不过是分分钟的事。说着把椅子叠放在桌上，自己站上去，"登时有旃檀之气氤氲四至"，他解下腰带结了个绳圈，对两位秀才说：从这个圈子进去，就是佛地，你们试试看。李秀才一看，只见圈中有观音、韦陀，香烟缭绕，立刻就想探头进去。可是赵秀才一眼望去，"獠牙青面、吐舌丈余者在圈中矣"。他连忙大声呼喊，家人赶来。李秀才这才从恍惚中清醒过来，虽然挣脱绳圈，可是脖子已经被勒伤。再看书生，已杳无踪迹。两人明白过来，这是缢鬼设套求替。第二天就赶紧离开回城。（《子不语》卷二"赵李二生"）

有鬼君觉得，这个书生缢鬼有点大意了，如果没有外人在场，一对一地给李秀才递绳子，这替死鬼基本就拿下了。事实上，大多数缢鬼求替时，为了避免被说破，都是单独递绳子的。

清末四川某地，有个小偷深夜行窃，正要悄悄进一户人家，见屋中有一女子坐着还未睡，"双眉深锁，时而凝思，时而哽咽"，他只好在外等着。这女子哭了一阵，出门来到后院一棵大树下，站着发呆。这时墙根下有一个黑色鬼影窜出来，对着女子下拜，女子不为所动。鬼影转身爬到树上，再下来在女子耳边窃窃私语，反复了四五次。只见女子一跺脚，似乎下了什么决心。然后四下张望，好像在找什么，黑影指指她的腰带，做了个解开的手势，女子沉思一会，"乃解带，结缳于树，将伸颈就缢，鬼助之"。小偷在旁边一直窥伺，一见要出人命，急忙跳出来将女子抱下。再一看，抱下的原来是那个鬼，原来找替身已在进行中。那鬼对他瞪目吐舌，小偷也不惧，鬼再转脸苦苦哀求，他也不松手。人鬼互相争斗，缢鬼最后被擒获。（《洞灵续志》卷一"偷儿捉缢鬼")

当缢鬼反复向女子游说并示范上吊的各个步骤时，女子其实一直处于精神恍惚的状态，等到递绳子的时候，已是最后一个步骤。正因为递绳子表示出强烈的暗示意味，所以大多数缢鬼求替的故事中，绳子是最重要的道具（无论是不是缢鬼自备的）。试举几例：

> （吕某）尝过泖湖西乡，天渐黑，见妇人面施粉黛，贸贸然持绳索而奔。望见吕，走避大树下，而所持绳则遗坠地上。吕取观，乃一条草索。嗅之，有阴霾之气。心知为缢死鬼。（《子不语》卷四"鬼有三技过此鬼道乃穷"）

> 妇人袖物来，藏门槛下，身走入内。陈心疑何物，就槛视之，一绳也，臭，有血痕。陈悟此乃缢鬼，取其绳置靴中，坐如故。（《子不语》卷四"陈清恪公吹气退鬼"）

> 见一妇人，傍徨四顾，手持一物，似欲藏置，恐人窃见者，屡置而屡易其处。卒置稿稻中而去。秋崖烛得之，乃一麻绳，长二尺许，腥秽触鼻，意必缢鬼物也，入室闭户，以绳压书下，静以待之。（《耳食录》卷二"刘秋崖"）

忽闻窸窣作声，一女从门隙入，靓妆高髻，径至祖先案前，伏地跽拜。已，出一物置香炉下，冉冉由门隙入内。（韩文懿）公知有异，悄起，于炉下摸得一物，就灯下谛视，形类篾丝，上缠红线一缕，腥臭刺鼻，乃携压枕下，倚枕假寐以觇之。（《里乘》卷一"韩文懿公轶事"）

门内有女子出，容齿少好，手引长带一条，近榻授妇，妇以手却之。女固授之。妇乃受带，起悬梁上，引颈自缢。（《聊斋志异》卷七"商妇"）

可以说，缢鬼求替主要就是靠递绳子，将原本并无死志的人逼上绝路。

为什么缢鬼要用这种方式转世轮回呢？因为这是冥府的规定。换句话说，冥府是用法规的形式鼓励缢鬼展开递绳子大赛。证据，当然有：

凡境内有欲自缢者，土地以告无常；无常行牒，授意应替者。此间数十里内，更无他鬼，妾是以奉牒而来也。从来枉死鬼，苦雨凄风，飘零无倚，往往数十年，尚难谋一代。妾大幸，雉经仅半载，已有代者，诚喜浃过望也！（《道听途说》卷九"谋代鬼"）

老人曰："明日徐四来，可以得代否？"其人曰：

127

"地方已许我矣，有隙可乘，即得代也。"（《夜谭随录》
卷二"施二"）

第一条材料将递绳子的规则、程序说得极为清楚；第二条
中的"地方"一词，指的就是冥府的地方官，得到了官方的许
可，老人才能找"徐四"做替死鬼。顺便提一句，溺鬼求替，也
是受官方许可并安排的，可参见《聊斋志异》卷一"王六郎"。

冥府制定的阴律，绝大多数都是尊重公序良俗、赏善罚恶
的，唯有借用"递绳子"找替死鬼的法案，可称冥府第一恶法，
当时就有人批评说："若是，则相代无已时也。……冥间创法者
何人，执法者何吏？乃使生者有不测之灾，而鬼亦受无穷之虐
也。"（《耳食录》卷二"刘秋崖"）

尽管有如此恶法，但我们依然有自己的自由意志可以依靠。

清代吴江一位沈姓员外，某天晚归，见一缢鬼躲在门外，
等他走近，缢鬼就不见了。他心知有异，进屋问夫人，家里发
生什么事了吗？夫人气呼呼地说，今天我发现家里的一个丫鬟
和厨子私通，你看怎么发落吧。沈员外让她不要声张，自己来
到书房，叫来厨子，寒暄一番，夸厨子做的菜不错，然后又问
他是否成家。厨子说还是单身狗。沈员外就把丫鬟也喊来，当
场宣布将其许配给厨子。两人喜出望外，连忙叩谢。沈员外又
说，你们大概也没什么钱，索性连婚嫁费也赏给你们。两人简
直如在梦中，连连磕头拜谢而去。回到卧室，夫人怪他实在太
宽厚了，简直是纵容。沈员外也不解释。第二天晚上，全家都
听到鬼哭声逐渐远去。沈员外这才说出前一晚见到缢鬼的情形，

说，如果不这么做，那个吊死鬼肯定找丫鬟做替代了。"吾宁宽于人，勿宽于鬼。"（《洞灵续志》卷二"止缢"）

"宁宽于人，勿宽于鬼"固然符合忠恕之道，但是，递刀子的人和递绳子的鬼，在精神的卑劣上并无差别，我们实在不愿宽恕。

夺舍与炼形：你的生活可以被替换

转世投胎是志怪小说中的常见主题，纪昀曾经总结了轮回和不轮回的各三种不同途径。他同时还指出，除此之外，还有一些不依常理的现象："或有无依魂魄，附人感孕，谓之偷生。高行缁黄，转世借形，谓之夺舍。是皆偶然变现，不在轮回常理之中。"（《阅微草堂笔记》卷五）

所谓"高行缁黄，转世借形，谓之夺舍"，就是一些僧人道士，修炼之后，魂魄进入其他人的肉身，鹊巢鸠占。在另一处，纪昀说得更加清楚："释家能夺舍，道家能换形，夺舍者托孕妇而转生，换形者血气已衰，大丹未就，则借一壮盛之躯与之互易也。"（《阅微草堂笔记》卷十六）

有鬼君检索了佛教文献，发现"夺舍"一词主要在明清中出现，且没有褒贬之意。也就是说，在彼时的语境中，"夺舍"意味着修炼后获得的法术，只要你法术足够强大，在转世投胎过程中，就可以强行超车，选择富贵人家投胎。当然，文献中往往说得比较婉转。

僧云：世有不投胎而能夺舍者何也？师曰：世有
学道之士，或是有福之人。不入胞胎，候有缘处，母
产才出，囫的一声，一灵识光，直入颠门。胎识逼去，
夺舍成人。斯是不可思议之境界，非有意造作之所能
为。（《万法归心录》卷中）

明明是抢来的位子，却要说是因为学道有成，行善积德所
致，而且不由自主，"不可思议之境界，非有意造作之所能为"。
形神离散聚合的过程中，攘夺别人的生存空间，经过"夺舍"
包装之后，不仅合法，而且精致。

清人周克复的《金刚经持验记》中就说了这样一个故事：

明代杭州城有个游方僧人广澈，每日白天在某官庙念《金
刚经》，晚上提着灯笼绕城念佛。有个官员就替他在灯笼上题了
八个字："沙门广澈，念佛通天。"这么念了几年，到万历年间，
湖北某藩王梦见一个和尚闯入王宫，说我是杭州某寺院的和尚，
现在投胎到你家做王子。王爷梦中见这和尚提的灯笼上有"沙
门广澈，念佛通天"八个字。惊醒之后，仆人报告他，世子出
生。藩王派人到杭州打探，果然世子出生那天，正是广澈圆寂
之日。"夺舍已逝"，抢到个好胎位，就自行坐化了。

广澈这次夺舍，还可以勉强解释是"非有意造作"。在《北
东园笔录》三编卷四"高僧夺舍"的故事中，就说得非常直
白了：

浙江钱塘一位王老汉，家境虽然清贫，却乐善好施，只是
年过五十还没有孩子。某年清明，王老汉的父亲托梦给他，说

因为他广种福田，因此可以去镜山寺求子。王老汉依言祈祷，第二年果然生了个儿子，这孩子很聪明，十六岁就举孝廉，在京城亲戚家读书备考。某天，这孩子忽然对亲戚说：我前身是镜山寺的和尚，修持戒律多年，可是心心念念的只是少年登科，还有大好荣华富贵没有享受，所以"尚须两世坠落。明日，吾当托生富家，了结业案"。第二天果然无疾而终，再次投胎到富甲一方的姚大户家。作者的点评也很有意思："贫而乐善不倦，富而慷慨好施，何患晚岁无儿，自有高僧夺舍也。"那些好的福报空缺，都有贪恋世俗风花雪月、准备许久的"高僧"在候着呢。

有鬼君虽然不懂佛教，但隐隐觉得，这并非佛教正道，特别是明清调侃、妖魔化僧道的作品特别多，这类故事不知算高级黑还是低级红。

有涉及佛教的，当然也有涉及道教的。释家夺舍，道家炼形。在抢位子的性质上，并无差别，道士的做法，愈加诡异。

清代广西巨富李通判，家财万贯不说，还有七个貌美如花的侍妾。可惜，李通判身体不好，二十七岁就因病去世。他的老仆人与七个侍妾设灵堂斋醮超度亡魂。这时有个道士来化缘，老仆人说，主人已经亡故，我们没空施舍你。道士嘿嘿一笑：我能作法，让你家主人还阳，如何？老仆人与众侍妾都大喜过望。可是道士接着说：作法可以，但是阴司有规定，死人还阳，需要替代，你们家里有谁肯替主人去死吗？众侍妾自然是不愿意的，老仆人见状，挺身而出："诸娘子青年可惜，老奴残年何足惜？"道士说可以，给你三天时间，跟亲戚朋友告别。

老仆人遍告亲朋，最后来到常去的关帝庙祈祷关帝保佑主人还魂。忽然案桌前出现个赤脚和尚，对他说："汝满面妖气，大祸至矣！吾救汝，慎弗泄。"给他一个纸包，说危急时拿出来就行，说着就不见了。老仆人回家悄悄打开一看，里面有"手抓五具，绳索一根"，也不知何用，就揣在怀里。

三天期满，道士要作法，命人将老仆人的床和李通判的棺材放在一间屋子里，房间封死，墙角挖个小洞方便传递食物。自己则带着侍妾在外筑坛作法。老仆人躺着正休息，地下跳出两个恶鬼，"绿睛深目，通体短毛，长二尺许，头大如车轮"。两恶鬼绕着棺材转了几圈，掀开棺材板，从中扶出去世的李通判，李通判样子憔悴，说话有气无力，却是道士的口音。老仆人发觉有异，莫非赤脚和尚说的是真的？于是掏出怀中的纸包，"五爪飞出，变为金龙，长数丈，攫老仆于室中，以绳缚梁上"。两恶鬼扶着李通判到老仆人床前，发现没人，大呼：惨了，法术败了。两鬼一人在屋子里转圈寻找，一鬼无意抬头，看见被捆在梁上的老仆，大喜，与李通判都跳起来抓。这时一声震雷霹雳，老仆被震落于地，李通判的尸体重新落入棺材，棺材板自动合上，两恶鬼也不见了。

家人听到雷声，开门进来，与老仆一起到屋外神坛，只见道士已经被雷震死，尸体上用硫黄写着十七个字："妖道炼法易形，图财贪色，天条决斩如律令。"（《子不语》卷一"李通判"）

"炼法易形，图财贪色"，妖道辛苦修炼，就是为了抢占李通判的肉身，用他的钱、睡他的女人、打他的娃。比较起来，僧人的"夺舍"只是投胎时做手脚，以便抢先填报志愿、抢先录取；妖道"炼形"则是直接顶替其他考生，所以要遭雷劈。

鬼世界有多大

文化领域的自媒体喜欢开书单，按理，有鬼君应该凑趣地开几份书单，比如"了解鬼怪必读的十本书""冥府十大畅销书"之类。不过，非常可惜的是，根据有鬼君的判断，鬼是不怎么读书的，甚至很多冥吏还不识字或者识字极少。而且，生前是否读书在阴间的作用不大，那里拼的是人品。各新媒体、传统媒体的书单狂魔，可以放过阴间了。

"世界那么大，我想去看看。"这是前几年最火的辞职信。作为一个宅死胖子，有鬼君对这个理由表示不能理解，这个世界没啥安全感，在家里躺平应该是第一选项。

陆机说，精神世界的空间可以达到"精骛八极，心游万仞"。可是在大部分的志怪小说中，鬼都是死宅。比如整个家族的先人大多不会离开宗族的墓地，《醉茶志怪》卷三"鬼戏"条中，一个大家族的鬼请戏班子唱堂会，就是在坟地边。

但是，出于各种原因，鬼或魂魄偶尔也会出趟远门。这时候我们就可以用文青式的语言来表达：心有多大，鬼世界就有多大。

唐代宗大历年间，尚衣奉御（官职，管理皇帝的衣服）韦隐奉旨出使新罗。因为路途遥远，才出行一天，就思念新婚的妻子。晚上就寝时，忽然发现妻子就在帐外站着。他惊喜之下，忙问缘由。妻子说，我是偷偷溜出来，陪你一起看看世界的。韦隐当然求之不得，想了个计策，对随行的下人说，劳资出门在外，寂寞得紧，找个小妾侍寝，诸位没啥意见吧。下人当然不敢有意见。于是，韦大人就带着妻子在新罗住了两年。

出使期满，韦大人回到长安，为自己挈妇看世界向父母告罪，可是父母却莫名其妙，因为妻子这两年就没出过门。随他出行的那位妻子进了卧室，走近留在家里的妻子，"翕然合体"。原来，跟着韦大人出使的，是他妻子的魂魄而已。（《独异志》附录）

类似的故事我们中学就学过，语文课本中选用了《聊斋志异》中的《促织》一文来说明封建社会横征暴敛的罪恶。文中既没有鬼，没有妖精，也没有少儿不宜的人狐之恋，还能进行历史教育，教材编选者还是蛮拼的。要是有鬼君选，就直接用卷五的"彭海秋"了。

上面提到的韦大人的妻子以及《促织》中的成姓小孩，其魂游的自主性强，而有些魂游则完全是被迫的。

宋代有一士人姓黄，家里的仆人忽然得病，整天昏睡，不吃不动。过了四十多天才醒过来，他向主人讲述了自己的奇遇。

他病倒那天，就被一群人领走了，说是去拜见大哥。大哥收他做小弟，带着这帮古惑仔四处乱逛，一刻不休息。有时马仔会来报告大哥，说某家正在集会（其实就是祭祀），他们就狂奔过去把贡品吃得精光，然后再四处游走觅食。他们所到之处，无论是城墙还是房门，都没有任何阻挡，可以随意穿墙而过。

如果遇到刑场杀人，他们就在屋檐上坐着围观，被杀之人魂魄上升，就来拜见大哥，算是加入组织了。就这么不停歇地吃吃、走走，队伍不断扩大。直到有一天，大哥问这仆人，你参加组织多久了？仆人回答说，四十多天了吧。于是就有判官状的鬼对大哥说，他还未到死期，恐怕得放他回去。大哥沉思片刻，让他离开组织。

仆人苏醒之后，回忆起这个类似帮会的组织，才意识到群鬼都是伏法而死，也就是不得善终的。大约与恶鬼相处得太久了，仆人之后一直精神恍惚，不到半年就死了。（《夷坚三志》己卷五"黄氏病仆"）

我们要注意的是，这些强死之鬼很可能是阴间的黑户口，因为他们不受冥府的管理（"不曾有神道阑问"），但同时也居无定所，只能不停地奔走觅食糊口。简单地说就是阴间的盲流。虽然是盲流，但是有集体在，倒也不寂寞。那些孤魂野鬼，才是真正地体验到鬼世界的空旷。

《庸庵笔记》"已死七日复生"条记录了魂魄在阴间游荡的景象：

> 入冥漠之乡，若有知，若无知，似入睡着后光景。
> 有时随风飘荡至洞庭山家中，自觉其身已死，忽念及
> 父母兄弟妻子，凄然以悲，则魂气为之一聚，若炯然

有知者，已而渐复昏昏。然或遇大风吹散，或被铙钹及铜铁器声惊散，凝聚最觉费力。不见有日月，不知有昼夜，凡所称阴界地狱及阎罗王，俱未之见，亦未遇一鬼。

此人应该是命数未到，所以地府没有派阴差遣送，只能四处游荡（"其未至阴界，盖以阳寿未尽，故无引导之鬼，所以能复生者，亦即以此欤"）。人死之后，必须在阴差的引导下到冥府注册登记，否则就只能永远"在路上"。

没有冥府的管理，鬼世界就像太空一样，无穷无尽，有组织无纪律。

没有字幕组，我们都不知道那个世界是否存在

有鬼君曾向一位研究扶乩的年轻学者请教，扶乩降神时，乩仙、灵鬼在沙盘上写下的符号，都需要专业人士释读，才能为人们理解。这专业人士，干的不就是字幕组的活吗？如此不靠谱的脑洞，当然不被这位学者认可，她认为："目前的字幕组还都是在人类语言范畴内交流，就算字幕组乱翻也不会有观众不承认斯瓦希里语的存在。而扶乩是跨波段的……"有鬼君则觉得，在古代社会，大多数人都相信扶箕的有效性。从翻译神鬼世界的文字这个角度看，与字幕组的差别并不太大。当然，必须承认，扶乩师的水准极不稳定，甚至不少人是在胡说八道，比不了伟大的字幕组。但是，在人鬼交流的历史进程中，扶乩师的作用亦不可小视。

人鬼交流当然有很多方式，但人类被动的情况居多，鬼魂可以托梦、现形与人交流，而人类擅长的具牒、祈禳等办法，却只能被动地等待鬼魂的回应，甚至谈不上交流。更重要的是，如果人鬼交流无法诉诸文字，只能通过口述，对那个世界的了

解就更加不靠谱，所以，阴阳之间的书同文极为重要。

东汉末年，武陵一位六十岁的老妇人李娥去世，葬在城外。十几天后，邻居蔡仲知道李家挺有钱，想着陪葬肯定也不少，起了盗墓之心。深夜来到墓地，挖出棺材用斧子劈，刚劈了两下，棺材里的李娥说话了：蔡仲，别砍着我脑袋！蔡仲吓得魂飞魄散，狼奔豕突地逃掉。李娥竟然复活了，而且自行回到了家。原来她命数未到，被误追摄入冥，要遣送还阳。出了冥府，一片茫然，恰好遇见已去世的表兄刘伯文，刘伯文找到也要还阳的某男士一起回去，同时请她带一封信给自己的儿子刘佗。李娥找到刘佗，将信交给他，刘佗一眼就认出信纸是父亲去世时棺材里的文书用纸（可能是买地券）。可是父亲写的字，一个也不认识（"书不可晓"）。于是他们请来著名的术士费长房解读这封信。费长房到底是专业人士，随口译出："告佗：当从府君出案行部，当以八月八日日中时，武陵城南沟水畔顿。汝是时必往。"刘佗全家依照约定在城南等候，见到了去世的刘伯文，刘伯文与子孙全家叙话，依依不舍。分手时给了儿子一药丸，说来年春天瘟疫时可以辟邪。费长房拿药丸看了看说，这玩意珍贵啊，是方相脑。（《搜神记》卷十五）

李娥复生的事，《后汉书·五行志》亦有记载，只是比较简略，且隐去了费长房识别鬼书的情节：

> 建安四年二月，武陵充县女子李娥，年六十余，物故，以其家杉木槽敛，塞于城外数里上，已十四日，有行闻其冢中有声，便语其家。家往视闻声，便发出。遂活。

《淮南子·本经训》说："昔者仓颉作书而天雨粟，鬼夜哭。"因为"鬼恐为书文所劾，故夜哭也"。人类刚掌握文字，就已经把鬼吓成这样；费长房能够准确地识别鬼的文字，其价值恐怕并不比仓颉造字低。人与鬼可以通过翻译（释读）的文字交流，突破了技术上的障碍。《后汉书·费长房传》说他"后失其符，为众鬼所杀"，联系到他成为鬼书破壁人的情况，有鬼君感觉他死得很可疑。（三体人除了锁死地球人基础科学研究的上限，同时也在拼命追杀罗辑。）

快进到扶乩吧，最早的乩仙是个叫"紫姑"的女人。传说紫姑是一个大户人家的小妾，因为正房嫉妒，她被虐待致死，后来成鬼再成仙，经常通过扶乩显灵。紫姑的地位虽然不高，但显灵事迹极多。不过最初基本为乡下人信奉，庄稼人经常请教点农事方面的问题，像什么时候栽种、收割一类的。这些诉求不太需要认识太多的字。

扶乩在知识分子中流行，大约始于宋代，到明清时达到鼎盛。他们主要询问的是科举考题、功名前程、生死寿夭等大问题。而这些问题，往往会涉及冥界的日常生活、运行规则乃至高层变动等隐秘信息。

明万历年间，云南巡抚陈用宾因夫人病重，在幕府设乩坛请仙。乩仙自署为"金碧山神"，他告诉陈用宾：您夫人的病很厉害，我本来想在冥府替您想想办法，但是"新天子法甚严峻，无路可相救矣"。问谁是新天子？乩仙说，就是礼部侍郎赵用贤，现在是第五殿阎罗王，三月十五日上任的，就是昨天，您不知道吗？写完这些话，告别辞去。当天是三月十六日，陈用宾觉得不可思议，赵用贤与他是同年进士，听说早就辞官还乡了，怎么会有这种事？

过了不久，他夫人果然去世了。又过了几个月，他收到朝廷邸报，其中讣闻部分记录了近期去世的大臣名单，居然明明白白写着"侍郎委以三月十五卒于家"。他这才意识到乩仙说的没错。（《狯园》第十一"金碧山神"）

同卷另一则记载中说，万历年间，南京太仆寺卿费尧年死后担任冥官，这一人事变动也是通过乩仙传出来的。广信府扶乩，乩仙未到，后来解释说："铅山费公为神，初下车，因赴东岳陪宴，故不及至耳。"扶乩师问是不是费尧年，乩仙说："是矣，然天机不宜泄也。"

需要说明的是，陈用宾"设坛于幕府，夜召乩仙"以及广信府公务扶乩，都是由专业扶乩师负责翻译释读乩仙的文字，这在当时是常识。乩仙嘴上往往没有把门，冥府人事变动信息脱口而出，虽然"天机不宜泄"，但有了扶乩师的翻译释读，这些机密迅速传到阳间。恐怕结果不是"鬼夜哭"，而是"鬼杀人"了。

当然，乩仙并不仅仅传播机密消息，也会指点人求医问药，更多时候是与士人诗词唱和。在这些交流过程中，人类对幽冥世界的了解越来越多，也越来越丰富。早已超越了费长房代为识别家书的层次，明明是好事，但总有人不高兴：

　　岳侯死后，临安西溪寨军将子弟因请紫姑神，而岳侯降之，大书其名。众皆惊愕，谓其花押则宛然平日真迹也。复书一绝云："经略中原二十秋，功多过少未全酬。丹心似石今谁诉，空有游魂遍九州。"丞相秦公闻而恶之，擒治其徒，流窜者数人，有死者。（《睽车志》卷一）

岳飞降乩，秦桧当然要震怒，"擒治其徒，流窜者数人，有死者"，意味着又有扶乩师（字幕组）受难。

而有些乩仙确实炫技太过，甚至能与洋人交流。

晚清民国的画家金北楼，死后在泰山府君处担任公职，每逢家里扶乩，他总要降临。顺便处理家事，教育子女，与生前一般无异。当时中国海关总税务司为英国人安格联（Francis Arthur Aglen，1869—1932），是金北楼生前好友，听说金死后降乩，根本不信，专门来测试。"手自扶乩与问答，犹不信"，大约安格联也懂中文，所以觉得金家在作伪，于是找了两个完全不懂中文的英国人来扶乩，"亦运掉如飞，乃信非伪"。（《洞灵续志》卷五"金北楼降乩"）

在传统社会的现代化进程中，扶乩师真的成了字幕组，你猜谁会不高兴？

正道无路，莫怪歧途。

后浪与前浪，新鬼与故鬼

自从前两年一则关于后浪的视频刷屏之后，前浪与后浪似乎再也不愿掩饰相互之间的鄙视了。有鬼君觉得这样的结果很好，因为终于可以旗帜鲜明地撕破代际之间温情脉脉的面纱。即使在同一个浪头里，比如同学群，一样的年龄、一样的成长教育背景，最后都会吵得不可开交，我们怎么可能奢望代际之间互相理解、尊重呢？像庄子说的那样"不齐而齐"，或像荀子说的"惟齐非齐"，大家各齐各的，不是更好吗？

在那个世界，与后浪前浪对应的，自然是新鬼与故鬼。这个典故出自《左传·文公二年》：

秋，八月丁卯，大事于太庙，跻僖公，逆祀也。于是夏父弗忌为宗伯，尊僖公，且明见曰："吾见新鬼大，故鬼小。先大后小，顺也。跻圣贤，明也。明、顺，礼也。"

君子以为失礼。礼无不顺。祀，国之大事也，而逆之，可谓礼乎？子虽齐圣，不先父食久矣。故禹不先鲧，汤不先契，文、武不先不窋。宋祖帝乙，郑祖厉王，犹上祖也。是以《鲁颂》曰："春秋匪解，享祀不忒，皇皇后帝，皇祖后稷。"君子曰："礼，谓其后稷亲而先帝也。"《诗》曰："问我诸姑，遂及伯姊。"君子曰："礼，谓其姊亲而先姑也。"

再抄一抄沈玉成先生的译文：

秋八月十三日，鲁国在太庙中举行祭典，把鲁僖公的牌位安放在闵公之上，这是不合礼的祭祀。当时夏父无忌担任宗伯官，他很尊崇僖公，而且宣布他所见到的，说："我见到新鬼大，旧鬼小，大的在前面，小的在后面，这是顺序，把圣贤供在上面，这是明智。明智、顺序，这是合于礼的。"

君子认为这样做是失礼。礼没有不合顺序的。祭祀是国家的大事，不按顺序，难道可以说合于礼吗？儿子虽然聪明圣哲，但不能在父亲之先享受祭品，这是由来已久的规定。所以禹不能在鲧之前，汤不能在契之前，文王、武王不能在不窋之前。宋国以帝乙为祖宗，郑国以厉王为祖宗，这都是尊重祖先的表现。所以《鲁颂》说："一年四季祭祀不懈怠，没有差错，致祭于伟大的天帝，又致祭于伟大的祖先后稷。"君子说这合于礼，是说后稷虽然亲近但却先称天帝。《诗》

说："问候我的姑母们，于是又问候到各位姐姐。"君子说这合于礼，是说姐姐虽然亲近然而却先称姑母。

简单地说就是，夏父无忌出于私心，改变了祭祀的顺序，把鲁闵公之后即位的鲁僖公的牌位放在前面，而且解释说，虽然鲁僖公后即位后死，但他年纪大（为闵公庶兄），新鬼大，所以排前面。《左传》对他的说法给予严厉的批评，祭祀的原则是"上祖"，即尊重祖先。

可是后来，"新鬼大，故鬼小"的说法常常被解释为形质上的大小厚薄。比如著名的"宋定伯捉鬼"的故事中，宋定伯就曾向真鬼解释说："我新鬼，故身重耳。"（《搜神记》卷十六）纪晓岚说："鬼本生人之余气，渐久渐散，以至于无。故左传称新鬼大，故鬼小，殆由气有厚薄，斯色有浓淡软。"（《阅微草堂笔记》卷十九）袁枚说："君所见跪地无数矮鬼，殆二犯之祖宗也。"（《子不语》卷二十"冤魂索命"）"随有矮鬼无数、长鬼一个环跪阎君乞诉，求放李氏还阳。"（《子不语》卷十二"借尸延嗣"）在下面一则故事中，故鬼还特别嚣张：

无锡北乡有个村子叫胡家渡，有个私塾先生在村里教孩子上课。每天傍晚，都会有个货郎挑着糖果蜜饯到村子来卖，三更时分离开，私塾先生会和学生买些来吃。村民都习以为常了。可是"一夕忽不至，盼之两月，而杂货担始来"。货郎解释说，两月前他从村子回家，差点把命丢了。那天月色很好，他经过一座桥时，看到有两人在凭栏赏月，"身长不及三尺，而须眉皓白，相对唧啾，其语了不可辨"。三更时分，两个矮子在乡野中赏月，说话又叽里咕噜地听不懂，货郎心知遇到鬼了。可是也没法避开，只能硬着头皮挑担上桥，口说："请两位先生让一让。"两个矮鬼忽然变色：这人扰我等风雅，可恶，揍他！说着将他打晕，跌落桥下。直到天亮，才有路人经过将其救起，将养了两月才复原。作者说："夫须眉皓白，而长不满三尺，《春秋左氏传》所谓新鬼大故鬼小者，岂不信欤？"（《庸庵笔记》"旧鬼玩月"）

不过，在大多数情况下，新鬼与故鬼的形象并没有什么明显的差异，只是入冥先后的不同而已。有时候，相对于新鬼，故鬼反而显得富态。

有个新死的鬼，刚到阴间如初次踏进社会，饭都吃不饱，"形疲瘦顿"，饥寒交迫中，遇到生前的好友，那位已经死了二十年了，身形"肥健"，一看就是日子过得舒坦，属于先富裕起来的。好友教他，得去人间作怪，才能弄到吃的，甚至可以予取予求。他来到一户人家，见院子里有只白狗，就把狗抱起来在空中行走，生人见不到他，只见狗忽然在空中飘，慌了。请来巫师，巫师占卜之后说：这是有不知名的贵客索要吃喝，你们在院子里准备酒菜瓜果祭祀，就能禳祸。这家就准备了丰盛的祭品，新鬼入冥后第一次吃上了饱饭，此后四处作怪，身形也很快像故鬼一样丰腴起来。（《幽明录》）

故鬼因为先混冥界，所以对阴间的规矩比较熟悉，新鬼初到，往往会被教做鬼。同样是一位饿殍新鬼，因为吃饭时不懂礼数，受到处罚：

有衣冠而拜于墓者，鱼肉在俎，果实在笾，爵有酒，盂有浆。墓中有鬼出，避其拜，涕泣而不忍尝食。新鬼馋甚，径前掬噉之。忽有狞鬼扼其喉，执而系之树。讫于其既，以馂余分啖诸鬼，独新鬼以攘食故，怒不与，且鞭而后释之。

当然，有些鬼居住的社区注意吸纳新成员，做得就很暖心。山东济宁有位弹琵琶的盲艺人，某天被两人强邀到郊外演奏。耳听满座宾客行酒令、猜枚、调笑，一派酒桌上的热闹场面。盲艺人开始只是浅斟低唱，"轻拢慢捻抹复挑，初为霓裳后六幺"，众宾客都哄然喝彩。可是艺人越弹越投入，"银瓶乍破水浆迸，铁骑突出刀枪鸣"，曲调开始雄浑激荡，听众连忙阻止。艺人正自入神，哪里停得下来。突然满屋寂然，一个人也不见了。艺人停下来一摸，摸到一口棺材，吓得魂飞魄散。第二天他才知道，这棺材是刚刚自缢而死的一位妇女的。因为新鬼加入冥界，众故鬼为表示欢迎，安排了这场琵琶独奏助兴。（《耳谈》卷一"太白酒楼下鬼"）

总的来看，新鬼与故鬼之间，虽然在形质上、生活阅历上会有一些差异，但代际之间的矛盾并不大，更不会形成群体性的互相鄙视。这大概是因为，在阴间并无基本生活资源匮乏之虞，我们从近代以来接受的"物竞天择，适者生存"的原则，在阴间彻底失效。

至于人间，由于各种资源的稀缺，竞争一浪比一浪惨烈，指望前浪与后浪和谐共处，几乎没有可能。

阎罗王怒火街头

我们常说：神仙打架，小鬼遭殃。神仙开仗的情况，古今中外都有。希腊的特洛伊战争、《封神演义》中截教与阐教的大战，都是神界因为些许小事争斗，引发世界大战，以致凡间生灵涂炭。不过，一般来说，神仙比拼的是法力、法宝，且多少讲些体面，不至于如街头混混一般王八拳、反王八拳地厮打。

例外也是有的，神仙偶尔也会带一帮古惑仔鬼卒去约架。清代常州人钟悟，就有幸见识了神仙在街头扭打。

钟悟是个秀才，一生行善，但似乎没有什么善报，不仅晚年贫苦，且没有孩子。临死前对妻子说：我死了之后，你别急着收殓，我一生遭遇不公，想向冥王投诉，说不定有灵验。妻子答应了，他气绝之后，就停尸等着。

钟悟跟着勾摄的阴差到了阴间，见"人民往来，与阳世一般"，就打听投诉事宜，听说李大王主管赏善罚恶之事。求人指路，来到李大王的衙门。见到冥王后，将自己行善积德却没有善报的事，细细说了一通。李大王嘿嘿一笑：你做的那些善事，我都知道；但是穷困无子的问题，却不归我管，这事为"素大王"所司。

钟悟请求送他到素王那里去投诉。李大王说："素王尊严，非如我处无人拦门者。我正有事要与素王商办，汝可随行。"钟悟就跟着李大王的马仔一起出行。一路上，见到很多鬼魂在喊冤：有浑身血淋淋地喊着"受冤未报"，有文士咬牙切齿地念叨着"逆党未除"，甚至有漂亮姑娘拉着丑男哭诉"夫妇错配"。最后一个帝王打扮的拦住李大王：我，周昭王，我祖宗从后稷、公刘到文王、武王、成王、康王，满门圣贤相继、以德服人。为什么轮到我南巡时，就被楚人淹死在江里？后来齐桓公也只是虚应故事，借此威胁楚人，我被害的事，此后再也没有人问起，一拖就是两千年，请冥王明察，还我一个公道。李大王含含糊糊地说，我们高度重视，只是案情复杂，尚未有处理结果。钟悟看着周昭王虽然相貌堂堂，可是全身湿淋淋的，还是一副水里刚捞出来的形象。想到世上不平的事真是不少，自己贫困无子，实在也算不得什么，心里的郁结之气也就平和了不少。

又走了一会，见到素王的车驾。李王迎上去，各自在车中交谈，开始是絮絮叨叨，接着就口角起来，越吵声音越大。再后来，两位神仙都控制不住自己，下车"挥拳相殴"。各自的马仔也纷纷加入群殴，连钟悟都忍不住去助拳。

可惜，李王团队不是素王团队的对手，被揍得鼻青脸肿。李王怒气冲冲，咱们一起去见总舵主，不，玉皇大帝，听候处分。过了一会，有两仙女降下，传玉帝旨意："玉帝管三十六天事，无暇听些些小讼。今赠二神天酒一尊，共十杯。有能多饮者，便直其事。"玉帝的解决方案也有趣，以酒量定胜负。

李王大喜，说我酒量好，结果喝了三杯就不行了。而素王连喝七杯，依然神态自如。仙女把两位拼酒的结果上奏之后，玉帝再下旨意："理不胜数，自古皆然。观此酒量，汝等便该明晓。要知世上……素王掌管七分，李王掌管三分。"玉帝接着诉苦，素王因为酒量大，常常酗酒闹事，颠倒是非。寡人掌管三十六天宇宙洪荒，可是日食星陨，尚且被素王把持，连我都不能做主，何况是李王。不过李王能喝三杯酒，说明世上的人心天理，尚有三分公道可言。至于钟悟，阳数虽绝，但开恩加阳寿十二年，让他到世间宣讲天理与命数的辩证关系，免得告状投诉的人川流不息。

钟悟就此还阳，到处跟大家讲"两神相殴"的故事。钟悟还说，李王相貌清雅，而素王却模样极丑，五官模糊，连他手下马仔都是歪瓜裂枣的。（《子不语》卷三"两神相殴"）

这个神仙约架的故事，实则是个寓言。李自然指"理""天理"，素指的是"数""命数"。李王与素王斗殴、拼酒，有点接近古人所说的"力命之争"，也就是人力与天命究竟哪个更占优。当我们说天道轮回、天道酬勤、善恶果报之类的话头时，其实是寄望于世界有个公正、公平的规则，寄望于天理常在，这样，个人的努力才能得到应得的回报。可是，这个故事却兜头一盆冷水，人的命运只有三分靠天理、公道，剩下的七分是由酗酒闹事、不讲章法的素王把持，连玉帝都管不了他。

看起来，虽然经历了两千年儒释道的反复规训，古人对于命运的看法，到最后还是来了个"三七开"。这个比例很微妙，也极具传统智慧。按照流行的说法：一个人的命运，当然要靠自我奋斗，但也要考虑到历史的进程。而这个历史进程，有时就像素王的酒量一样，飘忽不定。

最后摘一段《列子·力命》关于力命之争的讨论：

> 力谓命曰："若之功奚若我哉？"命曰："汝奚功于物而欲比朕？"力曰："寿夭、穷达，贵贱、贫富，我力之所能也。"命曰："彭祖之智不出尧舜之上，而寿八百；颜渊之才不出众人之下，而寿四八。仲尼之德不出诸侯之下，而困于陈蔡；殷纣之行不出三仁之上，而居君位。季札无爵于吴，田恒专有齐国。夷齐饿于首阳，季氏富于展禽。若是汝力之所能，奈何寿彼而夭此，穷圣而达逆，贱贤而贵愚，贫善而富恶邪？"力曰："若如若言，我固无功于物，而物若此邪，此则若之所制邪？"命曰："既谓之命，奈何有制之者邪？朕直而推之，曲而任之。自寿自夭，自穷自达，自贵自贱，自富自贫，朕岂能识之哉？朕岂能识之哉？"

敖丙想去天庭工作吗？

关于龙的江湖地位，我们首先要明确，他在天庭不过是蓝领而已。按照神话学家伊利亚德的说法："具有天上结构的神仙在创造出宇宙、生命以及人类之后，都会感到疲倦，往往会退回天空，从人们的狂热崇拜中消失。"意思是，创世神在世界的秩序基本建立之后，会离开一线政坛，不再干预朝政。

但是，那些比较低端的从事蓝领工作的神仙，却往往享受不到如此优渥的待遇，最突出的就是雷神和龙。关于雷神，之前曾经写过，略过不提，龙族具有两种技能，一是行云布雨，二是能够升天。

行云布雨我们都熟悉，就不多说了。很多下界的凡人修炼成仙，要白日飞升，仙界为了表示敬意，同时也给凡人们做出榜样，往往会组织比较隆重的欢迎仪式，其中重要的一项就是派龙作为专车来迎接（也有可能是这些新晋神仙飞行技术还不够熟练）。黄帝升仙、萧史乘龙，都是如此。可见，龙就是一专车司机而已。更悲伤的是，不少道士升仙的时候宁愿改骑仙鹤，或者自己就化为仙鹤（《搜神记》中的丁令威）。多半是他们觉得骑鹤更有情调，骑龙显得太低级。

不扯专车了，看看龙族的工作强度吧。

胶州王侍御出使琉球。船行在海上，忽然空中掉下一条巨龙，激起几丈高的海浪，险些将船掀翻。只见这条龙半浮半沉，把脖子搭在船舷上，眼睛微闭着，"嗒然若丧"。船夫说，这是在天上行雨累了的龙，在水里歇一歇。王侍御赶忙焚香祷告，过了一会，这龙大约是缓过劲了，慢慢游走了。这一天，他们遇到了三四次这样堕下来的龙。（《聊斋志异》卷十"疲龙"）

有鬼君可以断定，天庭绝对没有工会之类的劳工组织负责维权。这几位龙族老兄简直是被当成牲口使唤。这才是真正的社畜！

雷神下凡时，如果被泼了污秽之物，会飞不起来，龙也是如此。

南宋江西鄱阳县有一座永宁寺，寺外有一个不大的污水塘，水塘不到一米深，里面漂浮着一根一丈来长的枯木，因为时间久远，也没人记得这根枯木哪里来的。和尚每天经过池塘，看这根木头多半已经朽烂，而且污水池里脏兮兮的，也不觉得有什么用。某天忽然大雷雨，电光正好劈到池塘上。那根木头忽然凌空跃起，变成一条龙，腾云而去。《汉书·叙传》中说："应龙潜于潢污，鱼鼋媟之，不睹其能奋灵德，合风云，超忽荒，而鶋颢苍也。"大致意思就是龙游浅水遭虾戏。（《夷坚支志》癸卷四"罗汉污池木"）

其实，这条龙的运气算是好的，因为在被和尚当柴火烧掉之前，幸运地被雷电激活（当然，我们完全可以理解为这是要找他打工去了），能重新起飞。有些倒霉蛋就惨多了。

唐代的进士崔道纪，中举之后在江淮之间游山玩水。有一天喝醉了酒，在驿站休息。他的仆人给他打水洗脸，没想到水桶从井里拎上来，里面竟然有一条鱼。仆人告诉崔进士，老崔一听，好啊，正好给我做碗醒酒汤。喝了汤之后，他脑子刚清醒一会，忽然有黄衣使者从天而降，将崔道纪捉到院子里，展开诏书宣读："崔道纪，下士小民，敢杀龙子，官合至宰相，寿命七十，并宜除。"因为他把龙子当河鲜给吃了，所以上天震怒，将其寿数、禄命一撸到底。当晚老崔就一命呜呼。（《太平广记》卷一三三"崔道纪"）

堂堂龙子，竟然被人吃了，混得实在太惨。这故事看似匪夷所思，其实并不难理解。即使你在一线城市的互联网大厂工作，如果稍微不注意形象，城管、交警、治安巡查都有可能将你视为盲流，格子衫也救不了你！

崔道纪如果知道那条小鱼是龙子的话，未必敢吃。不过，有背景的道士似乎不怕，还偏要弄什么龙肝凤胆。

唐代著名的道士明崇俨，仗着自己有法术，把龙当奴隶使唤，甚至用来做药引。当时四川一个县令刘静的太太患病，请明崇俨诊治，他搭脉之后说："须得生龙肝，食之必愈。"这不是讹人吗？上哪找龙肝啊，还是生吃，不知道蘸芥末酱油吗？明崇俨画了一道符咒，顺着风向放到天上。不久就有一条龙下来，老老实实地钻进瓮中，这哥们生取龙肝献给县令太太食用，果然痊愈了。（《朝野佥载》卷三）

有鬼君隐隐觉得，这个病未必需要龙肝才能治，明崇俨主要是为了炫技，不过在一个七品县令的太太面前炫技，迹近江湖卖艺了。如今，由于动物保护意识的发达，专供宰杀食用的动物会被冠以菜牛、菜羊之类的称呼，明崇俨杀的莫非是天庭饲养的专供食用的菜龙？

另一个故事就更神奇了，一条小龙竟然被人贩子拐走了。

南宋商人宗立本，长年在外行商，也没有孩子。某天，夫妻俩行商至山东潍坊，在荒郊野外遇到一个六七岁的小孩，长得聪明伶俐。一问之下，原来这孩子父母双亡，被监护人遗弃在此。宗立本想到自己膝下无儿，征得孩子同意，就领养了他。这孩子极其聪明，过目不忘，且有一强项，学名家书法极快，无论是篆书、隶书、草书，只要稍加临摹，就能以假乱真。宗立本想想自己每天奔走行商，还挣不到什么钱，不如拿这孩子当摇钱树。于是领着这孩子四处卖艺为生。如此过了两年，在济南遇到一个西域和尚，和尚一见这孩子，就问宗立本：这孩子你在哪里拐来的？宗立本说：这是我亲生儿子，你瞎说什么呢？和尚说：你胆子真是不小啊，这不是普通人，是五台山五百小龙之一，已经走失三年了，敢拿龙子像耍猴一样卖艺，古往今来也算独一份了，我要是不收了他，你将来是要倒大霉的。说着念动咒语，那孩子化为一条小蛇，跳入和尚的净瓶中，不告而去。（《夷坚三志》己卷三"宗立本小儿"）

唐宋时期，胡僧、胡商遍布中国，不过他们总是有点神神道道，非常诡异，谁知道这西域和尚是不是又从宗立本手里拐走了那条小龙呢？

第三个故事，说的是龙王沦为送奶工人。浙江杭州有个道观洞霄宫，主持的道长德行高深，无论符咒还是作法，都极其灵验。道观边上是一座龙潭，道长每次都在潭边念经。有一次正念着呢，一位老人从潭中出来，跪在道长面前："弟子就是本潭的龙王，道长您诵经有奇效，我们水族上下都极为佩服。可是，您在潭边诵经，我们全龙府的男女老少都要起立致敬，不敢退下。您能不能就在道观里诵经，这样我们也可以得到消息。如蒙允可，我们每天给您送鲜奶两斤，以助斋膳。"道长宅心仁厚，当然答应了。此后，每天道观的厨房里都会突然多出两斤鲜奶，持续了好几年。道士们早已习惯了，可是有一天却没有送来。道长大概也是吃得嘴滑，没有鲜奶喝，心里不高兴，于是又到潭边念经。老龙王很快就出来，向道长告罪说：鲜奶是凡间的物品，我们水族是没法生产的，我们只能从奸商欺诈所得中摄取（掠剩），也不能到世间去巧取豪夺的；本地有位商户董七，在鲜奶中掺水，缺斤短两，所以我们能从他的非法所得中摄取来供奉给道长您，今天董七外出，房东却是遵纪守法的好百姓，从不偷奸耍滑，所以我们没法摄取鲜奶了，请道长您恕罪。道长感慨不已，意识到自己每日诵经超度，其实是帮了那些奸猾之人，于是离开道观，飘然远去。（《夷坚三志》壬卷三"洞霄龙供乳"）

　　总结以上几则故事，龙从事的工作强度很高，常常会累得坠海；工作高危，有可能被拐卖甚至被吃掉；还要从事各种兼职，特别是专车司机；工作环境污秽恶劣……

　　既然天庭社畜龙出身双非蓝翔技校，工作又是 996 甚至

007，那么有不愿干的吗？当然有！只不过社畜龙离职的风险太大：

> 盛夏之时，雷电击折树木，发坏室屋，俗谓天取
> 龙。谓龙藏于树木之中，匿于屋室之间也。雷电击折
> 树木，发坏屋室，则龙见于外。龙见，雷取以升天。
> 世无愚智贤不肖，皆谓之然。（《论衡·龙虚》）

那些想要离职的社畜龙，会受到雷神的通缉追逃。即使藏在人间的树木中、房屋里，照样要捉拿归案。"龙见，雷取以升天"，这是说捉住之后还要示众，让广大羡慕天庭工作的凡人看看，天庭是如何对待那些离职社畜的。

你猜，社畜龙回到天庭后，会不会得到离职赔偿呢？

明亮的鬼，幽暗的人

每隔一段时间对影视剧题材的各种规定就会在网上传播，真假不知，比如某次有这样的说法：

> 改编名著中的鬼怪必须是美好善良的。
>
> 如《聊斋志异》中的鬼要塑造成美好的鬼，《倩女幽魂》中的女鬼也可以变成其他妖，如猫妖，但也要不违背善良美好的设定。

有鬼君看到这个要求，就像韦小宝听说海大富要他偷《四十二章经》一样，书名五个字认识三个，简直太容易。在鬼世界的设定中，道德具有绝对的优先性，大量的鬼故事就是为了宣扬善恶报应，所以介绍鬼世界的正能量，比搜寻人类世界的正能量要容易得多。先来个正能量的女鬼吧。

汪秀才，徽州人，在山东一带谋生。一天晚上正在旅馆外的院子里赏月，忽有一美貌少妇经过。汪秀才上前一撩，很快就上手。女子还与汪秀才订约，要做长期伴侣。她说自己就住在附近，因为夫君长年在外经商，长夜漫漫，春色满园关不住。可是她绝口不提自己的姓名，"败节淫奔，何必相告"。此后，女子每月与汪秀才约会两三次，情好日密。过了半年，汪秀才因故要北漂进京，与女子话别，言次不由惆怅。女子忽然笑嘻嘻地说：相公如此痴情，难免相思成病，不瞒你说，我其实是女吊死鬼，正在排队等替身；凡是跟女鬼相好的，都会得痨病，所以我一个月只来两三次，就是为了等你身体复原；"有剥有复，乃得无恙"，要是遇到其他女鬼，天天跟你厮缠，你早就一命呜呼了；咱们这段露水姻缘，就此结束吧，以后遇到漂亮女人，要谨慎一点。说完"散发吐舌"，长啸而去。汪秀才吓得半天没回过神来。此后他对美女总是退避三舍，只是偶尔还会想起那女子的好。（《妄妄录》卷八"情鬼"）

在吊死鬼的价值观中，求替是第一位的，几乎没有什么能阻止他们找替身以便returns回人间。可是这位女吊在排队等号期间，谈了场有灵有肉的恋爱，不仅没有提任何物质要求，还很体贴地顾忌男方的承受力。最后飘然远去，干净利落，简直是吊死鬼的楷模。

另一个邯郸的汪秀才，就没有这么好的运气了。他与当时邯郸城的名妓陈绿曾有婚约。陈绿后来艳名远播，成了网红（你瞧这颜色配的）。而汪秀才家道中落，仅有的几间老屋，也被卖了"作缠头赠"。没钱自然很难再上门，而陈绿习惯了豪门恩客一掷千金，对他也厌弃已久。一天晚上，汪秀才又在陈绿门外徘徊，希望能一睹颜色。正遇上巡夜的，怀疑他是盗贼，打了几十板子。汪秀才不敢自辩，挨打之后，心头郁闷，一病不起，两天后就死了。

正因为心头郁结，汪秀才死后还不自知，魂游到陈绿家，轻松地穿堂入室。见陈绿卸妆正要上床，遏止不住阿谀心态，竟然不自觉地现形，跪下捧起她的玉足。陈绿先是一惊，然后破口大骂。躺在床上的豪客，以为有其他客人发花痴，也爬起来要揍他。汪秀才一惊，游魂逃出。豪客见人忽然消失，也吓坏了，匆匆离开回家。汪秀才的魂魄仓皇逃出，在巷口遇到一个白衣人，正在那里呜咽哭泣。触景生情，他也号啕大哭，絮絮叨叨地向白衣人说了经过。白衣人听完，说："子速归，吾往毕其命！"说完倏忽不见。

汪秀才见白衣人离去，也回到家中，魂魄回归肉身，形神合一，又再次还魂复活。而陈绿在经过一番惊吓后，当晚就自缢身亡。四邻都说她是钟情于汪秀才而死，只有汪秀才自己知道，是那位白衣人所为。作者感慨说："无常鬼穿白衣冠，善哭，不意见不平事，乃凛凛负侠气。"（《妄妄录》卷十"白衣冠者"）

当然，以现在的眼光看，陈绿罪不至死，但是在清代人的意识中，因嫌贫爱富，违背婚约而受到冥谴，应该是合理的。爱哭的无常鬼，竟然有豪侠之气，也算是冥吏中的正能量了。

鬼世界的正能量不仅多，更让我们敬佩的是，他们的正能量入脑入心，遇到事情能自然发散出来。比较而言，人类就显得比较犹疑、脆弱，正能量不够坚定。换句话说，人心越来越重，也就逐渐暗淡下去。

僵尸帝国的还魂

香港在上世纪八十年代，曾有过僵尸片的高潮。1985 年，林正英主演《僵尸先生》，轰动香港影坛，而他在片中饰演的茅山道长九叔，手持桃木剑、身穿道袍的道士角色，奠定了僵尸道长的形象。此后数年，香港有一系列僵尸片拍摄上映，而林正英道长的形象也深入人心。因为僵尸片深入人心，很多人心中的僵尸形成了固定模式，不过，古代关于僵尸的描述与此却大相径庭。

古代关于僵尸问题的记载并不特别多，讨论就更少了。目力所及，只有栾保群先生在《扪虱谈鬼录》中有一篇《说僵》。按照栾先生的考证，广义的僵尸一直就有记载，但多指"人初死之后的尸体僵硬，这种僵本来是正常现象，但个别的却不幸为邪物所乘，跳起来作怪"。另一种是尸体"久葬不腐"或"久殡不葬"的产物。至于狭义的"僵尸作祟"，"不过是到了清朝才有的事"。栾先生的分析是很有道理的，所谓广义的僵尸，其实是诈尸。而狭义的僵尸，即"久葬不腐"或"久殡不葬"的尸体，往往会成精，而且绝大部分四肢发达，头脑简单。但是僵尸往往经过长期的修炼（如何修炼，尚不可知），所以其能力要远超诈尸中的尸体。

不过，与栾先生不同的是，我认为诈尸未必是受邪物所乘发生的。诈尸，古人统称为尸变，他们曾讨论过这个问题，认为这与人的魂魄构成有关，人死之后，三魂七魄逐渐消散，不同的魂魄残留组合，会使肉身不受理智支配。简单地说，就是大脑基本不起作用，而小脑的作用则不受约束。诈尸的情况在清以前有很多，虽然骇人，但并无大碍。比如《酉阳杂俎》卷十三"尸穸"中记载：

某村村长的老婆刚刚去世，还没有入殓。傍晚的时候，他的子女听到外面有音乐声，而且越来越近，那尸体似乎有了感应一样，也跟着动起来，音乐声飘进屋里，尸体竟然站起来了，随着音乐的节拍舞动起来。然后音乐声慢慢出门去，尸体也一边舞动一边跟着出门。子女和小伙伴们都惊呆了，再加上天黑，也不敢追出去。半夜时分，村长喝得醉醺醺地回来了，听说此事，酒壮胆色，砍下一根手臂粗的树枝，一边骂着一边去找尸体。村长追了四五里，在一处树林看到那尸体还在跳呢！在中国，古往今来，天不怕地不怕的就属村干部。村长大喝一声，对着尸体一棒子砸下去，尸体老实倒下了，音乐声也停了，世界从此清静了。

在这个故事里，音乐可能是引诱尸体的邪物，但是没有展示更多的能力。而且，这尸体既然能随意舞蹈，各个关节显然不是僵硬的，否则就是最早跳机器人舞的了。

清代《醉茶志怪》卷三"邵明"条中，诈尸就不是邪物引诱造成的。邵明从小父母双亡，跟着叔叔婶婶生活。十三岁的时候，婶婶暴病身亡，叔叔出去买棺材，让邵明守着尸体。小孩子吓得要死，邻居也不敢来陪。到了半夜，叔叔还没回来，他只好拿被子蒙着脑袋睡觉。忽然听到灵床上有窸窸窣窣的声音，掀开被子一角偷看，只见婶婶的尸体站起来了，在昏暗的灯光下，脸如淡金，目光炯炯有神，还放出黑色的火焰。这尸体转身正要出门，屋外伸出一只硕大的手，一巴掌拍在尸体脸上，爽脆无比，尸体应声倒下。邵明也吓得昏过去了。叔叔回来，见大人小孩都躺倒了，幸好孩子后来抢救过来了。

如栾先生所言，关于僵尸的记载，主要出现于清代的志怪小说。这大概也可以解释为什么电影中的僵尸都穿着清朝的官服。从清代的记载来看，僵尸与鬼的不同之处有以下几点。第一，鬼介于有形无形之间，其法力主要表现在能幻化，堂堂正正打斗的话，未必能赢得了人；而僵尸虽然有形，但身体素质远胜生人。第二，鬼几乎不吃人，至少有食同类的禁忌；而僵尸常有吃人之行为，且不像西方吸血鬼那样只吃鲜血。第三，很多鬼与人可以交流，口舌便给的人经常能把鬼侃晕了；而僵尸没有什么理性，只能力取。综合这几条，可以说鬼与人其实是同类，只是生活在不同的空间里；而僵尸实际上已经变成异类了。

电影中的僵尸虽然智商欠费，但是身体机能很强，究竟有多强？下面两个故事可以说明。

清代直隶省有个小山村，附近山里出了一个僵尸，能在空中飞行，专吃小孩，称为"飞僵"。村里人一到日落时分就关门闭户，尤其不敢让小孩子出门。苦不堪言，于是集资请道士作法捉拿僵尸。道士答应了，说：我能作法布下天罗地网，但是也要你们襄助，尤其需要一个胆大之人深入僵尸的巢穴，因为僵尸最怕铃铛，等晚间僵尸从山洞中飞出时，请这位胆大之人进洞摇铃，僵尸就无法回洞，我们在外就能擒住它；切记的是，摇铃一刻也不能停，否则不仅前功尽弃，而且进洞之人性命不保。村民选了一个胆大的，进洞后，他双手一刻不停。村民与道士在外与僵尸激斗，直到天亮，僵尸倒地，才将其抓获焚烧。可是村民忘了这位还在摇铃的哥们，直到中午才有人想起，这人从晚上一直摇到第二天中午，从此落下残疾，双手一直不停地颤动。（《子不语》卷十二"飞僵"）

　　另一个故事中的僵尸则更加厉害。也是清代，浙江上杭地区的某处村子有妖孽出没，专吃小孩子。由于根本不知道是什么妖精作怪，村民们一点办法也没有。某天，有个士兵归队经过此地，正遇上雷雨，就在一座神祠中避雨。神祠的东面是一片坟地，那里有一棵老枯树。兵哥哥见雷电始终围着枯树打闪、霹雳，借着电光一闪之间，看到树梢上有一女子，红衣白脸，披头散发，赤着脚，两眼硕大如灯，正在与雷电相持。雷声一响，她就用手里的长绢向上迎击，击退雷电。反复数次，雷电似乎也拿她没什么办法。兵哥哥觉得奇怪，凡人哪能跟雷神对抗，这一定是什么妖精。正好他手里有火药枪，于是瞅准机会对着女子开了一枪，正中面门。女子掉下枯树，雷电顺势下击。然后雨渐渐小了，雷电声也停息了。第二天，兵哥哥与村民发现，这女子脑门洞开，已死去多时，但是脸上、手上都长满了白毛，显然就是僵尸。于是将其焚烧，此后，当地再也没有妖精出没。（《夜谭随录》卷二"烽子"）

第一个故事中的僵尸会飞，已经够骇人听闻了。第二个故事中的僵尸竟然能对抗雷公，更是匪夷所思。要知道，天庭所有在下界的重要抓捕、斩首行动，基本都是由雷神负责的。《论衡》里说打雷就是"天取龙"，指抓捕逃往凡间的龙，至于蝎子精、狐狸精在人间作祟，很多也是由雷神负责捕杀的。志怪故事中经常能见到这些精怪为躲避雷击而惶惶不可终日的现象。如果不是有火器帮助，雷神竟然拾掇不下一个无名僵尸，让人矫舌难下！

僵尸身体素质强，硬件超硬，可是软件也超软。因为他们只能在黑夜行动，一到天亮就会自行僵住，甚至只要鸡鸣也会有此效应。所以人们只要撑过黑夜，形势就会瞬间逆转。

清代南京的小仓山后有一座大悲庵，荒废已久，只剩前面的大殿和后面的一座破楼。有个姓吴的秀才，家境贫寒，就利用这座荒庙办私塾，教教附近的一些村童，晚上就住在楼里。这座庙的四周全是荒坟，每到黄昏时分，吴秀才总能看到某处荒山林中有白衣人出没。他稍微懂一点阴阳五行，觉得白色等于西方等于金，这或许暗示那里有金子。就留心那白衣人出没的方位，发现他总是在一座棺材中消失。

某天他等学生放学后，带着斧子去盗棺。刚走近，棺材盖就自行打开了，白衣人跃出，原来是僵尸。逃吧，吴秀才狂奔起来！边跑还边动脑筋：据说僵尸没有关节，只能蹦着跑。于是他主动练起了障碍跑，专门挑那些沟沟坎坎的地方过。没想到，这僵尸跑起来比他还灵活，逾坑越谷如履平地。他更加慌了，直奔荒庙奔去，还来不及关门，僵尸已经赶到了。再逃到后院上楼，刚爬上楼就吓得昏过去了。

第二天，村童来上课，发现后院的楼梯上有个白衣人僵在那里，吓得喊来家长，用长棍把白衣人打下来。看这白衣人面色如生，又是全身的长毛。再到楼上救下还奄奄一息的秀才，得知了事情的原委。秀才带村民找到坟地，知道这是村里某甲的儿子。于是把尸体烧了。某甲说，自己夫妻俩六十多了，只有这一个儿子，宗族中也没有后嗣。儿子这一去，将来自己去世，连披麻戴孝的人也没有，因此入殓时就预先给儿子穿上白色的孝服。

至于僵尸为什么会僵在梯子上，有人解释说：僵尸虽然能逾坑越谷，但是极不擅长爬楼梯，折腾半夜也没爬上去，一到天亮，阳气大盛，这位仁兄就定在那里了。（《右台仙馆笔记》卷六）

在另一个故事中，一对优质僵尸则因为练门而灭门了。

清代某人在湖广一带游历，寓居古寺中，晚上散步见到林中隐约有人穿着唐装飘来飘去，怀疑是鬼，就悄悄跟着，见那人（鬼）进了一座古墓，就知道是僵尸。此人胆大，守在墓旁。二更时分，僵尸出来了，直奔一家大宅院，楼上出现一红衣妇人，扔下一条白绳，僵尸攀缘而上，然后楼上就有窸窸窣窣的少儿不宜的声音传来。这人想起僵尸都是要回到棺材里去的，如果把棺材盖拿掉，他们就没法作祟。于是先潜回古墓，将棺材板藏起来，继续躲着偷窥。

不久，僵尸回来，发现棺材盖不见了，到处都找不到，焦虑不已。仍回到大宅院，那人照旧跟着，只见僵尸对着楼上边跳边喊，楼上的妇人也对着他叽叽喳喳，说的什么却完全不懂。正喧哗之时，鸡鸣一声，那僵尸顿时僵住，倒在路旁。天亮后，众人才发现，那座宅院是一祠堂，楼上里有一具棺材，一个穿红衣的女僵尸倒在棺材边。原来是两僵尸在幽会，大家就把他们合在一处烧了。（《子不语》卷十二"两僵尸野合"）

这个故事里的僵尸，不仅分男女，还有自己的语言、感情，甚至能为爱鼓掌。在古代僵尸记载中，是极为罕见的高阶僵尸，可惜被人轻易就灭了。

僵尸还有一个本领，就是能附在新死的尸体上为祟，这新的尸体被僵尸精魅附体后，不仅能行动，还能说话。当时称其为"黄小二"。

有个行脚客，在荒山行走时，忽听有声音喊他的名字，匆忙之间就答应了一声。再一想觉得不对劲，这里怎么会有人知道自己的名字呢？（名字巫术在古代流传甚广，《西游记》中的金角大王、银角大王，《封神演义》中的张桂芳，都擅长这类巫术。）

行脚客越想越怕，到了旅店投宿，跟店主人说起，店主人说，不用怕，我有办法治他。带着宝剑一直陪着客人，半夜三更时分，果然外面有声音喊客人的名字，问是谁，回答说：我是黄小二。（真老实！）店主人仗剑出门，黑乎乎的见到有人影晃动，仗剑砍去，那人影躲开奔逃了，直逃到一座坟墓中，不见了。

第二天店主向邻居打听，得知那是一座新坟。众人于是报官，打开棺材一看，尸体五彩斑斓的，店主说：这就是黄小二，不过还没有成精。众人又到深山中四处寻觅，见到一具遗骸，也是五彩斑斓，而且长了毛（长毛也是僵尸的一大特征）。这就是那已成精的僵尸。向官方申请之后，将两具尸体都焚烧了。第一具新尸体烧的时候没有任何异常，而第二具尸体烧的时候能听到啾啾的痛苦的挣扎声。（《续子不语》卷五"尸奔"）

袁枚在讲这个故事的时候，还介绍了僵尸成精以及诈尸的原理。尸体如果长久不腐，山川之间的瘴疠之气会附着在尸体上，成为精魅。这精魅又会借新死的尸体作祟。如果没有新死的尸体可借，又可能散为瘴气，形成瘟疫。接近化学武器了。

至于诈尸，"乃阴阳之气翕合所致"。因为人死之后阳气灭绝，肉身属于纯阴，如果生人中阳气太盛的突然接触到纯阴的尸体，"则阴气忽开，将阳气吸住，即能随人奔走"。袁枚说守灵的人最忌讳与尸体脚对脚躺着，因为"人卧，则阳气多从足心涌泉穴出，如箭之离弦，劲透无碍。若与死者对足，则生者阳气尽贯注死者足中，尸即能起立"。简直就是星宿派的吸星大法！

介绍完僵尸大致的情况，再比较一下丧尸，关于丧尸与僵尸的差异，有不少介绍。有鬼君觉得，有些差别意义不大，有些现在已无差别，所以化繁为简，主要有三项根本的差别：一、丧尸是活人变的，僵尸是死人变的；二、丧尸基本没有智力，僵尸是有智力的；三、丧尸是集体主义者，僵尸是个体性的。下面分别来胡扯一通。

研究丧尸文化的爱尔兰学者达瑞尔·琼斯曾写文章介绍："丧尸来源于非洲宗教，其形象最接近于加勒比文化特别是海地的巫毒信仰。在巫毒教中，巫师可以让死尸变成丧尸，完全没有意志，听从巫师的命令。1937 年，人种学家左拉·尼尔·赫斯顿来到海地，听到了丧尸故事，其中一个故事特别引起她的注意，一个叫菲丽西娅·费利克斯-曼特的人在被埋葬三十年后重新回到人世了。"不过，从后来的演变看，大多数丧尸来源为活人受到感染变成活死人，热门丧尸影视剧不断强化了这一观念。而且感染的速度越来越快，《僵尸世界大战》中，只要被丧尸咬中，十二秒后活人就能成为极具攻击性的狂暴丧尸。

而如前所述，无论是广义的诈尸，还是清代以来狭义的尸体成精，僵尸绝大多数不是靠传染形成。丧尸文化中强烈的传染性，恐怕受吸血鬼文化的影响更大（有鬼君对吸血鬼文化所知甚少，不敢乱说）。

丧尸基本没有智力，这大约是共识了。在多部影视剧中，丧尸除了疯狂的攻击性之外，也有很明显的身体本能。《我是传奇》中的丧尸有点像吸血鬼，害怕日光，只在夜晚出来攻击人；《釜山行》里的丧尸正好倒过来，夜视能力几乎为零；《僵尸世界大战》里的丧尸比较有意思，对严重传染病患者无视……这些电影中，丧尸除了这些动物性的身体本能外，智力因素基本不存在。而僵尸绝对是有智力的，虽然不一定很高，从前面关于僵尸的记载可以看得出来。

有了前面的两点，第三点差别就很好理解了。在中国，每个僵尸都是自己修炼而成的，需要各种机缘巧合，而且修炼而成的僵尸都有各自的特点与偏好，都是独立的个体。而丧尸则不然，所有的丧尸只做一件事：攻击活人，把人变成丧尸。当没有人可攻击时，他们就进入休眠状态。

那位丧尸文化学者达瑞尔·琼斯是这么说的："是怎样的焦虑促使我们年轻的城里人打扮成丧尸状满大街转呢？而且最核心的是，为什么是丧尸？为什么不是更有品、更性感、更时髦的吸血鬼呢？答案恰好就是政治象征的本质，政治从一开始就嵌入了丧尸的历史中。如果说吸血鬼是贵族化的个人主义者，作为人类'更优秀的'改造版被仰慕、被敬畏，那么丧尸就是丑陋的底层生物，一群毫无差别的无脑的乌合之众。"

丧尸是最近几十年才在影视文化中兴起的，而僵尸则是中国古代的特色产物。有鬼君把这两样放在一起比较，也算是关公战秦琼了。

从广义的定义看，中国僵尸源远流长，僵尸传统更在清代发扬光大。这个传统的核心就在于与人类为敌，自我设限。当然，人类也不会放过他们。一个明显的现象是，对于一般的暴露于野外的尸体，大都会重新掩埋，入土为安；但对于僵尸，几乎都是采取焚烧、祛魅的方式处理，以免他们继续祸害人类。当然，这事得辩证地看，从僵尸的视角看，他们很愿意与人类共处，反而是人类全都在逆行，为了自保，拒绝与僵尸沟通交流，对僵尸实行"闭关锁国"，所以他们才自我限关。也许正因为自我限关，僵尸的发展都是靠个体的自我修炼，所以其传承途径极为隐秘，而非丧尸那样能迅速感染一大批人，客观上也保证了僵尸血统的纯正性。

因为《僵尸道长》系列电影的广泛传播，穿着清朝官员、并腿蹦跳的僵尸形象深入人心。其实这与古代僵尸毫无关联。据说，当时香港电影流行拍清朝戏，服装道具中存量最多的就是清代官服。林正英道长拍片时，为了省钱，就用来作为僵尸的服装，没想到就此塑造了僵尸的形象。

冥府表态学

在职场乃至官场上，表态确实是一门学问，比如，同样是表忠心，韦小宝就深得个中三昧，《鹿鼎记》第十四回，韦小宝化解了天地会与沐王府的仇怨，依然显得愤愤不平：

> 韦小宝道："是啊，沐小公爷有什么本事，只不过仗着有个好爸爸，如果我投胎在他娘肚皮里，一样的是个沐小公爷。像师父这样大英雄大豪杰，倘若不得不听命于他，可把我气也气死了。"
>
> 陈近南一生之中，不知听过了多少恭维谄谀的言语，但这几句话出于一个十几岁的孩子之口，觉得甚是真诚可喜，不由得微微一笑。他可不知韦小宝本性原已十分机伶，而妓院与皇宫两处，更是天下最虚伪、最好诈的所在，韦小宝浸身于这两地之中，其机巧狡狯早已远胜于寻常大人。陈近南在天地会中，日常相处的均是肝胆相照的豪杰汉子，哪想得到这个小弟子

言不由衷，十句话中恐怕有五六句就靠不住。

在阳间，韦小宝这种花式表忠心固是如鱼得水，但阴间的表态文化则更注重实质，强调入脑入心，韦氏表态法就很难奏效。以有鬼君所见，常规流程是这样的：由勾摄的阴差将活人带入阴间，先由判官或阎王进行诫勉谈话，然后由阴差带着游历阴狱，进行赏善罚恶、因果报应的警示教育，最后让其复生，对阳间大众进行宣讲。

这一流程的重点并不在于最后的宣讲，因为鬼门关里走过一趟，绝大部分人都会幡然醒悟，不仅改邪归正，而且会主动讲好鬼故事。真正让人触目惊心、入脑入心的，是阴狱沉浸式的警示教育。比如《集异新抄》卷六"不退婚"所载的故事，就是全须全尾的表态学实例：

南京下关有位史老汉，笃信佛教，吃斋茹素。他儿子却不信佛，经常嘲笑老爹。有天父子俩同桌吃饭，小史夹起一块肉对老史说：这味道不比面筋豆腐香吗？老爹你何苦呢？这样吃素，几时才能成佛？老史闻言，连忙合掌称罪过罪过。吃完饭，小史准备躺下休息，就见两官差来拘拿他，不由分说，将他架起来就走。行得十几里山路，见到一座城池，城门上两个金字"地府"。小史大骇：我这是死了吗？刚进城门，就有百十只飞鸟对着他一通猛啄，小史一边躲一边呼救。这时见到天边"隐隐幡幢鼓乐，导引数十人，而父亦与焉"，他大声向老爹呼救，却毫无反应。倒是有一条黑狗窜出，替他奋力抵挡飞鸟。飞鸟散去，又跑出几十头猪冲他撕咬，黑狗仍然在一旁护佑。群猪散去，小史刚喘了口气，又来了十几头牛，对着他"奔走愤触，困苦不堪解"。黑狗螳臂当车，再也无法阻拦。无可奈何，小史跪地高声念佛，求菩萨保佑。两个官差立刻出现，赶走了牛。转身对小史说：这些都是你杀生的食物来报复了，比之面筋豆腐味道如何？你老爹在云中享福的样子你也见到了，自己想想吧。两官差一边说一边将他领到阎罗殿前，只见：

> 天子居大殿，殿九级三层，侍卫千万，车马旌旗剑戟森立墀下，寂不闻謦咳声。子伏最下一级之东偏，一银带绿袍官人捧牒趋上殿，久而趋下，传旨云："付查勘司发落。"夜叉左右百余，应响如雷震，以皮带蒙裹，曳之而行。

小史哪见过这阵势，腿早就软了，被夜叉们拖到另一处官衙。判官查看冥簿，一一核对，"皆知已来所犯罪恶，年月时刻大小载甚详"。翻到一处，忽然面露喜色对小史说：你妻子在你下聘礼之后，未过门之前，一只眼睛瞎了。当时有人提议退婚，你拒绝了。是这样吗？小史说是的。判官立刻肃然起敬，此等善事在阴间最为看重。只是你"谤佛嫚父"，犯错不小。阴司甚为惋惜，所以召你前来警示谈话。小史说，我现在明白冥府的苦心了，不过那条黑狗是怎么回事？判官翻开冥簿：当年这条狗差点被杀，你花了两百文救下的，所以它来报恩。因果报应，毫厘不爽，世人昏聩，不知悔改，自我沉沦。"今送汝归，兼语众生勉为善。"明确要求小史到阳间大力宣讲。

小史还阳之后，向父亲表示要向菩萨忏悔，设了忏法道场七昼夜。之后全家奉佛。受史家感召，"一方之内，茹素戒杀者十且七八矣"。

我们看这个故事的结构，入冥—责罚—训诫—复生，流程完备。这也是大多数入冥故事的基本形态。进一步看，小史入冥前的罪愆和复生后的表态，叙述都极为简略。而对他在冥府所受的责罚、阎罗殿的威势、判官的谆谆教诲、因果报应的来龙去脉，都不厌其烦地细细描绘。在有鬼君看来，入冥故事详写阴间，略写阳间，一方面当然是满足听众对冥界的好奇心，另一方面，也是为了渲染、强调冥界的法力，以起到强烈震慑的作用。

我们不妨将责罚与训诫的情节与西方基督教炼狱的教义比照一下。新出版的《炼狱的诞生》一书，就梳理了在天堂、地狱二元对立之外，第三个处所"炼狱"的形成过程。炼狱即炼罪，是那些非全善也非全恶的人，通过接受刑罚，洗刷罪责，得到救赎。书中写道：

> 炼狱承载着东方的末世论文学，充满火、酷刑、狂暴与噪声，由奥古斯丁定义为刑罚比任何俗世的刑罚都要痛苦的地方，由想要用畏惧与颤抖来进行拯救的教会确立起来。

反复述说阴间/炼狱中的那些酷刑、畏惧、颤抖等，能更好地让人忏悔、认罪并且赎罪。中西的差别在于，在基督教义中，人的复活只能等到最后的审判日。而冥府，能随时让罪人还阳复生，亲自宣讲；同时，在阳间赎罪之后，立时起效，其影响力自然不同。比较起来，冥府显得更灵活、更人性，给人出路才是王道。

清人某甲被勾摄到阴司，正好遇到故友，代为检索冥簿，发现他犯了忤逆的大罪，"法当付汤镬狱"。只是命数未到，将来还是要受此刑罚。而且"此罪至重，佛亦难度"，故友不得已，让他回去后"亟以父母孝顺，或可忏悔挽回"。此人还阳之后，对父母"侍奉惟顺"，父母病故，丧葬如礼，一切都按照高规格来办。后来他活到七十多岁，安享晚年，显然悔罪、赎罪在现世就起效了。（《妄妄录》卷八"迁孝免罪孽"）

从这个故事可以看出，忏悔也好，表忠心也罢，本质不是给活人看的，而是由冥府考察判断，所以那些职场的心机、技巧，并没有什么用，所以我们才称为冥府表态学。至于做给活人看的表态学，其复杂程度，绝非韦小宝式的耍嘴皮子、抖机灵。

那么，在阴间该如何表态呢？理论上说，人人到了阎王殿，参观阴狱之后，都会当场表示要改恶从善，几乎无一例外。就像20世纪三四十年代行纳粹行举手礼一样，成为常态，所以从这个角度，很难对表态学进行有效的梳理分析。但是，还有一种我们司空见惯的表态方式——标语，可能被忽略了。

按照百度的解释：标语是用简短文字写出的有宣传鼓动作用的口号。如果从张贴、公布标语的执行者的角度看，是在表达对规定、禁令等的坚决拥护和执行，这就是一种公开的表态。

那么阴间如何公开表达对规定、禁令等的宣传和动员呢？

古人当然没有刷标语的情况。不过，有鬼君写过《阴间的价值观》一文，曾提道："冥界也使用文字，在一些特别的场合，阴间的文字可以将那里的主流价值观，或明或暗地表达出来。这就是冥府大门口常见的对联。"冥府的对联，就是一种公开宣传、表达冥界价值观的方式，也就是冥府表态学的形式之一。因为这些文本都是在阴间呈现的，所以当然可以称为"阴本"，也成为我们分析冥府表态学的珍贵资料。

明末南昌人徐巨源，曾于崇祯年间中进士，以书法知名。某天在路上被一阵狂风"摄入云中"，原来是冥府修造宫殿，想请这个书法家去题写对联。徐巨源跟着冥官到了阎王府，见他们已经拟好了词，只是还没写（冥府从阳间临时聘请书手写对联，可见有多看重）。对联是："作事未经成死案，入门犹可望生还。"横批是："一切惟心造。"（《子不语》卷八"徐巨源"）

这副对联实质是对冥府基本政策的宣讲，"作事未经成死案，入门犹可望生还"，是不是有点像"坦白从宽，抗拒从严"？这里明显是在暗示，在阳间做的事情，只要没有被定为死罪，还是有可能复生、还阳的，或者说可以转世轮回成人。并非所有入冥者都是命数已尽，有些是临时性的误入，有些是作为证人、当事人去参与冥判，有些甚至是参加冥府考公面试，即使有人是阳寿已尽，被勾摄入冥，还存在阎王、判官根据具体情况定谳的变化。所以横批说"一切惟心造"，就是论心不论迹，鼓励入冥者诚实地交代自己在阳间的行为，以获得宽大、赎罪的机会。从另一个角度看，这副对联未尝不是展示对冥府基本政策的理解和表态。表态给谁看？当然是给阎罗王看。你猜，阎罗王看到下属造的阎王殿和刷的标语（对联），会不会捻须颔首呢？

如果说这副对联表达出宽厚、仁慈的意味，另一副对联则相当严厉。

清人金舜功最初追求功名，中了秀才，晚年信佛，每日吃斋念经。后来因病入冥，在"森罗殿"见到一副对联："读圣贤书，以儒术杀人，国网漏天网不漏；授菩萨戒，借空门造孽，王法饶佛法难饶。"（《妄妄录》卷十二"森罗殿前对"）

这副对联看似只针对金秀才，其实是分别训诫儒生与和尚，儒生以儒术追求利禄，无可厚非，但是打着儒家的旗号杀人，却难逃阴间的法网；和尚亦是如此，借佛门做坏事，王法佛法都不会放过。这对于入冥者来说，非常像阳间各种普法标语。但实际上，这标语如果孔圣人和如来佛看到，大概都会满意的。我们知道，冥府的建构融合了儒释道等多种思想资源，其意识形态基础是复合型的。这副对联，不仅震慑了入冥者，更重要的是，同时向儒家和佛教表示了认同和服膺，这个表态可谓无分轩轾地讨好了两家。

上面两副对联或温和、或严厉，都是宣传冥府法律功能，而另一些对联，则是展示阴间的日常生活，比如："曰校、曰序、曰庠，两字德行阴教化；上士、中士、下士，一堂礼乐鬼门生。"（《聊斋志异》卷六"考弊司"）这副对联是一位儒生闻人生入冥游览冥府考弊司所见，随后闻秀才与考弊司司长虚肚鬼王发生冲突，愤然赴阎罗殿上诉，阎王严惩了虚肚鬼王。颇为讽刺的是，对联中展示的是近乎风乎舞雩的教育场景，实际上虚肚鬼王却对读书人大施淫威："秀才已与同辈数人，交臂历指，俨然在徽纆中。一狞人持刀来，裸其股，割片肉，可骈三指许。"而且，考弊司就在阎罗殿的边上，所以，这副对联更像是写给考弊司的上级阎罗王看的，虚肚鬼王的表态艺术确实高超，不仅风雅，而且有内涵，可是表态的背面却如此不堪。

有些对联则视野更为广阔，展现了宇宙洪荒的大化流行，这种表态已不再拘泥于某个具体的领域，而是触及对冥府基本原则的体认。比如："天道地道人道鬼道，道道无穷；胎生卵生湿生化生，生生不已。"（《耳谈》卷五"阎王殿"）这副对联所表达的是将有情众生联结在一起，且永恒流转的视野和豪情。

以上只是从阴间的对联入手，简单分析了冥府表态学在阴间的一些呈现方式。不过，在有鬼君看来，鬼世界的心术过于简单，即使以精细的文字形式表达，但冥府表态学对于人性、社会、制度等的复杂性，还是相对浅白了些。

冥府的主权意识

近代以来，幽冥世界的基本观念受到极大的冲击，这其中，民族国家的观念对冥界的边界和主权观念的冲击特别明显。

清明节、中元节扫墓祭祖，都要烧纸。除了烧冥币，现在烧家电、烧汽车的也多了起来。不过，这种变化最多只能说明阴间也在与时俱进、共同富裕，还不能算是重大突破。况且，现在冥币的币值越来越大，动辄数亿乃至数十亿，玩数字游戏而已。直到近几年有报道说烧护照的，这才是真正的突破，因为这说明当代人已经意识到，那个世界也是存在空间尺度及空间意识的。

实际上，对于那个世界的时空问题，清人就已思考过。纪晓岚曾经很疑惑："人死者，魂隶冥籍矣。然地球圆九万里，径三万里，国土不可以数计，其人当百倍中土，鬼亦当百倍中土，何游冥司者，所见皆中土之鬼，无一徼外之鬼耶？其在在各有阎罗王耶？……人不死者，名列仙籍矣。然赤松、广成，闻于上古，何后代所遇之仙，皆出近世？刘向以下之所记，悉无闻

耶?"(《阅微草堂笔记》卷七)

纪晓岚的疑问就是阴间是否也有疆域、边界？其实，他在《阅微草堂笔记》里，就曾记述过在新疆的戍卒，死后因为魂魄无法返乡，需要阳间的官员烧关牒（即通行证），才能在阴间穿州过府。他因此赋诗感慨说："白草飕飕接冷云，关山疆界是谁分。幽魂来往随官牒，原鬼昌黎竟未闻。"本国鬼的迁移尚且如此困难，在闭关锁国的年代，洋鬼子要入境，更是难上加难。

虽然无法通过正规途径入关，但偷渡客还是有的。比纪晓岚稍晚些的袁枚，就讲过洋人鬼的故事。临安有个姓赵的猪贩子，经常到杭州贩牲口。某天赶夜路回家，遇到四个蓬头垢面的恶鬼打劫，赵某浑然不惧，挥拳而上。可是人单势孤，被对方按在地上狠揍。危急时刻，有神人赶走恶鬼，并且告诉赵某，这四个恶徒是罗刹（俄罗斯）鬼。因为前年罗刹国遇上严重的自然灾害，人都没吃的了，鬼也只能四处逃荒。有不少罗刹鬼就越境逃到中国。（《续子不语》卷三"罗刹国大荒"）洋鬼子从塞外极北的苦寒之地，竟然能一路逃难到江南的杭州，可见阴间的管理还是有些疏漏的。

到了晚清，列强入侵中国，人们见惯了高鼻深目的洋人。阴间的洋鬼子自然也多了起来。据《清稗类钞》记载，八国联军攻打北京时，有位满人死后复生，追述自己在阴间的见闻，说是在地府见到很多新鬼，有中国鬼，也有洋鬼子，他甚至见到了三天前自缢"殉国"的体仁阁大学士徐桐，都在等着阎罗王过堂。可见，阴间是实行属地化管理的，列强的治外法权只在阳间有效。

以上的事例已经显示，冥界确实有自己的国家主权。下面从理论上分述。

首先，冥界的主体性原则是天赋的，不能被剥夺。有鬼君为什么不爱看当代的鬼故事，就是因为这些故事无视冥界的主体性，以为鬼魂就是飘来荡去、无所事事、懵懵懂懂……就中国而言，自从冥府在东汉时代初现雏形以来，其国家建设就日臻完善。其治下的鬼魂也逐渐意识到自己的主体性（比如买地券涉及的冥界土地产权，冥币兑换涉及的冥界经济等等），他们不再认为自己是人类的附庸。

其次，冥界与阳间具有同构关系。这意思是说，幽明世界对基本理念是共享的。"东海西海，心理攸同。"这是很多治学者的共识。对有鬼君来说，"幽明一理"，也是治鬼学的基本原则。这当然不是有鬼君的创见，纪晓岚就指出："幽明异路，人所能治者，鬼神不必更治之，示不渎也；幽明一理，人所不及治者，鬼神或亦代治之，示不测也。"（《阅微草堂笔记》卷二）中国人和中国鬼，分享共同的集体无意识，在主权问题上自然也不例外。

最后，也可能是最根本的原因：西方基督教文化对于鬼魂世界的安排，导致他们的冥界缺乏主体性，主权观念尚未萌芽呢。

晚清有位进士廖立樵，其子廖能同在德国留学，出车祸去世。消息传回国内，廖立樵悲伤不已，他最无法接受的是儿子不能归葬乡里，要在国外成为孤魂野鬼。于是在乡里的吕祖庙扶乩祈祷，希望儿子的游魂能回来。巧的是，吕祖庙的庙祝同时在冥府兼职做阴差，吕洞宾命他到海外出差，将廖能同的魂魄带回来。庙祝领命出发，一路上坐海轮、火车、汽车，终于抵达柏林。在车祸发生地点找到了廖能同的游魂，将其带回国。半夜到了廖家，敲了半天门，魂魄才被放进去。庙祝出完差，回家倒头就睡。第二天，廖家人见到庙祝，说昨晚听到有人敲门，开了门又什么也没见到，庙祝说我把你家公子的魂魄带回来了。庙祝从未出过国，可是描述柏林的街道景象，却与实际情况一丝不差。按照时间推算，庙祝往返于中德之间只花了一个晚上。一方面固然是速度惊人，另一方面也证明了冥界的时空尺度与阳间确实不同。（《洞灵小志》卷二"柏林阴差"）

这个故事有几个细节值得琢磨，当时阳间世界已从帝国时代进入现代民族国家时代，各国的疆域边界理当清晰明确，庙祝为何能自由无碍地出入国境？很可能，冥界的社会发展尚未进入这一阶段。或者可以说，虽然德国在阳间的发展远远领先于当时的大清，但在冥府大清还是霸主，所以庙祝在柏林领个亡灵回来很自然。另一则故事，似乎更加印证了阴间尚未进入现代民族国家阶段。

民国初年，中国驻北婆罗洲（今属马来西亚）第一任领事谢天保遇到了一桩烦心事。因为谢天保幼年失怙，与妹妹相依为命。后来谢留学美国，毕业于丹佛大学医学院，光绪三十二年（1906年）获医科进士，授学部主事。1913年调任外交部，担任中华民国驻北婆罗洲领事。可是，他刚就任不久，在国内的妹妹就因病去世。想到兄妹俩当年的艰辛，谢领事悲伤不已，可是又没法回国。听说当地有个美洲巫师能招魂，于是请了巫师来招魂。巫师将其带入密室等待，过了一会，一个贵妇的魂进来，谢领事摇摇头说，搞错了，不是我妹妹。巫师说，我再去招。又过了一会，一个头发蓬乱、粗布衣服的妇人进来，这真是他妹妹。谢领事与妹妹相见，悲喜交集，谈起家事，历历如叙。谈完之后，妹妹倏然不见。这次招魂，花了他几百美金，按照当时的物价，应该不便宜。作者郭则沄说，中国自古以来就有这种招魂术，汉武帝见李夫人、唐玄宗见杨玉环，都是如此，可惜现在国内失传了。（《洞灵小志》卷二"美洲招亡术"）

谢天保身为外交官，当然很清楚地知道当时国家之间的外交关系，而请美洲巫师将中国的亡灵招到马来西亚，在阳间需要相当复杂的出入境手续，而在冥界，似乎畅通无阻。可见，冥界的国际关系还有一定程度的滞后。

冥府举报学

要讨论冥府对于举报的态度，不妨先比较一下阴间与阳间治理的思路，纪晓岚曾说：

> 幽明异路，人所能治者，鬼神不必更治之，示不渎也；幽明一理，人所不及治者，鬼神或亦代治之，示不测也。（《阅微草堂笔记》卷二）

真是统治者热爱的理想社会形态。这句话里"不渎"是指阳间能处理的案子，阴间不会越俎代庖，尊重阳间的司法权威；"不测"是指阳间没法发现或惩治的罪犯，阴间就会代为出手，以显示神鬼难测。换句话说，这是强调果报的普遍有效性，所有在阳间能逃脱的罪行，在阴间都不会错过，甚至是十倍、百倍地奉还。

如果我们能理解这个背景，那就能体会到，举报这一行为，在冥府不仅不受重视，而且是不道德的。

举报不受重视，是因为冥府强大而多层级的监控体系，对阳间人类所有行为都了如指掌。即使是内心的隐微波动，都难逃监控。有鬼君在以往谈冥簿、业镜、心镜时已多次强调过，这种监控甚至能做到即时反馈，简单举个例子。

南宋合州城有个郑老太，自幼信佛，几十年来从不喝酒、不吃荤，每天念《金刚经》，虔诚无比。有一天，她到寺庙去听长老说法，经过一家肉铺，肉铺的屠户正在切牛肉，郑老太一时心血来潮，对同行的另一个老太说：这牛肉切成薄片，浇上盐醋，想想都鲜美无比。（"以此肉切生，用盐醋浇泼，想见甘美。"）到了庙里，长老劈头就问郑老太：你怎么破了荤戒，吃牛生呢？老太说：老身是自出娘胎就没有吃过荤，大师这么说什么意思？长老微微一笑，取出一些药末，在热水中搅匀，让郑老太喝下去，过了一会，老太烦闷欲呕，竟然吐出足足一碗的生牛肉。郑老太才明白，自己经过肉铺时的玩笑话，"妄想故示显化"。老太太为自己心念不诚懊悔不已，此后修行更加虔敬，活到九十多岁。《夷坚支志》丁卷三"郑行婆"）

仅仅是心中荤戒一动，就有如此反应。这固然是为了说明寺院长老的佛法神通，同时也间接证明冥界对人之心动能洞若观火，毕竟佛教是冥府建立的基本理念之一。所以冥府判官曾说："阴间悬一照恶镜，孽障分明，不特冤家告发也。"（《续子不语》卷十"淫谄二罪冥责甚怪"）有如此强大的监视和反应能力，人间的举报对冥府治理当然毫无价值。

关于冥府对举报的行为在道德上的鄙视，我在《鬼世界的九十五条论纲》中说：

十九　鬼世界、人类世界与天界共享一些基本的
政治原则。

二十　这些共享的政治原则的核心是道德教化。

鬼世界政治原则的核心是道德教化，其基本内容就是儒家主张的仁义礼智信这些伦理规范。而且，儒家特别强调的是自省、自律、慎独，强调正心诚意，而不是靠他律。所以举凡阳间的举报、告发、告密、检举、出首等行为，都为冥府所不齿，且会给予警示。

明代一位姓陆的军官，刚升任指挥一职时，受到同僚的排挤，内心郁闷，无以化解。于是每日窥伺同僚的隐私，寻其短处，悄悄记录下来。时间久了，记录越来越多，就装订成册，藏在橱柜里。等待机缘巧合，将同僚一举告倒。有天晚上，他已入睡，忽然电闪雷鸣，陆指挥就见屋内有"火光如豆，旋转一室，若有人持而觅索者"，刚坐起来要查看，那火光窜入橱柜，立刻烧着了。他赶紧去取水灭火，回来时火已经自己熄灭了。打开柜子一看，东西丝毫无损，唯有"手疏同僚烧灭，不遗一字"，那本记录同僚隐私的小册子被烧掉。显然，这是鬼神运用神通在向他警告。陆指挥幡然醒悟，"遂悚然修省，绝不谈人过恶"。后来仕途很顺利，官居一品。（《集异新抄》卷八"陆指挥"）

因为陆指挥尚未举报、告发，所以鬼神只是略施惩戒，而且在他悔改之后，还是给予很好的福报。至于那些不知悔悟的人，结局就没那么好了。《子不语》卷十八"颜渊为先师判狱"

讲了一个关于举报的小故事。

明末清初的经学家毛奇龄年轻时曾参加抗清义军，浪迹江湖多年，康熙年间才逐渐安稳下来。他有个好朋友张纲与他谈及一桩往事，1645 年，清军进逼杭州，监国的潞王朱常涝开城投降，与其他被俘官员一起被押解至北京，他的宫眷则躲藏在一个姓孟的大户人家。张纲的弟弟得知此事，跟几个狐朋狗友商量，要向清军举报领赏。临到去官府交举报信时，张某又后悔了，坚决不在举报信上签名。其余几位列名领赏的五人，不久就无缘无故暴死。张某死后复生，逃过一劫。可是他恶性不改，又因为与一个道士闹矛盾，诬告道士是海盗，致使道士被杀。过了不久，张某也早早就病死。张纲说起这个弟弟，"负先师之训，违慈母之教，宜其终不永年也"。

张纲所说的"负先师之训"，就是儒家仁义的基本规范，即使不考虑明清之际的朝代更替、夷夏之辨，出首告密也为士人所不齿。即使生活在大清盛世的袁枚也要专门记录下来，以示对举报者的报应。

至于那些卖友求荣之辈，人们往往认为天网恢恢，必遭果报。

清光绪年间，山东某地县令朱永昌，与某人是过命的交情。这人奉命"解饷赴陇"，路上看中一个妓女，想给她赎身，可是钱不够。这家伙胆子也大，直接从饷银中挪用了几千两。这样一来，就没法到甘肃交差了。他悄悄找到朱永昌，将实情告知，打算改换姓名身份，托庇在朱永昌那里。他许诺事成后与朱永昌将剩余的饷银平分。这厮的主意简直无法无天了，没想到朱永昌满口答应，安顿朋友住下。第二天一早，就直奔知府处告发。这案子没什么好纠缠的，那人很快被判了死刑。行刑那天，囚车经过街市，那人大声呼喝："朱某卖友，三年内吾必报之！"朱永昌因为这次举报，受到上司嘉奖，升了官。两年后，因为一桩命案牵连，也被判了死刑。令人不可思议的是，这命案的起因是案值仅为二钱的地丁银。所有知道此事前因后果的人都说"报应不诬"。记录此事的作者郭则沄也说："夫某之侵饷论死，固当其罪，然朱既与深交，苟开诚告诫之，未必不悔悟变计，乃诡诺之而藉以邀功，则某之报怨为有辞矣。"朱永昌的那位朋友被判死刑，理所应当，但是朱不仅没有开诚布公劝诫，反而假意承诺分赃，转头就举报邀功，那位朋友的报复也就显得理直气壮了。（《洞灵续志》卷二"卖友报"）

当然，此风气之起，端的有赖榜样的作用，《资治通鉴》卷二〇三有载：

> 中宗欲以韦玄贞为侍中，又欲授乳母之子五品官；裴炎固争，中宗怒曰："我以天下与韦玄贞，何不可！而惜侍中邪！"炎惧，白太后，密谋废立。二月，戊午，太后集百官于乾元殿，裴炎与中书侍郎刘祎之、羽林将军程务挺、张虔勖勒兵入宫，宣太后令，废中宗为庐陵王，扶下殿。中宗曰："我何罪？"太后曰："汝欲以天下与韦玄贞，何得无罪！"乃幽于别所。己未，立雍州牧豫王旦为皇帝。政事决于太后，居睿宗于别殿，不得有所预。立豫王妃刘氏为皇后。后，德

威之孙也。有飞骑十余人饮于坊曲，一人言："向知别无勋赏，不若奉庐陵。"一人起，出诣北门告之。座未散，皆捕得，系羽林狱，言者斩，余以知反不告皆绞，告者除五品官。告密之端自此兴矣。

其实，不读古书，看看电影，也是好的，比如阿尔·帕西诺主演的《闻香识女人》。

冥府入宫学

历代帝王喜召术士、佛道人士进宫，这是大家都比较熟悉的。比如汉武帝时的李少君、李少翁、栾大，宋徽宗时的林灵素等。在有鬼君读过的关于宫廷术士的著作中，以中国人民大学吴真教授的《为神性加注——唐宋叶法善崇拜的造成史》最好看，强烈安利。据该书介绍，唐初一位出生于浙江南部松阳县的道士叶法善来到长安打拼，历高宗、武后、中宗、睿宗四朝，充任两京的内道场道士六十余年，于公元720年以一百零七岁高寿去世，不仅在生前获得唐代道士所能得到的最高世俗爵位——越国公，唐玄宗在他去世十九年后还亲自撰写悼文《故金紫光禄大夫鸿胪卿越国公景龙观主赠越州都督叶尊师碑铭并序》，"当时尊崇，莫与为比"。书中第一章为"道教国师的政治人生"，第四节的标题是"97岁的政治第二春"，堪称入宫术士中的王者。

不过，有鬼君要讲的既然是冥府入宫学，当然重点不是人，而是妖魔鬼怪如何入宫，在宫中做什么。大家最熟悉的自然是

《西游记》中车迟国的三位国师，因为涉及佛道之争，被写成动物成妖，有点矮化了，况且三位国师不仅确实有些法术，且都是战死在斗法场上，也算是汉子。

以有鬼君阅读所见，皇宫中闹鬼较为常见，而妖精较少，这主要是因为鬼魂往往出于夙缘、果报等情况而滞留宫中，属于"幽魂滞魄"。而妖精入宫则需突破宫中神灵的安保措施，颇为不易。《续耳谭》卷五"西山狐"说："禁城中，帝王所在，万神诃护。"只是时值元末，天命已改，"真天子自在濠州，城隍社令皆移守于彼，此间空虚"，所以狐狸精才能出入宫中。到明清时，安保手段又有提升，冥府聘用从良的妖精担任守卫，如《庸闲斋笔记》卷二"狐知医"中，擅长医术的狐仙"自言每月在宫中轮当差使数日，信乎圣天子百灵诃护也"。《洞灵续志》卷五"狐大太爷"也提道，"大内诸狐以端门仙狐领之，称狐大太爷。其在保定者曰二太爷，在天津者曰三太爷，皆曾受封锡"。以人治人，以妖治妖，手段高明。

虽然有神灵守卫，但是鬼魂通过人情关系，也能入宫。据《庸庵笔记》"太监安德海伏法"介绍，山东巡抚丁宝桢杀了安德海之后，历城县令买了块地将其安葬，只是一座小坟，当地百姓也不很清楚。过了几年，乡民有人被鬼魂附体，胡言乱语，还是一口的京片子。众人好奇，就围着病人问。鬼魂说，本人姓安，是河北南皮人，"在北京内廷供职多年，有要差赴广东，留滞于此，寓屋数间，久不修理，天雨下漏，令人难住，烦诸君为我稍加补葺"。众人听他意思，不就是被砍了脑袋的小安子吗？好奇心起，问他是否曾回京，京城什么样子，皇帝老儿是不是顿顿白面馍馍蘸糖吃。安德海当然不会回答乡下人的这些无聊问题，只说自己曾两次回京进宫，宫里景象跟从前一样。看守宫门的金甲神，因为以前经常见到自己，脸熟，所以不曾阻拦。只是因为黄河难渡，往返费劲，所以不常回去。乡民闻言，去他的坟上查看，果然有两个洞，于是用土块糊上修补好。病人也就好了。

这个故事很明确地说宫中有金甲神守护，就是防止妖魔鬼怪出入惊扰圣驾。安德海身为横死之鬼，能自由出入，纯属特例。更多的是鬼原本就在宫中。

唐高宗营建大明宫，宣政殿刚造好的时候，每晚都闹鬼，"闻数十骑行殿左右，殿中宿卫者皆见焉，衣马甚洁"，高宗命术士刘门奴搞清楚怎么回事。刘门奴作法与鬼魂交流，对方说，自己是汉景帝时楚王刘戊之子，楚王参与七王叛乱时，他正好在长安。楚王兵败被杀，景帝可怜他，并未斩草除根，养在宫中，死后就葬在这里，景帝还赐了一对玉鱼陪葬。因为营造宣政殿，东北角正好压住了他的坟墓。"此是我故宅，今既在天子宫中，动出颇见拘限，甚不乐。"所以才惊扰当今天子，恳请下旨改葬，俾得人鬼两便。高宗闻报，命人发掘改葬，果然在殿的东北角发现了古坟，还有一对形制精巧的玉鱼。改葬到宫外后，果然鬼魂不再出现。（《太平广记》卷三百二十八"刘门奴"引《广异记》）

这个故事是有疑点的，汉长安与唐长安并不在一个地方，未央宫和大明宫相距还有些距离，所以那位号称楚王之子的哥们，很可能是某个假冒的鬼，打着皇室后裔的旗号请求改葬。

如果是普通的古坟，估计高宗也没耐心稳妥处理。所以，这位应该不是主动入宫，而是被皇室圈地圈进宫的。下面一位，因为有些法术，应该是主动入宫的。

北宋徽宗宣和年间，一位宫女忽然被恶鬼附体，成了武疯子，拿着刀乱挥，一般人近不了身。徽宗下旨召法师驱邪，可是京城道士一个能打的都没有，"皆莫能措手"。只好下令将她关在空屋子里，不给吃的，几年下来，宫女也没死。后来龙虎山来了一个程道士，据说法力高强。徽宗命人召之作法。程道士"请以禁卫数百，执兵仗围其室三匝，隔门与之语，且投符使服"。宫女哈哈大笑，我服的符多了，你能奈我何？说着吞下去。没想到真的被符制住，动弹不得。程道士用刀"划地为狱，四角书火字"，逼问鬼魂老实交代，否则火刑伺候。那鬼连连求饶，说自己也是龙虎山的道士，死后为鬼，"凡丹咒法箓，皆素所习"，所以闯入宫中玩耍捣乱，没想到被仙师制服。他恳求程道士放过自己，这就出宫。程道士大怒：皇宫禁区，岂容你撒野？报告徽宗，具牒奏明天帝，将此鬼斩杀。（《夷坚甲志》卷十二"宣和宫人"）徽宗朝昏乱不堪，连龙虎山道士都反水，在宫中肆意妄为，可见气数已尽。

宫中闹鬼，一般有点水平的术士都能驱除，不过，有些鬼却实在没法驱赶，因为他可能是皇帝的哥哥。

还是宋徽宗。政和年间，他下令在宫里造一处凉殿，准备夏天来住。在他来之前，每晚有两个小太监守着，门窗紧闭，不准闲人靠近。可是，"夜未半，闻内外喑呜叱咄，声殊猛厉，竹夫人相逐跃舞，不容交睫，颤悸彻晓。以告知省卢太尉，卢别易两辈往，说其怪亦然"。这鬼闹得动静也太大了。卢太尉晚上亲自去查看，到了殿外，门自动打开，他进去之后，门又自动关上，一直到最里面的正殿。灯火辉煌却阴气森森，他抬头一看，已驾崩的哲宗皇帝赫然坐在那里，边上是妃嫔和太监。太监大喝一声，见了皇上，还不下跪。卢太尉惊恐之下，连忙跪下请安。哲宗问：你来这里干什么？卢太尉回奏，臣奉旨打扫新宫殿，不知圣灵在此，触怒天威。哲宗很不高兴：你回去问问官家（徽宗），这几间房子也不能让给我住吗？卢太尉哆哆嗦嗦地领旨告退。第二天上奏徽宗，又不敢说明情况，只能含含糊糊地请徽宗暂时不要去住。大概徽宗也是一时兴起，竟被卢太尉混过去了。（《夷坚支志》丁卷一"禁中凉殿"）

一般来说，皇帝、皇后死于宫中，作祟的概率比较大，因为继位者不敢动用法术驱赶，只能安抚。传说同治、慈禧死后均曾在宫中现形（《洞灵续志》卷五"同治帝死后现形"、《清稗类钞》迷信类"孝钦后现形"），做臣子的也只能避开，任由他们在宫中游荡。但是前朝的皇帝鬼，要是在宫里作祟，他们是不会客气的。

崇祯上吊于煤山，这个大家都知道。清朝定都后，每次皇帝、皇后驾崩前一两个月，总有宫人看到一"古装之白发老人，于更深人静时，在山之上下左右，或远或近，呜呜而哭"。而且一边哭，一边絮絮叨叨地绕着宫殿走。月白风清之时，看得格外清晰，宫人对崇祯可就没什么客气的了，你刚愎自用、一通胡搞，丢了天下，还有脸哭？有好事者甚至操起木棒去追打，只是这白发老鬼"其行如飞，顷刻不见"。(《清稗类钞》迷信类"煤山有白发鬼")

简单总结地说，冥府对于皇宫的守卫还是比较严格的，能入宫的妖孽并不多。这主要是因为冥府对于阳间世俗权力的尊重，但是皇室鬼折腾自己人，冥府还真没法干预。

冥府躺平学

按照百度的解释:

> 躺平学,网络流行词,放弃拼命工作攒钱焦虑伤身的生活,主动低欲望地生活的一种生活哲学。即要有经济来源,有的人"开源(拼命工作参与内卷)",这类人"节流(降低开支退出内卷)"。
>
> 躺平学的兴起源于贴吧"中国人口吧"里的一个帖子——《躺平即是正义》,作者两年内几乎很少工作,并且非常低欲望地生活着,努力保持身体健康的同时还进行了一系列哲学思考,比如文中他介绍自己的"躺平学"时:"我可以像第欧根尼一样只睡在自己的木桶里晒太阳……只有躺平,人才是万物的尺度。"
>
> 但"躺平学"思想由来已久,源于2017年兴起的丧文化和佛系文化。

冥府的躺平学与人类的躺平学相近，但并不完全相同，容有鬼君先引一则故事。

清代杭州西湖边有座庙叫德生庵，庙门外堆积了几千口棺材，像小山包一样。袁枚曾在那庙里住过，很好奇地问和尚：这么多棺材，难道不会闹鬼吗？和尚说：此地全是富鬼，终年安生。袁枚不能理解：城里哪有那么多富人？焉能有如许多富鬼？况且这里的棺材一直没下葬，肯定都是穷人。和尚说：所谓贫富，不是看生前的。凡是死后能接受酒食祭祀、纸钱烧化的，就可算富鬼。这千余口棺材虽然没有下葬，可是庙里每年有三四次化缘为他们做道场，还有盂兰盆会这样的满汉全席。个个吃得脑满肠肥的，哪里会生邪心？那些遇到过鬼的人，他们口中鬼的形象哪有衣冠华美、相貌丰腴的（就是胖子的意思了）？凡是出来作祟的，大多是蓬头垢面、褴褛穷酸、长脚伶仃的。袁枚一听，这话很有道理啊，果然，他住在庙里一个多月，从来没有鬼来骚扰。（《子不语》卷二十二"穷鬼祟人富鬼不祟人"）

如果按照托尔斯泰的说法，这个故事说的是："幸福的灵魂家家相似，不幸的灵魂各各不同。"如果从躺平学的视角看，相对人来说，鬼的生活是低欲望的。文中提道："此间皆富鬼，终年平静。……所谓富者，非指其生前而言也，凡死后有酒食祭祀、纸钱烧化者，便谓之富鬼。"幽冥世界中，富裕的标准并不高，死后在幽冥世界有饭吃，有衣穿，有钱花，就足够了。而且，每年只需在节日祭祀几次，就足够鬼魂一年的生活，他们也就不会出来祟人。

除了衣食住行，幽冥世界对于文化、教育、经济、科技等各个方面都没有发展的动力，在政治方面，除了处理公检法问题的阎罗殿、城隍、土地三级衙门（主要还是针对入冥者），更无其他管理机构。至于政治乱象、自然灾害，更是几乎没有发生过。

换句话说，整体来看，幽冥世界的社会形态是小政府、大社会、低欲望，幽冥世界的主流生活状态就是躺平学。

从冥府建构的逻辑上看，这一状况不难理解。首先，幽冥世界作为阳间生活缺陷或遗憾的一种补偿，当然要优先实现人类的各种基本愿望。当公平、正义、和谐等基本诉求都不再成为问题的时候，躺平当然是最主流的生活方式。其次，阳间为幽冥世界躺平提供了足够的资源与动力。冥府的生活资料绝大多数靠阳间输入，甚至连孤魂野鬼，只要在七月半的慈善盛宴上分得一杯羹，就能熬过一年。可资参考的是，有鬼君几乎没有读到一条关于阴间存在乞丐的材料。如果幽冥世界的温饱问题彻底解决了，为什么他们还要奋斗？最后，由于轮回转世规则在幽冥世界成为最基本的运转逻辑，所有奋斗都失去了终极意义。在冥府初创时期，阳间的社会属性可以被带入阴间，即子产所说的"用物精多，则魂魄强。是以有精爽，至于神明"，这一原则在魏晋南北朝的志怪小说中很常见，但随着轮回说、因果报应说逐渐嵌入冥府的建构，阶层固化的现象在幽冥世界也被打破。幽冥世界在制度上基本实现了形式和实质的双重平等，鬼魂们奋斗的意义何在？

当然，躺平并不意味着死水一潭。志怪作品中大量人鬼互动的故事，恰好说明冥府的躺平学不是僵化的一刀切。举个例子，在中国台湾学者王年双的《洪迈生平及其〈夷坚志〉研究》一书中，有一节专门讨论"游魂滞魄"问题，作者根据葬祭仪式的不同，将鬼魂分为"神主鬼魂"（即祠堂供奉的祖先）、"葬地鬼魂"和"冥界鬼魂"三类，这三类鬼魂都是纳入冥府管理、有正式户口的，只是融入冥府社会的程度不同。我们可以宽泛地视为躺平鬼。而"无主鬼者，即未经仪式行为处理之鬼魂，在观念中，是为游魂滞魄"。这些"游魂滞魄"为了能上户口，不断在阳间以各种方式提出诉求，比如，"托骨祈葬""冢鬼护穴""游魂索食"等，而这些行为在人类看来，就是鬼魂作祟。

即使办了户口，纳入冥府管理体系，解决了基本的温饱问题，还是有很多鬼魂宁愿在人间游荡，有的是出于恋世情结，有的是出于恨世情结。作者总结说："游魂滞魄为鬼魂崇拜横向发展之另一支流，在《夷坚志》中有大量之故事，反映宋人特有观念，游魂滞魄出于仪式之不完全，以至于无所归依，以其无归，遂加鬼魂以'归'之希冀，于是又使人鬼之朋，在无血缘关系中，必须建立互助友善之社会关系，……从《夷坚志》中有求于人之鬼魂所扮演角色观之，所存在者，唯有人类之同情与怜悯。至于投射于鬼魂身上之恋世及恨世情结，往往造成怖人之效果。"

人鬼的互动当然不止于恋世和恨世，比如还有大量人鬼恋爱的故事。这些都说明，冥府的躺平学，是动态的、活泼的，充满了生活气息。

让我们转向西方，比较一下基督教文化中冥界的躺平学。

基督教文化早期的幽冥世界是怎样的呢？菲利普·阿里耶斯所著《面对死亡的人》一书中这样说："早期基督教信仰认为在审判之日上天堂之前会有一段幸福的等待时光，该信仰一定有利于上述的变化：清凉界，安宁，安眠在亚伯拉罕的怀中。……他们既不是无忧无虑的生者，也不是痛苦不堪的临终人，既不是将腐烂的尸体，也没有走进重生的光辉，而是在和平宁静中等待末日转化新生的选民。"将天堂地狱二元划分，死后只能躺平不动，静静等待末日审判的到来，这样完全静态的躺平学越来越受到挑战。

勒高夫的《炼狱的诞生》则研究了中世纪"炼狱"观念的形成过程，他指出："炼狱的诞生基于三元图式模型，这一三元图式从 12 世纪后半叶便大获成功，与封建社会正在演变中的结构密切相关。这一图式在两个极端类别之间加入一个'中间'类别。……炼狱是一个双重意义上的中间点：人们在那里既非与天堂中一样幸福，亦非与地狱中一样不幸，炼狱只持续到最后审判，只要将炼狱定位在天堂与地狱之间，就足以让它成为真正意义的居中者。"也就是说，西方基督教世界，冥界躺平学直到 12 世纪末才开始有了萌芽。而袁枚笔下大清冥府躺平学的根基，西方基督教世界也是较晚才意识到："活人们对于彼岸世界的思考，我认为更多出于对公平的需要，而非对得救的向往——也许在末世论短暂盛行的阶段除外。彼岸世界必须纠正俗世的不平等和不公正。"

如果用一句话来说明中西的差异，可以这么说：大清冥府躺平学是辩证唯心主义，西方则是机械唯心主义。

冥府为何喜欢招大妈做临时工

冥吏的工作很繁重，所以征调活人作为临时工，也是很正常的。这里我们要稍微区分一下临时工和永久性入冥任职。简单地说，永久性入冥就是死后直接到阴间做官，这是在阴间已经定好的，届时阴差直接出示任命书，把人带走即可，称为"冥招"。而临时工则一般无性命之忧，在阳间是以昏睡或假死的形式，做完差事就可苏醒，称为"走阴差"或"过阴"。曾看到一篇文章谈鲁迅的《女吊》，说从事索命的阴差均为临时工，这是不对的。有编制的正式阴差还是很多的，只是他们更喜欢雇用临时工而已。

北宋宣和年间，首都开封的天汉桥上，有个官员忽然摘掉帽子，用头猛撞桥上的石栏。围观的群众担心他是抑郁症发作，也不敢上前劝阻。这人直撞得血肉模糊才倒地不起。巡查的城管见到，也只能看着，到了傍晚，这人苏醒过来，对城管说，我叫张颜承节，住在某处。城管才帮着把他送回家。这位姓张的官员回家后，精神恍惚，头上溃烂，虽然请了医生来调治，却一直反复。他自己也说不清为什么。这么折腾了一年，人变得形销骨立、奄奄一息。

全家正在焦虑之时，有仆人想起都水监杜令史"施恶疮药绝神妙"，于是家人就带着病人去求杜令史。杜令史见了病人，让其他人回避，对病人说，您还记得前年中秋节在哪吗？您的病根由此而来。病人早就神志不清了，哪里还记得什么。杜令史说，那年您在江西督办运粮，中秋节那晚，您上岸赏月，因为仆人取雨具稍慢，您"怒其来缓，致衣履沾湿，抛所执拄斧掷之中额"。仆人当晚不治身亡，您又不肯抚恤其家人，致其妻抱着幼子投水自尽。因为您导致三人殒命，仆人在阴间将您告了，冥府准许他自行报仇。去年您在桥头寻死，就是仆人已经找到您了。病人很惊骇，您说得对，确有其事。可是您又怎么知道呢？杜令史说：我白天在阳间做官，晚上在冥府值班，专门负责冤狱。您的案子正是经我手处理的。我对那仆人百般解释，可他就是不听。四十九天之后，就要取您性命。事情也许可以挽回，届时您在静室点上四十九盏灯，如果到了半夜，灯还没灭，说明那仆人尚心存善意，如果灭了一半以上，就无力回天了。

此后的事情无须赘述，结局是四十九盏灯只有一盏未灭，病人当晚就死了。（《夷坚丁志》卷九"张颜承节"）

这个故事里的杜令史在冥府的工作就属于临时工，需要说明的是，他在冥府的工作并不属于执法机构，更接近公检法中的法院。显然，在冥府中，他的职级要比走阴差的临时工高，有点像借调。杜令史还指出一点，即使他负责司法判案，但并不能随意枉法，因为"负命之冤，须待彼肯舍与否，有司固不可得而强，无用药为也"。因果报应是冥府的至高原则，杜令史只能劝说仆人放弃，无权用强。至少对冥府而言，公权力是有边界的，这倒与执法者是否为临时工无关。

为什么阴间喜欢用临时工？其中的原因比较复杂，大致说来有以下几种。一是公务繁杂，鬼手不足，需要借用人力；二是冥府专业人员缺乏，上面故事中的杜令史，就属于人才引进性质的借调；三是有些困难的工作需要有人背锅。比如下面这个故事。

明中期大臣薛蕙为安徽亳州人，因性情耿直，颇有官声。他有两子，长子薛衢，次子薛存。薛存身体孱弱，整天病歪歪的，而哥哥薛衢则身体健壮，能吃能喝的。有一天，薛存家的邻居金大妈来串门闲聊。金大妈与古往今来所有大妈一个特点，什么秘密都藏不住。她说自己"奉阴司勾摄"，就是走阴差索命。可是有两人特别难摄，因为他们身在豪门。薛存就问是哪两位？金大妈说"似在君家"。薛存很紧张，难道就是我吗？金大妈说，不是不是，但是阴间的事我可不能告诉你。薛存再三追问，金大妈说是你哥哥薛衢。那么还有一个呢？是薛衢的小妾史娘子，而且两人都难活过今年。现在大家明白了吧，嘴上最把不住门的不是闺蜜，而是各色大妈。

薛存听了大骇，又觉得金大妈是在胡言乱语，也没往外说。到了当年除夕，薛衢家中新建成个大园子，薛衢就在园子里洗澡迎新，小妾史氏在边上伺候。没想到，史娘子刚关上门，再回头看，丈夫已死在浴盆中。"史氏抱哭，才一声而昏迷，亦暴死。家人破户而入，二尸僵焉。"果然被金大妈说中了。(《耳谈》卷四"薛光录")

这个故事里的薛衢，被索命差不多一年，才在年末去世。正牌的冥吏，哪有工夫在外面等上一年半载的，所以这类费心费力的活，多半交给走阴差的临时工。而且，文末还提到一句，"邻妪所为，京师男妇有焉，称为'急脚'，误为'鸡脚'，即傩之类也"。这句话倒也颇有趣，为什么都要找"男妇"也就是大妈做临时工呢？

有鬼君好奇心起，检索了走阴差的材料，发现在走阴差这个行当，大妈确实碾压大爷，甚至在文字记载中，史上第一个走阴差的就是大妈。

三国时期，吴国富阳人马势的老婆蒋太太，某天忽然一整天昏睡不起，醒来后跟老公说，自己被冥府招去帮助勾魂，勾的是本村人。因为那人"强魂难杀，未即死"，所以折腾了一天。还说起那家的婢女无故冲撞她(婢女看不见她)，被她在背上狠狠敲了几下，直接打晕了。当时阴差还要杀了那人的哥哥，因为蒋太太的求情，才饶其一命。马势哪里肯信，这疯婆子脑子进水了？谵妄！没想到他到村里一打听，还真是的，样样都跟老婆说的对得上。(《新辑搜神记》卷八)

在另一则走阴差的故事中，吴秀才因妻子突然去世，思念不已，想请城里走阴差知名的朱长班带自己去一次阴司，朱长班拒绝了，理由是："阴阳道隔，生人尤不宜滥入。老相公待我甚好，我岂肯作此狡狯？"就是不愿担责任，说来说去，最后介绍吴秀才"往城里太平桥侧寻丹阳常妈"。吴秀才许诺重酬，常妈答应了。常妈安排好仪式法术，吴秀才跟着她到冥府走了一趟，见到了妻子，得偿所愿。吴秀才觉得入冥也不麻烦、没危险啊，过了个把月，又去找常妈，左磨右磨，开出更高的报酬，常妈勉强答应了。没想到，这次刚进冥界，走了一里地，常妈忽然掉头就跑。吴秀才正错愕呢，见自己去世的祖父坐着轿子过来，见面二话不说，狠狠抽了他一记耳光："各人生死有命，汝乃不达若此！汝若再来，我必告阴官，立斩常妪。"不是，你孙子乱闯冥界，你却只去杀常妈？（《子不语》卷二十二"吴生两入阴间"）

现在明白了，朱长班之所以不愿带吴秀才入冥，却推给常妈，原来有掉脑袋的风险。

大妈不仅身体力行走阴差，而且走阴差的原因也是由她们向阳间转达的：

> 今所谓走无常也。武清王庆垞曹氏有佣媪，充此役。先太夫人尝问以冥司追摄，岂乏鬼卒，何故须汝辈。曰："病榻必有人环守，阳光炽盛，鬼卒难近也。又或有真贵人，其气旺，有真君子，其气刚，尤不敢近。又或兵刑之官，有肃杀之气，强悍之徒，有凶戾之气，亦不能近。惟生魂体阴，而阳气盛，无虑此数事。故必携之以为备。"语颇近理，似非媪所能臆撰也。（《阅微草堂笔记》卷七）

事实上，志怪小说中，大妈走阴差的比例确实要远高于男人或青年女子。有鬼君觉得，大妈有以下几个共性：一是胆子大，疾恶如仇；二是热心公益事业，不求报酬，走阴差几乎就是义务劳动；第三点可能是最重要的，大妈不善于保守秘密。阴阳之间的事，绝对公开透明是不可能的，而密不透风也不可取，起不到惩恶扬善的作用。所以如果希望偶尔透露点冥府的消息，大妈绝对比大爷更合适。

冥府的内卷

关于"内卷化",百度百科如下:

> 指一种社会或文化模式在某一发展阶段达到一种确定的形式后,便停滞不前或无法转化为另一种高级模式的现象。

> 杜赞奇在《文化、权力与国家:1900—1942 年的华北农村》中,提出了国家政权内卷化的概念。指的是,国家机构不是靠提高旧有或新增(此处指人际或其他行政资源)机构的效益,而是靠复制或扩大旧有的国家与社会的关系——如中国旧有的赢利型经济体制——来扩大其行政职能。

南宋宁宗年间,大理寺判了一件案子,罪犯被处以极刑,斩首示众。行刑后的某一天,有人深夜敲一位狱卒的门,狱卒开门一看,竟然是那个死刑犯,狱卒惊惧无已:您不是死了吗?

找我干什么？那鬼说，我罪有应得，死而无憾。不过有件事想麻烦老兄，咱们这国营泰和酒楼不是供奉了五通神吗？全是我辈死后在此任职，油水很是丰厚。巧得很，前几天有位哥们办了停薪留职，去别的地方谋生了。这个空缺我想补上。但是需要阳间的公务员写个调令才能生效，所以麻烦老兄按照公文格式写一份"差檄。明言差某充某位神"，调我去担任五通神之职。说着又掏出一锭银子，这钱请老兄拿去"制靴帽袍带之属"，我也好体面上任。说完走了。狱卒也不敢跟其他人说，自己悄悄制作了公文调令，买了纸制的官服，在半夜时分烧化了。

过了两天，那哥们还托梦来致谢，排场很足，"有驺从若王者"。这事就算了结了。过了几个月，狱卒听说泰和酒楼有鬼作祟，日夜喧闹。酒楼根本没法做生意，亏得一塌糊涂。狱卒立刻明白，肯定是停薪留职那位在外面混得不好，想回来上班。五个位子，六个鬼要做，还不吵翻天？狱卒悄悄找到酒楼经理，让他"增塑一像，夜遂安妥如初"。（《坚瓠秘集》卷一"东库五通神"）

明代有一韩员外，他家里的一个仆人感染时疫，昏迷多日，险些丧命。醒来后他跟大家说，其实自己不是得了时疫，是被土地爷招去冥府办差了。土地爷招了很多临时工到阴间去做抄写员，抄什么呢？冥簿。他到了写字间，只见满屋子都是冥簿册子，十多个人昼夜不停三班倒地在登记造册，记录的全是各家灶神对一家各个成员所做的报告。无论善恶巨细，有闻必录，甚至"饮馔食品以至床帷间谑浪之语"也全都记录下来。

冥簿的运转流程是这样的：抄写员记录之后呈交给土地爷，

土地爷稍微删除其中过于琐碎的记录，整理后上报县城隍，县城隍再上报郡城隍，郡城隍再上报东岳府君，东岳府君最后上奏给上帝。每一级都会做些删节处理，上帝看到的冥簿奏报，大约删除了十分之五六，只保留主要事件和言论。上帝年终进行 KPI 考核，将对各人的赏罚批示发下，然后从东岳府君到郡城隍到县城隍，最后分发到土地爷那里，由土地爷根据批示旨意执行赏罚。至于灶神最初的报告，并不销毁，全部封存于土地爷衙门的库房，以备随时复核。直到本人命数已尽，才将档案全部"封勘注销"。（此处未区分冥簿与天簿，有朋友指出：冥簿由俱生神填报，属于地祇系统；天簿由灶神填报，属于天神系统。）

这个仆人在阴间做了七天临时工，抄到手软，才被放回。抄写时他有心记住一些细节。还阳后一一打探，分毫不爽。其中江苏长洲陆秀才的冥簿最为有趣。陆秀才与几位朋友雅集，以"智者乐水"为题写了一篇文章，自鸣得意，心里不禁意淫自己科场顺利，大富大贵后要做些什么？陆秀才虽然有点文化，可是其志向与阿Q想睡吴妈无分轩轾："我于富贵时取邻家女阿庚作小妻，为阿庚昼造曲房，织成绮丽衣饰。"冥簿朱批的处理意见说："想虽逐妄，境实因人，着于正月十七日到松陵驿冻饿一日。"仆人看到此处，不觉可笑，陆秀才是长洲文化名人，怎么可能跑到外地挨饿受冻呢？不过还是默默记住这条批示。正月十七后，专门跑去打听，没想到还真灵验。陆秀才一帮人坐船去西山赏梅，不小心撞到巡视组的船，全被抓起来，陆秀才好歹有个功名，没被捉去拘留。但是被巡视组留置在船上，到了吴江才放了他，冻饿一整天，险些把命也丢了。(《集异新抄》卷三"土地册")

有鬼君对陆秀才的遭遇不觉奇怪，感慨的是冥府的公文流转竟然有如此严密的流程，对文牍主义执行得如此严格，阳间根本做不到。唯一不太清楚的是，上帝每年要对下界所有人的赏罚给出批示，他就算是朱元璋的平方，也做不完，那么天庭究竟需要多少小秘书呢？

做个阉党真快活

前几年，有一部神剧《娘道》，收视率奇高，豆瓣评分又奇低。好奇心起，有鬼君大致去了解了剧情。印象最深的是该剧的题眼："天之道，利而不害。人之道，为而不争。娘之道，哺而无求，养而无求，舍命而无求。"还有最后一集女主在祠堂里，屏幕打出"献给天下母亲"几个大字。21 世纪竟然完败于11 世纪（北宋妇女再嫁很普遍，比如生于 1084 年的李清照），呵呵。

有评论愤愤不平，要求"全国女同胞联合起来要求拍一部《爹道》，主要讲男德"。这个建议比较有趣，不过在古代，守妇道可以受旌表，守男道会比较惨。

乾隆年间，江南乡试。常熟一位四十多岁姓程的秀才入场考试。半夜忽然大呼小叫，得了失心疯一般。折腾了大半夜才消停，第二天一早，程秀才就收拾铺盖不考了。同号的考生很八卦，抓住他一定让他说说自己做了什么亏心事。

程秀才说，我二十多岁的时候，在某员外家里做私塾老师，四个学生，都是员外家的子侄。其中有个姓柳的小哥哥，十九岁，生得粉嫩。我见了不由心动，想找机会跟他来一发。正巧遇上清明节，其他几个弟子都回家扫墓，只有柳小哥还在。我就写了首情诗给他："绣被凭谁寝？相逢自有因。亭亭临玉树，可许凤栖身？"柳小哥读了后脸红扑扑的，也没说什么。我想他大概是同意了，于是晚上喝酒把他灌醉后得手。半夜他醒来，呜呜大哭，我劝了一会，就自己去睡了。没想到一早起来，他竟然上吊自杀了。他家人不知什么缘由，我也不敢多说，就这样过了十多年。昨晚我一进贡院，就见柳小哥坐在我的位子上，边上还有个阴差，说是要带我们一起去冥府过堂。在堂上，柳小哥饮泣申诉良久，我也认罪。判官宣判："律载：鸡奸者照以秽物入人口例，决杖一百。汝为人师，而居心淫邪，应加一等治罪。汝命该两榜，且有禄籍，今尽削去。"我这辈子的功名全被撸掉，没指望了。可是柳小哥不服判决，说应该判我死刑。判官说：你并非程秀才所杀，按例不该判他死刑。要是这么判，假如当时他因你不从杀了你，就没法判了。你身为男子，还未尽孝，怎么能随意羞愤轻生呢？"从古朝廷旌烈女不旌贞童"，圣人立法大有深意，你怎么不多想想？柳小哥听了痛悔不已，狠狠地扇了自己两个耳光。判官又笑着说：不要自责了，你既然不愿白死，就让你转世到山西蒋善人家做节妇，替蒋家光大门楣，将来再受旌表。判了柳小哥，又打了我二十大板，放我还阳。现在双腿剧痛，也没法坚持考试。再说，就是考也考不中的，索性交个白卷吧。（《子不语》卷六"常熟程生"）

明清时为了鼓励妇女守节，从中央到地方，各种表彰、宣讲、立牌坊，不遗余力，但是对于男性守贞，很抱歉，却没有任何激励机制。相反，志怪笔记里倒有不少故事谴责正房，因为她们嫉妒老公纳妾。为了让妇女守道，男人甚至鸡贼得很。

晚清时，广东人丁维勋在上海做生意，娶了夫人王氏。后来丁病重，夫人殷勤服侍。丁自知不行了，劝夫人早点为自己考虑，王氏立誓不再改嫁。过了几天，丁的病势愈发沉重，又在那里唠叨。王氏郁闷不已：你就这么不相信我吗？转身就到另一个房间上吊自尽了。丁这才"大感恸，将殓，力疾起拜，无何亦死"。（《右台仙馆笔记》卷一）

作者俞樾对此还不太满意，因为王氏"殉夫于夫未死之前"，太早了，不合礼仪。至于守节的人心里究竟怎么想，只有当事人自己肯说才行。

清代荆溪某节妇，十七岁嫁入豪门大族，半年后丈夫就去世了，有个遗腹子，此后守寡近七十年。临终时，她将孙子辈、曾孙辈的众多小媳妇喊到床边，教导一番：

> 尔等作我家妇，尽得偕老百年，固属家门之福。
> 倘不幸青年居寡，自量可守则守之，否则上告尊长，
> 竟行改醮，亦是大方便事。

大意是说，你们如果能和夫君白头偕老，当然最好；如果不幸丈夫去世，自己觉得能守节则守，否则就早点改嫁，这是好事。

一众小媳妇大吃一惊，老太太这是死前昏聩了吧。哪有劝自己的孩子尽早改嫁的？老太太细述守寡之艰难，如果不是遇到了灵异事件，根本没法坚持。然后让儿子将这番教导写下来作为家法，传之后世。此后百余年，这户人家既有节妇，也有改嫁的，基本由自己选择。

沧州某妇人，结婚后没多久丈夫去世，过了不到一年他就改嫁，可是不到两年，第二任丈夫也去世了。她立誓不再改嫁，竟然为后夫守志终身。前夫曾附体一邻居指责她为什么不为自己守节，妇人回答说：

> 尔不以结发视我，三年曾无一衽裯语，我安得为尔守；彼不以再醮轻我，两载之中，恩深义重，我安得不为彼守。尔不自反，乃敢咎人耶？（《阅微草堂笔记》卷十一）

前夫鬼无语。悄悄退去。

纪晓岚说："五伦之中，惟朋友以义合，不计较报施，厚道也。即计较报施，犹直道也。"道德规范中的权利与义务是对等的，在他看来，除了朋友之间不用计较回报，君臣、父子、夫妇这三纲，双方都有相应的义务。

为什么古代男权至上，一个很重要的原因，有鬼君觉得是明清政府只表彰节妇，却从不鼓励男人做太监。

大概很多人都知道，贴吧有个魏忠贤，主要观点认为明亡于东林党人，可是明清易代之际，很多东林党人降清后掌握了话语权，所以把锅都甩给以魏忠贤为首的阉党。当然，他们有很多具体的论证和辨析，有鬼君不太懂历史，对这个话题也没什么兴趣，所以只进去逛了十分钟，抄录了几首诗供大家赏析：

> 天启驾崩乘鹤去，东林党棍害忠良。道貌岸然外表装，结党营私腹中藏。
> 崇祯悬梁梅山上，承恩吊死在一旁。世人皆说东林好，谦益送礼把清降。
> 文官集团为推脏，亡明过错魏公扛。是是非非都理顺，千古奇冤案一桩！

有鬼君关心的是另外两个问题。第一，太监死后，在阴间会受到怎样的处理？第二，冥府的组织编制中，有太监吗？

先谈第二个问题，答案是：有。

唐穆宗长庆年间，天平节度使马总被阴差拘摄入冥，说是奉了都统的命令。马节度使跟着来到一座大城，城门题着"六押大都统府"，"门吏武饰，威容甚严"。进得城来，有一衙门，都统在内招呼马总，马总听声音很熟，走上台阶，只见"二阉竖出卷帘"（两个太监挑开门帘）。原来都统是自己的好友杜佑。杜佑对他说，自己做这个六押大都统的阴官，任期已满，要择人接任，想来想去，堪当此任的，只有马节度使您最合适。不要小看"六押大都统"，这可是阴官中的顶尖职位了，位高权重。人生一世如白驹过隙，早点安排自己在冥界的生活，岂不

216

是好？马总在朝野已然是忠臣，当然不愿到冥府做官，断然拒绝了。杜佑也没多说，就送他回去了。只不过，第二年马总就去世了。所以，究竟是不是接替了杜佑的职务，也不好说。（《玄怪录》卷四"马仆射总"）

这个故事提到的"二阉竖出卷帘"，当然是指太监。杜佑在阴间担任高官，用几个太监做门房，也很合理。

《太平广记》卷三百零二"皇甫恂"的故事中，也提到冥府的杂役中有太监：

> 皇甫恂，……暴亡，其魂神若在长衢路中，夹道多槐树。……忽有黄衣吏数人，执符，言天曹追，遂驱迫至一处。门阙甚崇，似上东门。又有一门，似尚书省门。门卫极众。方引入。……逡巡，判官务隙命入。……顾左右曰："唤阉，割家来。"恂甚惶惧。忽闻疾报声，王有使者来。判官遽趋出，拜受命。恂窥之，见一阉人传命毕，方去。

《子不语》卷一"地穷宫"也有关于太监的记载。清保定一下级军官李昌明入冥后，来打一处宫殿，"瓦皆黄琉璃，如帝王居"。宫殿前站着两个太监，"如世上所演高力士、童贯形状"。李昌明大概文化程度不高，只能根据看戏得到的太监形象做出判断。想来这两位也只是门房级别的小太监。

最有趣的记载大概是《太平广记》卷二百七十七"代宗"的一则故事。唐朝的太监李辅国专横跋扈，代宗无法忍受，很想杀了他。一天，他梦见自己登上高楼，见到玄宗朝太监高力士，带着数百铁骑兵疾驰而来，当场诛杀了李辅国。然后欢呼高歌，向北离开。代宗忙命侍者去问是怎么回事，侍者回来报告，高力士说是奉了唐明皇之命诛杀阉竖。代宗醒后，相信这是祖宗的暗示，后来派人刺杀了李辅国。当然，高力士晚年被李辅国陷害，流放到蛮荒之地。所以为了报仇而显灵暗示代宗，也是有的。

太监何苦为难太监。

再谈第二个问题，太监在阴间的命运，还是跟其生前的所作所为有关。有鬼君多次引用的《庸庵笔记》"山东某生梦游地狱"中，提到了专门关押太监的阴狱：

> 最后过奸阉之狱，闻内有呼号声甚厉，判官曰："此魏忠贤方受炮烙之刑也。"问："此中尚有何人？"则云："赵高、曹节、李辅国、仇士良、王振、刘瑾，皆在焉。"

历史上著名的奸恶太监，都在这里受罪。

另一则故事则提到魏忠贤转世为蜈蚣，被雷劈死。"因见其腹，有逆阉魏忠贤五字"。（《坚瓠秘集》卷三"圣殿蜈蚣"）

除了这些恶名昭彰的太监，更多的则是一般的太监。冥府不以身份决定命运。所以那些没有过犯的太监，在阴间不仅能继续生活，有些甚至能混得好。《墨庄漫录》卷三有一则"歙州叶世宁梦游金源洞"故事，北宋人叶世宁入冥游历，一位阴差领着他参观监狱，"次开一室，户楹间架大木，宦者九人，亦露首蹲踞其上，见人皆泣下，持钥者不少竚。世宁请入西室，持钥者曰：'彼有贵臣巨阉，及前唐后唐未具狱囚，不可辄近。'"有意思的是，这位阴差导游，生前就是唐代太监，"亲见当时吾徒势盛，士大夫知有北司，不知有朝廷"。不过，因为他没有犯什么过恶，所以死后"凡三领江淮要职，此事竟，则为地下主者"。不仅曾三次担任阴官，而且还要升为冥王。

不管在阳间、阴间的命运如何，做太监总要承受心理、生理上的多重压力。可是好处也是显而易见的。《明夷待访录》卷下说：

> 奄宦之祸，历汉、唐、宋而相寻无已，然未有若有明之为烈也。汉、唐、宋有干与朝政之奄宦，无奉行朝政之奄宦。今夫宰相六部，朝政所自出也；而本章之批答，先有口传，后有票拟；天下之财赋，先内库而后太仓；天下之刑狱，先东厂而后法司；其他无不皆然。则是宰相六部，为奄宦奉行之员而已。

黄宗羲之父是著名的东林党人，所以他痛恨太监，也许是党派之争，不过另一则材料则说得直白得多：

> 夫王公至贵者也，然望天子之居，不啻天上；彼以阉故，得出入不禁，一乐也。不耕不织，而一生吃着不尽，二乐也。父母不敢以为子，兄弟姊妹尊而奉

之，三乐也。靡不素封，人不见之物，彼能见之；人不得食之物，彼得食之，四乐也。无妻子之累，有福独享，不必为后人计，五乐也。有此五乐，何乐如之？

做阉党如此拉风，谁还愿意做大好男儿啊？

谁能在阎王殿里撒野？

　　一般认为，阎罗殿是阴间最高权力机构，阎罗王自然是最高领导，虽然有十位之多。但这很可能是个错觉。有鬼君总觉得，地藏菩萨才是冥府真正的领导。换个通俗的说法，地藏菩萨是冥府的精神领袖，而阎罗王则是世俗的王。有个故事，隐晦地透露了这一点。

　　唐德宗时期，襄阳城有个下级军官孙咸，暴病而亡，入冥后被带到阎王殿，与一个和尚对质。这和尚名叫怀秀，生前犯戒无数，死后在阎罗殿受审，没有一星半点的善行。还撒谎说，自己生前常嘱咐孙咸抄写《法华经》，功德无量。所以孙咸被阴差追摄来作证。孙咸初到冥府，早就懵了，不管怀秀怎么暗示，他就是没有眼力，总说自己想不起来有这事。怀秀和他两造僵持不下。阎王也着急了。这时，旁听审判的一个和尚忽然说了句："地藏尊者语云：'弟子若招承，亦自获佑。'"地藏菩萨让我传达指示，做弟子的如果承认这事，也能获得保佑。孙咸这下明白了，立刻申明，想起了在阳间抄经的事。阎王一听，证据全了，立刻将两人开释，放孙咸还阳。（《酉阳杂俎》续集卷七"金刚经鸠异"）

这个审判的画面，相信很多人都能脑补出来。阎罗王在明处审理，边上的房间里可能坐着地藏菩萨，全程观看审理过程。原被告僵持不下时，地藏菩萨让人递张纸条指点一下，合法捞人的局面立刻豁然开朗。只是这事做得太明火执仗了，台下的交易搬到台面上，吃相有点难看。所以，在孙咸被释放的时候，"地藏乃令一吏送归，不许漏泄冥事"。这个故事中，阎王当然是最后的判决者，但是人人都能看出，真正的老大哥是递小纸条的地藏菩萨。

这个地位的差别，阳间的人未必清楚，但阎王爷肯定是充分领会的，以至于有个故事说，阎王爷在释放某人还阳时，专门嘱咐他"仍请……画吾形及地藏菩萨像"。就是说，能让你多活几年，虽然是阎王我决定的，但还是要先感谢伟大的地藏菩萨。（《太平广记》卷一百三十六"潞王"）

这个问题上，阳间人领会最深的，当然是有鬼君多次提及的抚远大将军、一等鹿鼎公韦小宝。每次立下大功，都要表白："那全仗皇上洪福齐天。"

很可能因为地藏菩萨在冥府是最高精神领袖，所以和尚到阴间捞人，往往比道士捞人容易得多，有些恃宠而骄的，甚至会在阎王殿撒野。

清代浙江建德的司法主官，有个亲戚徐某常年诵《金刚经》。主官去世后，徐某为他做功德超度，每天诵经八百遍。某天晚上，徐某忽然被追摄到阎罗殿。阎王爷说：这个司法主官，生前办事苛刻，是个酷吏，所以到了阴间要严惩。可是正在审理的时候，有金刚神闯进来，大吵大闹，一定要把犯人带走。我们冥府属于冥界神祇，金刚神是天神，中央直属机构的，哪敢抗拒啊。没想到，金刚神竟然直接将其释放。人犯逃脱，我们只能据实上报，查来查去，发现这小子躲到地藏王府去了。我们这才搞清楚，原来是你在阳间多事，念了这么多遍金刚经，所以天神被召唤出来捞人。我只好派阴差去地藏菩萨那里带人犯。地藏知道公事公办，只能让我带走，并且不许金刚神再来捣乱。之所以追摄你到阴间，是要警告你，不许再给人犯诵经了。这次念你是一番好意，所以放你还阳。不过，因为擅自召唤尊神，这个罪免不了，所以削减你一纪（十二年）阳寿。徐某还阳之后，不到十年就去世了。（《子不语》卷十九"金刚作闹"）文中最后评论说："金刚乃佛家木强之神，党同伐异，闻呼必来，有求必应，全不顾其理之是非曲直也，故佛氏坐之门外，为壮观御武之用。诵此经者，宜慎重焉。"

金刚与《金刚经》当然不是一回事，人犯躲进地藏菩萨府，阎罗王就毫无办法。地藏最后的处理也很有意思，劫法场的金刚并未受到任何处罚，而老老实实念《金刚经》的徐某，却遭到飞来横祸。果然是"党同伐异，闻呼必来，有求必应，全不顾其理之是非曲直也"。

但是，我们还可以换个角度分析，冥府给予地藏菩萨极为尊崇的地位，阎罗王偶尔卖地藏一个人情，却从不让他直接插手冥府基本事务，这能说明地藏在冥府的实际权威吗？道心惟微，人心惟危，不敢继续想了。

把有趣的灵魂管起来

在大多数记载中，灵魂都是迷你小人的形象。比如《子不语》卷二"刘刺史奇梦"中，刘介石受观音指派赴冥府办事，办完回到观音庙述职。正在陈述时，忽见自己身旁有一小童，也在絮絮叨叨，与自己说的一样。再仔细一看，这小童耳目口鼻与自己也一模一样，"但缩小如婴儿"。刘介石惊呼是妖怪，观音说，这是你的魂。你魂恶而魄善，所以做事坚定却不能持久，我给你换个善的。刘介石很高兴，可是小童却满脸不高兴，明明占据了一副好皮囊，却要被赶走。观音用金簪从刘介石的左肋插入，挑出一根肠子，绕在手腕上，每绕一圈，小童就缩小一截，几圈绕完，小童就不见了。等刘介石醒来，左肋只有一道印痕，其他一点没影响。

类似灵魂像 mini me 的记载很多，有时灵魂还会与肉身讨论问题，当然按照常理，见到自己的灵魂，也就预示肉身的衰颓，命不长久了。至于魂魄各种出窍的情况，栾保群先生在《说魂儿》的《"脱窍"种种》有详细的分析说明，诸位自可参看。

在少数的记载中，灵魂并不是人形的，而是各种小动物的形象。《太平广记》卷三百二十七"马道猷"提出了一个有意思的看法。

南齐的尚书令史马道猷在办理公务时，忽然见到满屋都坐了鬼，别人却都看不到。其中有两个鬼还钻入他耳朵里，把他的魂推出去，掉在鞋子上。马尚书指着鞋子上的魂魄对同事说，你们看到了吗？同事说什么都看不到。马尚书说，像"虾蟆"（青蛙）一样。又跟同事说，这下我活不了了，鬼待在我耳朵里不出来，魂回不去了。果然，当晚他的双耳就肿起来，第二天就去世了。

《庚巳编》卷四的"人魂出游"则认为，魂灵出窍时化为一小蛇。

嘉定有个秀才去拜访一和尚，正好和尚在午睡，秀才就在床边等着。忽见一条小蛇从和尚的鼻子里钻出来，秀才觉得很神奇，就顺手从桌上拿了把刀插在地上。这条蛇从刀旁爬过时，似乎有点害怕的样子。绕过刀之后，它一路游走到门外的水潭中，又穿过花丛，再回到床前，从和尚鼻子中钻回去。和尚醒来后，对秀才说，自己做了个梦，梦见出门时遇到强盗持刀拦路抢劫，差点被杀。然后又梦到自己到大海里洗澡，到花园赏花，其乐融融。

看起来，强盗剪径、畅游大海云云，都是魂游时自行脑补、加戏产生的。灵魂果然比皮囊有趣得多。在另一则魂游的故事中，太原王氏家族的王坤，唐宣宗大中四年被任命为国子博士。

王博士有个婢女叫轻云，已经死了好几年了。某天晚上，王博士梦见轻云来到床前，对他似乎恋恋不舍。王博士懵里懵懂的，没意识到对方已是鬼。跟着轻云出了屋子，房门已经上锁了，可是轻云"隙中导坤而过，曾无碍"，轻易地从门缝中穿过。两人来到大街上，信步赏月，走着走着，王博士肚中饥饿，轻云说，小区里有你的熟人住吗？可以去讨点吃的。王博士想起同僚太学博士石贯就住在这个小区（坤素与太学博士石贯善，又同里居），就跟轻云来到石宅门口，轻云轻轻敲门，过了一会，门房打开门，却对他俩视若无睹，嘟嘟囔囔地说：明明听到敲门声，怎么没人？又关了门。轻云再敲门，连弄了几次，门房恼了：哪里来的厉鬼，老是敲我家的门？出门左拐是大理寺，有冤申冤，折腾我们读书人算怎么回事啊！

　　轻云对王博士说，石博士已经睡了，咱们另找一家吧。王博士想起小区里还住着一个国子监的公务员（国子监小吏，亦同里，每出，常经其门），经常替他跑腿办理杂事的。于是又来到小吏家，正巧小吏家有人开门倒水，省了敲门的程序，两人直接进去，来到庭院，小吏正和家人在吃饭。要是以往见到王博士，小吏早就屁颠地跑来跪迎了，可是这回却像没看到他们一样，继续吃喝。这时，有个婢女端着一碗面条过来，轻云惩其无礼，狠狠地敲了婢女的背一下，婢女猝不及防摔倒在地，面条也全撒。小吏一家站起来惊呼：中邪了！赶紧请女巫来驱邪。女巫来了一看，说有个穿着官服的老爷站在院子里。小吏一家立刻准酒食祭拜，王博士和轻云这才饱餐一顿。吃完夜宵，女巫又在门口烧了纸钱送他们走。

王博士晕乎乎地跟着轻云来到郊外，见到一座坟墓，轻云说，这是奴婢的住处，相公请一起进去吧。王博士看墓道黑魆魆的，忽然有点醒悟，我这不是要进鬼窟了吗？一惊之下，从梦中醒来。迷迷瞪瞪的，也不知梦中是真是假。天亮后，赶快去找石博士，石博士说，昨晚有鬼敲我家门，敲了三次，打开门都悄无声息。再去小吏家，家门口烧纸的纸灰还在呢。小吏说，昨晚丫鬟忽然中邪，女巫说有鬼作祟，祭祀、烧纸才弄走，折腾了大半夜。两人所述与王博士梦中所见完全合拍。

王博士想起轻云还邀他去坟墓，肯定是自己命数已到，轻云大概是代替阴差来追摄的。如果跟进坟墓，昨晚就得死了。想到这里，不由惊惧无已，果然，当年冬天他就去世了。（《太平广记》卷三百五十一"王坤"）

今人所说的"梦游"，是指"是睡眠中自行下床行动，而后再回床继续睡眠的怪异现象"。古人所说的梦游，一般指"魂游"，即熟睡后魂魄四处游荡。不过，通常情况下的魂游，都是一个人自行闲逛，像王博士这样，被女鬼领着到处走，而且主动接触生人，却比较少见。轻云是否带着追摄的任务，文中并未交代。只是王博士彼时阳气已衰，所以女鬼才能接近，大约是可以证实的。

即使在迷信的年代，生魂也是管不住的，真正能管住的都是死魂灵。

所有不诛心的文明都是耍流氓

　　功过格最初是程朱理学家们逐日登记行为善恶以自勉自省的簿格，后由僧道推行流行于民间，泛指用分数来表现行为善恶程度、使行善戒恶得到具体指导的一类善书。具体做法是把这类善书分别列为功格（善行）和过格（恶行）两项，并用正负数字标示。奉行者每夜自省，将每天行为对照相关项目，给各善行打上正分，恶行打上负分，只记其数，不记其事，分别记入功格或过格。月底作一小计，每月一篇，装订成本，每月如此进行，年底再将功过加以总计。功过相抵，累积之功或过，转入下月或下年，以期勤修不已。

　　坝在大家熟知的功过格，大概是明末袁黄的版本，据俞樾《茶香室三钞》卷十四"袁氏功过格"说：

　　　　国朝朱彝尊《静志居诗话》云：袁黄字坤仪，嘉
　　善人，万历丙戌进士，除宝坻知县，迁兵部主事。导
　　人持功过格，乡里称为愿人，其说实本爱礼先生刘驷，

加发挥焉。然顺亲友兄弟，皆自居为功，终于心未安。

君子之学，无伐善焉可矣。

袁黄即袁了凡。对功过格，俞樾批评说：恪守五伦，于君子原本是义务，可是却自以为"功劳"，给自己增加几个积分，"于心未安"（良心上过不去）。行善积德是好事，只要别到处吹嘘就行。

功过格在明清流行，很多人认为据此日省吾身可以改变命运：

> 吴编修廷珍，字叔琦，吴县人。幼孤，奉母极孝，十八岁游庠。后梦神谓曰："汝寿止二十，汝知之乎？"吴梦中惊泣曰："修短固定数，但无以报老母奈何！"神曰："既有此念，自可延生，但须努力行善耳。"惊而悟，即奉立命功过格，实力奉行。阅六年，戊辰登乡荐。忽梦游神庙，殿阙巍峨，旁有人谓曰："汝得乡举，乃力行功过格之报也。"从此益自奋勉，奉行愈力。并将功过格诸善本，参酌采辑，刊刻行世。嘉庆辛未，以第三人及第。（《履园丛话》科第"孝感"）

某种意义上，功过格有点像冥簿的阳间版本。冥府判案，很少有控辩双方互相质证的情况，一来是冥府不接受讼师，二来是冥府在技术上能提供完整的证据。冥府在收集证据上没有太多奇技淫巧，他们有原始而有效的东西——冥簿。

但是冥簿有很大的局限性，即使事无巨细地记录生人的每一件事，由于无图无真相，还是会有不少争议。这样，在冥簿的基础上，阴间又开发有业镜，也就是在阎罗殿前当场进行视频证据回放。这样那些反动分子就无所遁形了。下面请看具体案例。

唐德宗贞元年间，巴州清化县令赵业在任上时病倒，神志不清。卧床几十天后，忽然有一差役领着他出门，恍惚间他跟着差役来到一座官衙。在官衙见到已故的妹夫贾奕，莫名其妙地跟他争杀牛的事。赵业意识到可能来到了冥界。这时，判官命差役将两人带到堂上。赵业与妹夫贾奕继续就谁杀了牛争辩，各有各的理。判官一时也无法裁决，于是一拍手。这时大堂上忽然有一面巨幅的镜子悬在空中，众人仰视镜子，只见镜子里贾奕拿着屠刀，而赵业靠着门，一脸不忍之色。谁是谁非一目了然，赵业也被无罪释放。与其他入冥者不同的是，赵业没有按照惯例游览地狱，而是被带去上清仙境踏青。在那里，他见到了冥簿（戊申录）的运作情况："录如人间词状，首冠人生辰，次言姓名、年纪，下注生月日，别行横布六旬甲子，所有功过，日下具之。如无，即书无事。赵自窥其录，姓名、生辰日月，一无差错也。过录者数盈亿兆。朱衣人言，每六十年天下人一过录，以考校善恶，增损其算也。"（《酉阳杂俎》卷二"玉格"）

我们可以看到，冥簿的记载是事无巨细的，比之现在的人事档案要翔实得多，而且实行的是零报告制度（"如无，即书无事"），就是说，即使这一天无功无过，也得记录。在冥簿无法分清是非的情况下，业镜的视频回放制度就很有用了。所以纪晓岚说："夫鬼神岂必白昼现形，左悬业镜，右持冥籍，指挥众生，轮回六道，而后见善恶之报哉？此足当森罗铁榜矣。"（《阅微草堂笔记》卷六）

不过，业镜是死的，只能提供证据，判案还是靠冥官的智慧。这其中的人情世故就相当有用。再看另一则案例。

清代有位老仆人到阴间去作证，案子了结时，正巧遇到两位刚去世邻居也来过堂。一位女子生前生活作风略有瑕疵；另一位老头生前嫌贫爱富。可是判官却判决说："某妇甚孝，故托生山西贵人家为公子；叟甚慈，故托生山东为富家女。"

老仆人觉得实在太不公平，忍不住抗议：这案子判得太离谱了！你们殿上对联写着"是是非非地，明明白白天"，怎么竟然这样颠倒黑白？判官说：这恰恰是明明白白。"男女帷薄不修，都是昏夜间不明不白之事"，这些暧昧之处，很容易被人诬陷。阎王爷岂能趴在人家床下"窥察人之阴私"？况且周公制礼之前，哪来什么"从一而终"？至于那位老汉，在贫贱之时，为求生计，奔走权贵之门，也是不得已的。如果他们做了什么伤天害理的坏事，自然有"阴间悬一照恶镜，孽障分明，不特冤家告发也"。（《续子不语》卷十"淫诐二罪冥责甚怪"）

这个故事中的判官有点现代法制意识，将公领域与私领域做了一定的区分。当然，这并不是说明阴间就此不再看重传统的伦常，毕竟这两位之所以能转世到富贵之家，还是因为孝、慈。当然，这么做的效果如何，倒也不易判断。

对于心中还存着善恶是非观念的人来说，业镜不仅仅是判案的工具，还是能起到教化作用的。《北梦琐言》“逸文卷三”有一则故事，一个和尚就是在阴间通过业镜见到自己“从前愆过猥亵，一切历然”，复生后专心改过。

业镜确实是视频回放，但有图未必有真相。因为人心的幽微之处，从其在外行事上不一定能看出来，否则岳不群在江湖上一天都混不下去。为了解决这个问题，冥界的工程师发明了心镜：

> 业镜所照，行事之善恶耳。至方寸微暧，情伪万端，起灭无恒，包藏不测，幽深邃密，无迹可窥。往往外貌麟鸾，中蹈鬼蜮。隐匿未形，业镜不能照也。南北宋后，此术滋工，涂饰弥缝。或终身不败。故诸天合议，移业镜于左台，照真小人；增心镜于右台，照伪君子。圆光对映，灵府洞然。有拗捩者，有偏倚者，有黑如漆者，有曲如钩者，有拉杂如粪墙者，有混浊如泥滓者，有城府险阻千重万掩者，有脉络屈盘左穿右贯者，有如荆棘者，有如刀剑者，有如蜂虿者，有如虎狼者，有现冠盖影者，有现金银气者，甚有隐隐跃跃现秘戏图者。而回顾其形，则皆岸然道貌也。其圆莹如明珠，清澈如水晶者，千百之一二耳。（《阅微草堂笔记》卷七）

说起来，纪晓岚为了黑宋学诸儒，也是费尽心机。明明什么时候都有伪君子，他偏偏要说“南北宋后”伪君子增多，“方寸微暖，情伪万端，起灭无恒，包藏不测，幽深邃密，无迹可窥"，连业镜也照不出其内心的猥琐龌龊之处。而用心镜一照，人人无所遁形，甚至能现出"秘戏图"。"其圆莹如明珠，清澈如水晶者，千百之一二耳。"能在心镜下过关的，不过千分之一二。

冥府最牛的是，在诛心问题上从未停止创新的脚步，业镜竟然并非技术的顶峰，道光年间出版的《妄妄录》卷十"照心袍"记载：

> 冥中业镜台外，更有照心袍，如人间一口钟之样。
>
> 以袍罩体，一生暧昧亏心之事，无不自吐。

这还让不让人死了！

怎样用挖坟来互相伤害

这两年，网络挖坟很流行。不知怎么，看到这个词就想起了李自成。因为传说他与崇祯互相挖了对方的祖坟，所以同归于尽，让清朝摘了胜利果实。有几篇史料谈到，为了对付闯贼，崇祯派人挖了他的祖坟。两篇史料都详细地描述了墓葬的细节，有点意思。

第一份是当时陕西延安府米脂县县令边大绶写的《虎口余生记》，崇祯十五年，他接到督抚的密令，要求掘掉李自成的祖坟。边大绶领命，找到了李自成的同乡李诚，李诚说，李自成的祖父下葬开土时，有三个空穴，里面还有一只黑碗。于是填掉两个穴，只用一穴，而且用那只黑碗在墓穴里点上灯。所以只要挖到有黑碗的墓，就是李自成祖父的。边大绶得此消息，带着几十名士兵和差役，冒着大雪进山，找到墓葬所在地三峰子山。

只见"四面山势环抱，气概雄奇，林木翳天，不下千余株"，果然是风水宝地。只是此处有二十三座坟，掘起来很费劲。当晚他就带人挖开了五六座坟，都没发现黑碗。边县令也不敢放弃，第二天一早继续干，终于在一座墓葬中发现了黑碗。而且，墓葬中的尸骨与之前的也不同，"骨黑如墨，额生白毛，长六七寸"，隐然有成为僵尸的趋势。在这座坟的左边，就是李自成的父亲李守忠的墓，墓顶有一株榆树，用斧子砍断，墓自己就开了。里面赫然可见一条白蛇，长一尺两寸，头角清晰。边县令赶紧命人将蛇抓了放进袋子里。李守忠的尸体"骨节间皆绿如铜青，额生黄白毛，亦六七寸许"，也是正在僵尸化。边县令高兴啊，命人一鼓作气，把所有的坟全挖了，其中七八个墓中的尸体已经长了白毛了。边县令命人将这些尸骨全部焚烧，千余株树全部砍掉，彻底断了李自成的龙脉。然后写奏报说"逆墓已破，王气已泄，贼势当自破矣"！

在很多关于墓葬风水的故事里，蛇都是很重要的象征，蛇如果长大化为龙，就没法治住了。

在刘廷玑撰的《在园杂志》卷三中，也记载了类似的故事，不过更加具有传奇色彩。

李自成在河南与明军激战之时，他的哥哥李自祥化名为张自祥，就在米脂县做城管。边大绶得知后，假意心系闯王，与李自祥结拜，探知了李自成祖坟所在。

当李自成帅兵攻打潼关之时，他支走李自祥，带人悄悄地去挖坟。李自成的祖坟上有一株大树，"紫藤垂满，掘至棺，藤根包裹千匝"，用斧子砍开葛藤，打开棺材，只见里面有一条小白蛇，头角已经长得像龙了，只是眼睛还没长好，只有一只。尸体也是长了"黄白毛二三四寸不等，枯骨血润如生"。边县令命人将蛇剁碎，将尸骨焚化扬灰。这才算完成了断龙脉的工作。

后来得知，挖坟的那天，李自成兵败河南，一只眼睛还被流矢射中，可见挖坟之精准效应。

还有第三种说法：是当时的陕西总督汪乔年干的，局势危急之时，汪受命。据《襄阳县志》记载："公受事之日，即掘闯逆父墓，示誓不俱生。时于墓中得一蛇，公亲斩蛇以徇于众，曰：某以书生受朝廷大恩，寄以军国重事，惟有捐躯报国，灭此朝食，诸君当同心共济。如二心者，有如此蛇。"

这个说法完全没有提及边大绶，而且，那条蛇还被拿出来作为道具参加了誓师大会，感觉是最不靠谱的。因为按照一般祛魅辟邪的做法，那条蛇以及尸骨，必须焚化扬灰，有些专业的做法还要将其投入河水中流走，以示祛魅之彻底。南朝刘宋文帝时，其子刘劭要谋反，巫婆道育与刘劭妃子王鹦鹉合谋大搞巫术，最后刘劭弑父篡位。据《宋书》卷九十九记载：刘劭败后，"道育、鹦鹉并都街鞭杀，于石头四望山下焚其尸，扬灰于江。毁劭东宫所住斋，污潴其处"。焚尸扬灰于江中，是一套规范的巫术仪式，汪乔年不可能不了解，既然要挖李自成的祖坟，就必然要按照挖坟的套路做，所以，"斩蛇以徇于众"的做法，显然是不合理的。

李自成是不是败于祖坟被挖，这不好说，但是在这之前的崇祯八年，李自成在安徽与明军作战，"乘胜陷凤阳，焚皇陵"，抢先挖了崇祯的祖坟。最后的结果大家也知道了，崇祯吊死在煤山，李自成兵败山海关，得了天下的是清朝。

挖坟就是这样互相伤害的！

装神弄鬼的阅卷员

宫崎市定的《科举史》中提道："尽管宋代以后伴随财政政策的膨胀和细化，需要的官吏数量增加，但进士的地位被看得十分高贵，无法就任低等级的官职，进士的高地位反而成了他们任职的阻碍。此后整个明清时代，这样的倾向有增无减，进士赋闲引发了严重的社会问题。"科举在明清越来越重要，也影响到鬼世界。

志怪小说中，科场是重要的闹鬼场所，栾保群先生在《扪虱谈鬼录》中有一篇《恩仇二鬼》，论之甚详。不过，谈科场鬼，往往只涉及考生，与考官或曰阅卷员相关的比较少。有鬼君检索了一下，发现在科场闹鬼事件中，考官亦有贡献，特别是在阅卷过程中。

明万历年间，举子管九皋进京考试，有莫名其妙的神仙托梦，给了他七个题目。第二天一早，管举人就找到之前的模拟卷，选出七篇同题的范文，熟读了以备考。进了考场，神了，七道题全是神仙预测的，管举人轻松写完交卷，自认必然高中。

没想到，当年的主考最反感套题答卷，所有初选合格的试卷，都要拿来查重，只要雷同卷，全部黜落（"尽刮房间文入内磨对，试文凡同者，掷之"）。管举人猜对了开头，却猜错了结果。（《耳谈》卷十二"富顺管明府"）

从故情节中看，查重并非科考阅卷的必经步骤，全凭主考的好恶。当然，套题作文确实有投机取巧之嫌，不宜录用。只是不知托梦的神仙是故意戏弄举子，还是没有料到主考有如此偏好。

科举考试中，除了贴试考的是默写经文，其余均为主观题，端看主考的个人偏好，不确定性很大。所以各个考官对试卷的判定也很不一致，有些认真到偏执的考官，异常迷信，生怕因此断了一代文宗的前程。

清雍正年间，江南乡试，聘请的阅卷官员，大都是年少才俊。只有一个叫张垒的，年纪较长却性情迂阔，每晚都焚香祷告："垒衰年学荒，虑不称阅文之任，恐试卷中有佳文及其祖宗有阴德者，求神明暗中提撕。"各房考官都暗笑他痴，就合伙戏弄他：准备了一根竹竿，每晚他阅卷时，只要有黜落的试卷被他扔掉，就从窗外用竹竿悄悄挑他的帽子。张考官扔了之后，帽子微动，捡回来再看，仍然觉得不行。再扔帽子又动。试卷连扔三次都不行。就如《倚天屠龙记》中，光明顶上华山派、昆仑派四人联手大战张无忌，"高老者始终无法将兵刃抛掷脱手，惊骇之余，自己想想也觉古怪"。

张垒老师大惊，以为鬼神真的在"提撕"，望空祷告：这试卷文章实在不佳，可是神明提示，莫非试子有阴德护佑？如果真要录用，请神明再提示一次。众考官暗笑，等张垡再要扔掉这份试卷时，又挑了一下他的帽子。张老师不再迟疑，拿着试卷直奔主考、副主考的房间，叩门求见，说明来意。大主考仔细看了试卷，说："这文章写得很好啊，本来就该录用，你又何必神道设教，装神弄鬼来忽悠我呢？"玩笑闹大了，众考官不敢再多嘴。等到发榜，大家对张老师说清戏弄的缘由。张老师正色说："此非我为君等所弄，乃君等为鬼神所弄耳。"这不是神戏弄我，是神在戏弄你们，借你们拿竹竿的手选出高分试卷。

（《子不语》卷十四）

这个故事，我们固然可以视作开玩笑造成的巧合，但冥冥中未必没有神意在。众考官手中的竹竿，也许正是看不见的张无忌递到他们手中的。

科举的录取率极低，有人计算过，按照晚清四亿人为基数，大约一万六千人中出一个秀才，二十八万五千人中出一个举人。这样低的录取率，在个人努力之余，必然也会求助于鬼神。

清代江西秀才周力堂参加江南的乡试，考题是"学而优则仕"，周秀才读书多而杂，所以试卷"文思幽奥，房考张某不能句读"，连阅卷员张老师都看不懂，大怒之下，将其黜落扔出。当晚，张老师忽然中邪了，狠狠地自抽耳光，"如此佳文，而汝不知，尚忝然作房考乎！"家人大惊，告知其他考官，大家找来周秀才的试卷，还是看不懂，集体意见：交给上司处理吧。于是将试卷呈交大主考礼部侍郎任兰枝。任主考一看，大惊失色：这篇奇文，通场所无，今科满分卷就是他了。这时副主考阅卷辛苦，正在打瞌睡，众人等他醒来，告知此事，副主考问：这是哪一房的试卷？回说：男字第三号。副主考说：我不用看了，直接定他解元吧。我刚才入睡，有金甲神托梦给我："汝第三儿子中解元矣。"第三个儿子，不就是"男字三号"吗？说完拿过试卷一看，也是大加叹赏。众议已定，周秀才就这样中了解元。（《子不语》卷十四）

周力堂后来官至福建巡抚，仕途算是非常成功。有鬼君好奇的是，这篇"文思幽奥"，连考官也看不懂的满分试卷，究竟写的啥？

宫崎市定在书的最后说："如果科举有功，那应当是一千三百多年前就树立了如此卓越的理想；如果科举有过，应该责备的是它将各界事物全都包含在儒教的氛围之中，后来不能进行本质性的改善，并且一直延续了一千三百多年。"

据参加新语文教材培训的高中教师介绍：新教材的目标，是要求中学语文老师掌握几乎所有人文学科的基础内容并向学生讲授，如古典文学、现当代文学、外国文学、历史学、人类学、民俗学、社会学……

神启的试卷，需要神启的教师。

做一个政治正确的鬼

"政治正确"最近非常火，有鬼君也不是太懂，所以去搜了一下，百度是这么说的：

> 政治正确（Political Correctness），是指态度公正，避免使用一些冒犯及歧视社会上的弱势群体的用词，或施行歧视弱势群体的政治措施。如不能冒犯不同种族、性别、性取向、身心障碍、宗教之人和不能因政治观点的不同而产生歧视或不满与打压。常见的争议点包含性别、性取向、宗教信仰、少数族群（包括以国籍、民族、宗教、肤色划分的族群，与本国主体民族相比）。

现代政治哲学意义上面对弱势群体的政治正确，鬼世界当然没有，只有政治不正确的夷夏之辨和三纲五常。但是鬼世界也有一些不能动摇的基本原则，比如《鬼世界的九十五条论纲》第十条，也是政治板块的第一条说：

在鬼世界的政治建构中，道德规范比资源分配具
有绝对的优先性。

也就是说，冥判的标准是道德至上，权力和金钱都等而下
之。而且道德评价的标准是动机论，即按照人的主观愿望来评
价其行为的道德意义。

《聊斋志异》第一篇《考城隍》，说的是冥府举行公务员
考试，题目八个字："一人二人，有心无心。"其中一位考生
答卷中写道："有心为善，虽善不赏。无心为恶，虽恶不
罚。"这种我们现在看来比鸡汤还平淡的文字，却引得包括
关圣帝君在内的"诸神传赞不已"，当场任命："河南缺一城
隍，君称其职。"《洞灵续志》卷四"林生"说得更直接：
"冥律重在诛心。"

至于冥律中最大的道德，则是孝，冥府对逝者的审判，就
是以孝为大，《夷坚乙志》卷五"司命真君"中说："人世何事
为重罪？曰：不孝为大，欺诈次之，杀生又次之。"纪晓岚说得
更狠："天上无不忠不孝之神仙。"（《阅微草堂笔记》卷十七）
大概托塔天王李靖会恶狠狠地点个灭。

孝作为冥判的最高原则，大致没有异议，在这个意义上说，
孝道马马虎虎可以算作冥界的政治正确。可是这一原则在实施
过程中，却常常面临困境。

清乾隆年间，裘日修在福建主持乡试，对第一名解元的文
章称叹不已。发榜后，中举的试子纷纷前来拜见座师。裘公正
官府闲坐，忽听门外喧闹声，原来是解元公因为给门房红包的

大小而争执。裘公心里有点不高兴，又猜测也许解元家里穷，不堪门房勒索。赶紧让解元进来拜见，没想到此人"面目语言，皆粗鄙无可取"，根本不像读书人，裘公大失所望，忍不住向副主考吐槽。

副主考说：要不是裘公您提起，我都不敢说；在放榜前一天，我梦见文昌帝君、关帝爷和孔圣人合署办公取士，阴差拿了《福建题名录》（也就是福建省录取名单）给三位审看，关帝一看就皱眉说第一名这人好勇斗狠，怎么能录取做解元呢？文昌帝君说，此人命中原本有高官厚禄，可是因为日常无行，遭冥谴尽数削夺了，不过此人有一善行，即事母极孝，跟人打架斗殴，只要母亲喝止，立刻收手，所以因着这一点孝心，所以给他一个解元的名头，"不久当令归土矣"。关帝听罢，虽然不便提出异议，仍然气呼呼的。果然，此人中举之后不久就死了，一天官也没做成。（《子不语》卷二十一"福建解元"）

孝道作为鬼世界第一道德原则，固然没问题，但在实际操作中，坚持孝道第一，坚持又红又专，在红与专不能两全时，就会遇到很多困难。福建省乡试的录取工作，也因此闹出尴尬的局面。当然，最后的结果有些折中，只给了这位孝子解元的名分，没有任何实惠。在另一则故事中，其中的矛盾愈发显眼，连冥官也不能裁决。

也是清乾隆年间，一位小吏李懋华去张家口出差，夜宿神祠，正好遇到包括城隍在内的四五位冥官成立审判委员会，在神祠集中判案，他将全部冥判过程尽收眼底。其中一件案子，甲神说：某妇人侍奉公婆样样合规，但是"文至而情不至"，另一位妇人侍奉公婆也很好，只是私下向丈夫有抱怨。诸位怎么判？乙神说：咱们的原则是论心又论迹，这两位严格来说都不能算孝妇。只是现在风俗浇薄，要表彰善行，咱们也从宽处理。按照阴律，孝妇奖励延寿十二年，这两位就打对折吧，每人延寿六年。诸位以为如何？众神都说，判得好。

另一件案子，甲神说：某妇人"至孝而至淫"，怎么处理？乙神说："阳律犯淫罪止杖，而不孝则当诛，是不孝之罪重于淫也。不孝之罪重，则能孝者福亦重，轻罪不可削重福，宜舍淫而论其孝。"主张按照孝道奖励她。丙神反对："服劳奉养，孝之小者；亏行辱亲，不孝之大者。小孝难赎大不孝，宜舍孝而科其淫。"主张按照行淫处罚她。丁神则提出折中的意见，孝与淫各受其报应，罪福相抵，不奖不罚。戊神反对相抵，认为这样会让世人觉得尽孝没有奖励，而行淫不受处罚，达不到移风易俗的效果。己神又反对戊神，说，效果恰恰相反，因为尽孝，所以行淫也不受处罚，不是让人更加知道孝道之好吗？因为行淫，即使尽孝也没有福报，不是让人更加戒淫吗？

众神争执不休，最后说，这案子颇为重大，咱们做不了决定，上交天曹，请天界决定吧。说完散会走人。李懋华也算资深师爷，助县令断案无数，听了众神的讨论，仔细揣摩，竟也无法决断。（《阅微草堂笔记》卷八）

这个故事有点像寓言，但确实道出了冥府的法律困境。冥界作为阳间不公、不平等的一种替代性补偿，往往将某些道德规范直接化为法律条款，并且将其推向极致，其后果就是冥律毫无弹性，遇到一些极端情形，便无以措手。然而，冥官有一个好处，就是可以把锅甩到天上，请天曹处理。

政治正确则不然，必须在现实中解决。当代人不仅把上帝弄死，还造了一块连上帝也举不起来的石头。

冥府那些事儿：恶意返乡

　　按照有鬼君的理解，古人对于鬼魂的态度，即使是先人之鬼，也不是一成不变的。简单地说，一方面，他们希望先人在那个世界能生活得安逸、舒适、衣食无忧，所以时时祭祀、供奉，也期待得到先人的庇护；另一方面，他们又害怕亡魂回到人间，恶意骚扰甚至危害活人，破坏阳间世界的正常生活。这个两难的问题，在墓葬中就有体现。比如原始社会墓葬中有一种屈肢葬，即"将死者的肢体弯曲、紧缩后安葬的葬式"，关于屈肢葬的意义，国内外学者的意见大致有以下几种："一是认为冀图在墓地内节省地方或节省人工，使尸体屈肢则死者所占的墓圹便可大大缩小；二是认为屈肢合乎休息或睡眠的自然姿态；三是认为这种姿势象征胎儿在母体内的样子；四是认为用绳索将死者捆绑起来，可以阻止死者灵魂出走，向生人作祟。"（徐吉军：《中国丧葬史》）其中第四种猜测，就是防止亡灵返回阳间，危害人类，所以要将尸体捆起来。更有一种割体葬仪，将尸体的腿骨、指骨或趾骨割掉下葬，有学者认为这是为了"限

制死者行动所采取的措施"。(《中国丧葬史》)

研究墓葬文书的学者也认为：鬼魂对于亲属来说，具有既可亲又可憎的双重特性。就其"可亲"而言，亡魂来自与本人在血缘上、经历上、情感上有着密切关系的亲人，"阴魂保留着自己世上的特征和临死时的创伤"，而这样的状貌能激起人们对亲人的怀念及对亲情的记忆。另外，在流行祖宗崇拜的中国，亡魂的另一重角色是祖灵，人们需要祭祀它，向它致敬和祈告，而它也像家神一样，对家人和后裔承担着保佑、降福的职责。家人与祖灵是一种供奉者与被供奉者的互惠且利关系。就其"可憎"而言，亡魂来自阴森的另一世界，它又经常显示为一种不友善的面目和不可控的力量。(黄景春：《中国宗教性随葬文书研究》)

这种矛盾的心态，在古代的买地券和镇墓文中就有很明显的体现："买地券也是东汉开始出现的一种随葬文书，主要内容是给亡人买地作宅，使死者得到安居之所，告诫其他亡魂和冥神不得侵占或打扰；其中也书写魔镇鬼魂的文字。买地券一开始就是模仿土地买卖契约而书写的文书，虽然时间、墓主名、地名都是真的，但土地价格、面积和四至都是虚拟的。"而在"亲人亡故以后，已经异化为令人恐惧的、需要提防的鬼魂，所以丧葬过程中还要防范它，断绝与它的联系，防止它的复连和祟扰。对死者亡魂的魔镇，主要是分别死生，告诫死者不得返回阳间祟扰家人。为了断绝死者与生者之间的联系，有时要将死者鬼魂驱逐到极远的地方"。(《中国宗教性随葬文书研究》)

所以，古人在买地券上充分放飞自己的想象力，花巨资为先人在阴间购置地产（一般为九万九千九百九十九钱这样的大数字），请来西王母、东王公等上仙作为见证人，保证地产的永久产权，并且有一大批镇墓冥官承诺保护先人在阴间的生活不受干扰，甚至连写券和读券也是神仙。这样做之后，可以使亡魂"千年不惊，万年不动，亡人安乐，子孙安稳。四时八节，听许从生人饮食，不得复连生人"（隋陶智洪买地券）。

后人既然为亡魂花费了这么多钱，契约的有效期就是千年、万年，这期间希望亡魂都别来骚扰生人。各种节庆，后人祭奠什么就吃什么，不要再回来害人（"不得复连生人"）。

耐人寻味的是，买地券从东汉开始出现，这一习俗直到现在还有留存，买地券的一些用语在与时俱进，但基本格式几乎没有变化：

　　佛法僧门下关于阳造阴用土地房产所有权证书

　　冥字第壹仟捌佰捌拾捌号

　　兹据中华人民共和国湖南省长沙府原湘乡县同德二十五都沐导乡宣丰里金蚌保福主、台洲庙王通灵土地祠下居住，报本孝男伏平等，敬名故父许公□□魂下，经请示国土部门，业经土府大帝批准，划给昆仑山脉下土地壹宗，建造花屋壹座，基地壹所，并抵四方，余基壹佰另捌文。并请凭中人张坚固、李定妥，上凭青天，下凭地府，前朱雀，后玄武，左青龙，右白虎，时值冥钱壹封，就日成交，契价当面两清，尚未短少分文。倘有魑魅魍魉侍（恃）强混占，即持禀酆都阎罗天子，严拿究辨，惩治励（厉）罚。今欲有

凭，给付

受度亡者许□□仁魂下，居住管理，永远收执
为据。

在场中人　张坚固押

李定妥押

公元二〇一二年壬辰岁七月初八日，当坛颁给。

（《中国宗教性随葬文书研究》）

最大的变化是阴间的土地不是购买，而是由国土局和土府
大帝划拨了，充分显示了计划经济的优越性，以及阴间与阳间
互相承认的联动机制。

引用了那么多研究和文献，最后要回到有鬼君的专业上来。
古人对于鬼魂的恶意返乡早就有了术语：回煞。即人死之后，
数日或十数日内，鬼魂会返回，当日会有凶煞出现，故称回煞，
又叫归煞。

但是显然，古人对于回煞的恐惧性有点夸张了。在志怪小
说中，一些被认定为回煞的灵异事件，返回阳间的亲人并无恶
意，还会帮助生人驱邪。

大约在中古时期，有个叫彭虎子的人，年轻力壮，从不信
鬼神。他母亲去世后，阴阳家推算某天"殃煞当还，重有所杀，
宜出避之"。家里人都吓得外出避祸，只有彭虎子一点不怕，不
走。结果半夜时分，有煞神出现，在他家里四处搜寻活人，彭
虎子真有点怕了，又出不去，急忙中躲进床头的大缸里，用木
板盖住。刚进去，就感觉有人坐在木板上，就听煞神问，板下

有人吗？听到他去世的母亲的声音回答：没人。然后过了一阵，听到他母亲和煞神都离开了，这才逃过一劫。（《太平广记》卷三百十八"彭虎子"）

显然，彭虎子的母亲是与煞神一起返回阳间的，但母亲在关键时刻，保护了儿子，何来恶意？更有甚者，返乡的亡魂不仅没有恶意，还会……煮碗面给你吃。

唐玄宗开元年间，有个京官丧妻，请和尚来做道场祈福。他请的是青龙寺的禅师仪光。仪光禅师到京官家做了几天法事，到了回煞那天，京官一家按例是要离家回避的，可是他们却不跟禅师说明。傍晚时分，一家人悄悄离开出城避难。仪光也没注意，依然在灯下诵经超度。半夜时分，忽然听到停灵的内堂有开门声，见一妇人走出来，直接去了厨房，在厨房里生火、烧水、做饭。仪光以为是官员的家人，也不奇怪。天快亮时，妇人捧着餐盘过来，脸上还蒙着面衣（白布），光着脚，恭恭敬敬地对仪光说：大和尚辛苦了，今晚家人都出去了，我担心无人侍奉您夜宵，所以煮了面给您。仪光一见她的样子，才知道就是逝者，倒也不惊慌，接过面准备吃。这时听到外面有人开门声，妇人反而惊慌失措，哎呀，家人回来了。说着奔进内堂。京官一家人回来，先去内堂哭灵，哭了一阵出来拜见禅师，见到餐盘里的粥，奇怪得很：昨晚因为是回魂夜，我们不敢禀告大和尚，就离家避祸了，这面是谁做的呢？仪光笑而不答。灵堂里的人忽然惊叫：尸体为什么方向变了，成横躺着了，手上有面粉，脚上还有污泥？仪光淡定地指指手上的面，家人才明白是怎么回事。（《太平广记》卷第三百三十"僧仪光"）

返魂的亲人，还知道给客人做饭吃。那么回煞作祟的究竟是谁？《子不语》卷一"煞神受枷"的故事，提供了一种解答：

清淮安府一户李姓人家，夫妻感情甚好。可惜李某三十多岁忽染病身亡，妻子每日在堂前守灵。当时民间相传，人死第七日，有回煞之举，即使至亲之人，也要回避，以免伤害。可是妻子不肯，独自一人在灵堂守候。半夜时分，阴风飒然，见"一鬼红发圆眼，长丈余，手持铁叉，以绳牵其夫从窗外入"，果然是回煞。那鬼进了屋子，见棺材前摆放着祭奠的酒食，放下叉子、绳子，据案大嚼。李某则神情黯然，抚摸家中的家具，怆然长叹，又走到床前，揭开帐子。妻子见到亡夫，放声大哭，伸手去抱，"冷然如一团冷云"，于是用被子将这团运气包裹起来。红发鬼正吃着呢，见此景，丢了筷子就来抢夺。妻子大叫起来，子女闻声也赶来帮忙，红发鬼斗不过，狼狈逃走。妻子与子女将裹着的魂魄放在棺材中，神了！尸体竟然渐渐有了生气，众人将其抱到床上，给他饮用米汤，到天亮时分，李某竟然完全复生了。再看红发鬼丢弃的铁叉，原来是纸扎的。

此后，李某夫妻一起生活了二十多年。妻子六十多岁时，某天去城隍庙烧香，恍惚中看见两个差役押着一个戴枷的罪犯走来，罪犯竟然是那个红发鬼，一见妇人就大骂：老子就因为贪吃，被你带进坑里，受枷二十多年。冤家路窄，这回绝不放过你了。妇人受此惊吓，回到家就死了。

这个故事讲得很清楚了，之前流传的那些带来极致惊惧、充满恶意的回煞，其实是冥府的阴差，而真正的已逝亲人，对阳间只有眷恋和温情。

冥府那些事儿：我们怎样做哑巴

河北邢台的宁晋县有个小黄庄，庄子里住着一位姓黄的奇人，因为他能记得自己前九次轮回转世的情景。能记得自己前世的事，已经够奇特了，此人竟然能记住九轮，简直骇人听闻。

据黄先生自己介绍，在这九次转世中，他曾有一次投胎为猪，一次投胎为驴，其余七次都是投胎为人，有时长寿，有时早夭，有一次甚至出生就被父母扼死。但有一点，无论怎么轮回，总是不出宁晋县方圆百里之内。这也间接证明了有鬼君以前的说法：要想投胎到北京市西城区，前世就得在那一带生活，成本较高。

黄先生曾对人谈及转世的情况，据他介绍，"冥界昏昏，无昼无夜"。初入冥界，饥渴难耐，但是那些食物都腐臭不堪，只有寺庙的香火气、村里的炊烟才能入口，倒也能果腹。似乎没有冥官来管他们，众鬼零星散布，每日无非聚集闲谈。某天正枯坐无聊，见四位女子经过，服饰华丽，后面还跟着三个男子。黄先生好奇心起，跟在这几人身后进了一处庄园。进去后忽然发现自己变成一头刚出生的小猪，身为猪崽，心里却灵台清明，悲愤之下，立时就想撞墙自杀，可是年幼体弱，死也死不了。更加难受的是，闻到猪食就觉得香喷喷的，只能强行控制住猪的本能。后来，猪妈妈带着八只小猪到隔壁菜园，这可比猪食好多了，众猪齐上，大啖果蔬。菜园主人赶来，众猪四散奔逃，它却故意慢悠悠的，结果被抓住杀掉。然后再次投胎。黄先生言下对冥界的生活还颇为眷恋："为鬼颇自得，初不望转生，亦未见阎罗及地狱，惟状如胥役者则恒见之，意亦如乡曲细民，无事不入官府耳。"也许，在他看来，只要没有官府扰民，做鬼也没什么不好。（《洞灵小志》卷七"知九世"）

黄先生并没有说自己被父母扼死的那一次是怎么回事，猜想起来，很可能是他没学会闭嘴。因为有些人就是因为不肯做哑巴，所以刚出生就被销号了。

清末湖北有一个私塾先生，在家里开馆授徒，他只有一个哑巴儿子，所以长到十二岁，也没有开蒙。有天私塾先生外出，回来发现学生做的八股作业有人批改过，他以为是有客人来过，代为批改。可是问了仆人，说当天只有他的哑巴儿子进过教室。他将儿子叫来，一顿胖揍，儿子终于开口了。原来，他这个哑巴儿子，四世前是个秀才，因为生前无行放诞，死后被罚做马。因为不愿为牲畜，马夫偶有疏忽，丫就从悬崖上一跃而下，自杀而亡。冥官当然不能纵容，再罚他为牲畜，转世为穿山甲。这次他很注意修行，故意避开人类，以免惊吓到他们。死后受到表扬，被判再转世为人。阴差带着他走到一间屋外，让他在窗口窥视，忽然猛推他一下，成了婴儿呱呱坠地。可是这个过程中却出了岔子，因为出其不意，他对阴差破口大骂，这骂声直接带了了阳间。全家人听到刚出生的小娃娃竟然满嘴脏话，大呼妖怪，将这孩子扔在野外冻死了。等到第四次转世，他终于知道闭嘴了，所以出生十二年一言不发。直到这次看到科考模拟卷，技痒难耐，露了破绽。后来父子俩一起参加科考，又一起名落孙山，平平淡淡地过了一生。（《洞灵小志》卷七"自述前世"，可能抄录自《聊斋志异》卷十一"汪可受"条。）

清末湖北蕲县，传说有位姓陈的乞丐知道前世之事。据陈姓乞丐自己说，他的前几世姓高，是个秀才，靠替人打官司为生，属于政府所深恶痛绝的讼棍。因为他与邻居少妇私通，导致对方上吊自杀，被索命而亡。到了阴间，冥官罚他先为猪、为蛇，受了几茬罪，然后再转生为人。大概是做讼师习惯了，管不住嘴，刚出生就叽里呱啦地乱说一气，他父亲觉得生了个妖孽，直接把他掐死，然后再投胎到陈家。因为前世的心理阴影，出生后始终不敢说话，家里人把他当哑巴看。遇到战乱，全家逃难，直接把哑巴儿子抛弃了。没奈何，只能张嘴说话，以讨饭为生。（《洞灵小志》卷七"知前世"）

清初康熙朝宰相李霨，前世是位饱学的儒生，但科场屡战屡败。某天他生病卧床在家，忽然觉得身体轻快，魂魄不由自主地飘起来，经过邻居李家，好奇心起，进到李家窥视。正赶上李家主妇产子，不知被谁推了一把，魂魄落入李氏怀中。等他再醒来，发现自己转世成了刚出生的小婴孩。这时扑簌簌地下着大雪，产妇问窗外什么声音，李霨随口回答："是雪。"把李家人吓了一跳，差点把他当妖怪扔到河里淹死。幸好李父坚决反对。但此后，李霨就不再说话，成了哑巴。直到七岁那年，有亲戚对他父母说，这个哑巴留着有什么用？他才再次开口。此后进学、科考，直至位至宰辅。（《三冈识略》卷三"李公托生"）

这几个故事都没有提及消除记忆的孟婆汤，很可能，他们入冥时因各种机缘巧合，其前世记忆并未清零。也许可以这么理解，有些哑巴，并不比那些口舌便给的人更笨、更无知。他们选择闭嘴，只是为了避祸。可是，如第三个故事所述，坚守沉默权，装聋作哑，也有可能被抛弃。所以，该闭嘴时闭嘴，该表态时表态，选择多元灵活的哑巴观，也许才是求生之道。

这几位选择做哑巴，并非按照传统因果报应的理论受到处罚，而是自由选择的结果。在他们的转世过程中，因果报应似乎并非全程百分百地起作用，也许即使有因果报应，也被遮蔽了。在他们生命的多次流转中，有太多偶然的主客观因素。比如那位转世成马的，实际情况是"见挂壁皆皮革，取其一著之，遂为马"，第二次"择皮革稍异者，著之乃为穿山甲"。对他自己来说，下辈子是牛或马，可能就在选择皮革的一闪念间。如果以"后见之明"判断，认定这是善恶果报的结果，不过是路径依赖而已。

在写这篇小文的时候，正好读到研究佛教的学者朋友的文章，其中说："强调善恶报应之对称性的其实是中国本土的思想……印度佛教自始至终都更加注重作为'因'的善恶……行为之后莫管结果回报、无所执着，即'自净其意'，才真正'是诸佛教'。"志怪小说中有大量涉及善恶果报的故事，很多人据此批评此类桥段的单调、无趣甚至无聊。可实际上，我们现代人一方面严厉批评因果报应，另一方面心里又暗暗期望这是真的，不仅是真的，还能像科学一样严密、精确。有鬼君对因果报应的有效性越不敢深信，无论是"现世报"还是"来世报"，我们懂的并不比一个哑巴更多。

辑三　神仙与精怪

文艺花妖与中二花妖

宗教学可以广义地称为神学，就是研究人类如何在灵魂上救赎自己。中国本土神学中，最有效、最普世的救赎就是投胎学。或者换一种说法：在人类的可持续发展中，该如何提前拼爹？

我们先从最难转世的植物开始。在大多数关于花妖的故事中，涉及转世投胎的比较少。因为古人认为，植物的寿命很长，如果不是人为破坏，寿命几乎是无限的。所以相对而言，植物成精常见，而死后的转世较为少见。不过，《红楼梦》的缘起就与植物转世有关：

> 只因西方灵河岸上三生石畔，有绛珠草一株，时有赤瑕宫神瑛侍者，日以甘露灌溉，这绛珠草始得久延岁月。后来既受天地精华，复得雨露滋养，遂得脱却草胎木质，得换人形，仅修成个女体，终日游于离恨天外，饥则食蜜青果为膳，渴则饮灌愁海水为汤。

只因尚未酬报灌溉之德，故其五内便郁结着一段缠绵不尽之意。恰近日这神瑛侍者凡心偶炽，乘此昌明太平朝世，意欲下凡造历幻缘，已在警幻仙子案前挂了号。警幻亦曾问及，灌溉之情未偿，趁此倒可了结的。那绛珠仙子道："他是甘露之惠，我并无此水可还。他既下世为人，我也去下世为人，但把我一生所有的眼泪还他，也偿还得过他了。"

绛珠仙草先是成精"脱却草胎木质，得换人形"，然后为了偿还神瑛侍者的灌溉之情，下世为人，即林黛玉。所以，严格来说，林黛玉的诞生是结合了植物成精与转世投胎两个过程。我们发现，绛珠仙草对于下世投胎，是有自主填报志愿的权利。但同时更要注意，她是生长在西方灵河岸的，也就是说，她拥有仙籍户口，所以在自主投胎时，可以选择官宦林如海之家。如果没有仙籍户口，那么投胎的自主权就小得多，甚至没有。

唐代湖北有位叫崔导的，最初家里比较穷，后来种了上千株橘树，产的橘子特别好，每年都高价卖光，生活逐渐富裕。某天，有一株橘树忽然变成人形，苦苦哀求要见崔员外。崔员外虽然知道这是妖精，可也不敢不见。那人说：我前生欠了您几百万钱，还没来得及还钱就死了。家人把这笔账赖掉了，于是您的前生到阴间起诉，判官判我全家都转世成橘树，产橘子还债。现在欠的钱已经还上了，上帝对我实行特赦，准我恢复成人。您帮我盖一间茅草屋，我自己能养活自己就行。至于您，因为债务已清，所以要把橘树砍掉，"端居守常，则能自保"；如果还贪图财富，必然祸从天降。崔员外是个老实人，真的就按照这人的说法去做，把所有的橘树都砍掉了。过了五年，崔员外去世，家道逐渐中落，而那位神秘的橘树人也不知所踪。（《太平广记》卷四百一十五引《潇湘录》）

这位橘树人从人转为橘树，从橘树转为人，两次转世都遵循因果报应的原则，并没有自主抉择的权利。即使因其受上帝特赦，从橘树直接转为成年人，但他也只能要求崔员外"为我置一敝庐，我自耕凿，以卒此生"。比之林黛玉进贾府的富贵气象，至少是九线小城与北上广的差距。

理论上说，在绛珠仙草与橘树之间，肯定隔着无数阶层，我们不妨将其视为植物中的中产阶级。他们的转世，虽然不如宝黛爱情那样荡气回肠，但也不至于只能在地里刨食。

有一读书人，生出来就"有骨横其胸"，有道士替他看相，说这孩子长的是"情骨"，要将其蜕掉，否则将受生死轮回之累。读书人的父母当然不信这奇谈怪论，将道士赶走了。

这孩子并非神童，长大后也就是中人之资。不过他有一特异之处，就是超级超级玻璃心，"雅善伤心。妍花素月，凄风悄雨，皆断肠时也。"与贾宝玉一样，整天念叨的就是将来要做个女人。他对家里的一棵海棠树，爱护备至，每逢海棠花开，就要做棚幛为其遮风挡雨。花谢之时，他恨不得以身殉花，"必泣于树下，且泣且诉。泣诉已，必疾病，岁以为常"。他爹见他如此怪异，觉得一定是花妖作祟，一怒之下将海棠树砍掉，这娃竟然大恸不已，一直哭到死掉，果然以身殉花。

他到了阴间，被一位贵妇人招为女婿。不过，这哥们在洞房之夜，只守着美女"敛衣屏息，枯坐枕端，恐扰其酣眠清梦也"。而且振振有词地说："臣之好色，不在床笫间也。"他因树成痴，贵妇索性将他转世为海棠。转世过程与投胎为人差不多，"旋有暖风一缕起地上，顿觉身轻如叶，飘飘然惟风所向。顷之，触树而止，身乃与树合，而枝叶动摇，无异臂指之使，盖转生为海棠矣"。魂魄与形质的结合，而那位名义上的妻子，则转世为桃树。两位一起托生于某贵小姐雪燕家。

这哥们自得偿所愿，与桃树一起，倒也其乐融融。他为了讨好大小姐雪燕，花开得倍加鲜艳。大小姐请了一帮闺蜜来赏花，女人赏花与男人看球赛也差不多，"冠履垒集，酒肴泲至，熏腾如毒雾。酒酣赋诗，评赞呶杂，……不能堪。日暮，各选一条折枝而去"。当晚，这株海棠就因"被折甚楚"，日渐憔悴，不久就枯槁而死。那棵桃树，夫唱妇随一般，也跟着他一齐枯死。两位一齐再到阴间见贵妇，贵妇也不废话，打发他俩继续转世为花树。如此转世数次之后，贵妇对他说，"天地绮丽之气，名花美人，分而有之"。你经过几次轮回练级，可以转世成女人了。将其从楼上推下，转世成女子金湘。湘姑娘虽为女身，但身份认同始终转不过来，就是不肯嫁人。直到二十多岁时，有一尼姑过来点化她："日里霞光，非空非色；镜中花影，是幻是真？"第二天，金湘去世，按照其遗愿，家人将其葬在海棠树下。（《耳食录》二编卷五"女湘"）

作为中产阶级的金湘，其最终的转世当然不可能像绛珠仙草那样一步到位，需要多次前世的累积。植物的努力转世，是不是像通过升学不断改变命运的过程呢？

　　或者我们可以勉强这么分类，橘树人只为生存，是普通花妖；绛珠仙草性情中人，是文艺花妖；而那株海棠树，大约只能归入中二花妖了。

狐狸的报恩

人狐关系，既有感恩的也有报仇的。夜半时分，有狐女来奔，究竟是红袖添香夜读书，还是为修炼而将男人视为药材，殊难判断。况且，狐狸的报恩方式，也未必是自荐枕席这么简单，虽然大多数直男癌就是这么认为的。

有个老秀才，家中空房子里住了一只狐狸精，人与狐相安无事几十年，只是这狐狸精不怎么现形。偶尔会与老秀才谈谈人生，喝点小酒。老秀才去世后，其子也像以往那样对待狐狸精，可是对方却不像从前那样爱搭理他，虽未离开，但关系渐渐淡下去了。

老秀才之子也考取了功名，在家中开设私塾授徒，同时，还为人写讼状挣钱。奇怪的是，他写的状子，往往被狐狸精乱涂抹，授徒时所批改的作业，却丝毫无损；卖弄刀笔所得的钱，即使锁得严严实实的，也会被偷，而学生交的学费，却一文不少；学生来上课，狐狸精绝不骚扰，可是每逢有人来找他打官司写状子的，狐狸精就"或瓦石击头面流血，或檐际作人语，对众发其阴谋"。

秀才实在受不了骚扰，请了道士来捉狐，这狐狸精照样侃侃而谈：

> 其父不以异类视我，与我交至厚，我亦不以异类自外，视其父如兄弟；今其子自堕家声，作种种恶业，不陨身不止。我不忍坐视，故挠之使改图，所攫金皆埋其父墓中，将待其倾覆，周其妻子，实无他肠。不虞炼师之见谴，生死惟命。

狐狸精的意思是，不忍见老友之子成为讼棍，导致家风堕落。那些偷走的钱，都藏在其父的墓中，以便有一天他家中衰败时，可以周济其家人。最后一句"生死惟命"尤其显得大义凛然。道士感慨不已，对狐狸精拜了三拜，说：老秀才有你这样的朋友，实在不可思议，即使在人类世界，也很难找到，更何况是尔曹？说完拂袖而去。秀才听了，也惭愧不已，从此不再参与讼事，人狐之间再次其乐融融。（《阅微草堂笔记》卷十六）

孔子说："听讼，吾犹人也，必也使无讼乎。"儒家传统向来不主张随便打官司，强调用传统的伦理道德来调节协调。直至晚清，讼师还多以反面形象出现。而设帐授徒，则被认为是读书人的正途，狐狸精正是为了保全老友声名不堕，才对其子参与讼事百般阻挠。他报恩的方式很特别，也让人觉得很有人情味。

另外一个狐狸报恩的方式也很有意味。

江阴县广福寺边住着个眉清目秀的小哥高柏林，只是整日游手好闲，不做正事。有一天，小高见众和尚抓住一只狐狸要杀掉，再三劝止，让和尚们放生。此事过去后不久，有个县令看中小高，让他做了长随，非常信任。县令治下事务繁杂，经常要迎来送往。有一次，县令要迎接钦差，给了小高一千两银子，让他到驿站备办各种迎接事宜。小高赶到驿站，忽然发现银子弄丢了，可这时钦差已经要到了。小高又恨又怕，走投无路，打算直接投河自杀。有位老人突然出现，劝他说："汝命应发大财，此非汝死所。"小高被老人一通车轱辘话劝得打消死志，硬着头皮去接钦差。神奇的事发生了，这位钦差非常简朴廉洁，见驿站对接待工作完全没有准备，反而认定县令是个好官，大大夸奖了一番，而且对张罗此事的小高大为称赞，收为亲随，跟着自己办事。钦差官越做越大，所有涉及关税、盐务的事务，都交给小高打理。十年下来，小高虽然并不贪心，但也攒下几十万两银子，而且与许多地方官称兄道弟。

小高发达之后，想起老人的救命之恩，就在家里给老人立了生祠，每天上香礼拜。又想起当年曾在广福寺求得上签，许愿富贵之后要重修广福寺。这事他随口向朋友透露，江阴好事的地方官为了讨好他，竟然为此向百姓摊派。百姓哗然，有读书人气愤不过，写了状子告到总督府，总督命人查实，上奏朝廷。案发之后，小高手足无措，只能向生祠塑像祷告、求救。当晚，就听到家里有狐狸的啸叫身，第二天，塑像全是水珠，像是全身冒汗。异象持续了三天，得到消息，他的案子被轻判了，逃过一劫。外人都说，是这位老人连续三天进京托关系，才帮小高化解了。小高后来才明白，这位老人，其实就是自己当年救下的狐狸。（《北东园笔录》四编·卷六"狐报恩"）

这位狐狸精完全不刷存在感，只是在关键时刻帮了小高两次，第一次劝他不要轻生，之后的小高的命运算顺势而为；第二次则是连续三天长途跋涉，进京疏通关系，要不是塑像满头大汗，小高和外人恐怕都猜不出是怎么回事（塑像出汗以前亦有记载，如《太平广记》卷二九六"蒋帝神"）。功成不居，为而不恃，颇有鲁仲连之风。

有人肯定会说，有鬼君举的两个例子都是雄狐狸精报恩的，我的朋友想看香艳的雌狐狸精投怀送抱的故事。嗯，如你所愿：

纪晓岚在兵部做事的时候，有个小官被狐狸精所魅惑，形销骨立。于是请来张真人祛狐，张真人正要施行法术，屋檐上有人对那个小官说话：你身为公务员，贪赃枉法，将来一定是死罪，我前世曾受你救命之恩，所以才来报恩的。众人一听，恩人都被你弄成药渣了，还有这样报恩的吗？屋檐上的人继续说道："故以艳色蛊惑，摄君精气，欲君以瘵疾善终。"我是想让你纵欲而亡，得个善终。如今我被赶走，就没人救你于铡刀之下了，望你努力行善，尚且有望逃脱死罪。张真人不再听狐狸精絮叨，施法术赶走了她。小官身体恢复之后，不思悔改，继续大肆贪污，终于事发被砍了脑袋。（《阅微草堂笔记》卷三）

这狐狸精的报恩方式匪夷所思，但仔细想想却很有道理。她之所以投怀送抱，是为了抢在法律制裁之前让小官自然死亡，免得将来身首异处。大概这哥们贪起来太狠，狐狸精为了赶时间，不免"摄精气"太快，招来了张真人，功败垂成。

如果仔细琢磨这三个报恩的故事，狐狸精显然受到当时主流文化的影响，或者说主动接受当时社会秩序、习俗的规训。比如坚决反对士人参与诉讼活动，劝其走正道；帮人消灾却从不张扬；为使恩公免于刀锯之刑，宁可让其"以瘵疾善终"。这些处理办法，其精微之处，完全合乎社会人际关系。如果是人来报恩，恐怕只能絮絮叨叨地说教，效果多半很差。

狐狸精的报恩，直截、高效，且合乎人性，真令人拍案叫绝。多说一句，他们报仇也是这样。

开外挂的狐狸精

　　关于狐狸精修炼的方式，有很多介绍，如果我们把修炼看作遵循一定规则的竞技游戏，那么开外挂就是修炼中顺理成章的套路。先从蹭热点说起吧。

　　清代有一位姓赵的致仕官员，回乡享清福。纳了一房小妾叫紫桃。紫桃把赵员外侍候得非常好，无论床上床下都让老赵很满意。特别是，每次老赵一喊她，紫桃立刻就出现在边上，好像随时等待召唤一样。老赵感觉紫桃反应快得有些诡异。于是在床上逼问，紫桃说了实话，自己是狐狸精，只是与赵员外凤缘未了，所以现在是来还愿的。老赵感觉自己身体也没什么异样，看来紫桃不是为采补而来。有天，老赵在家中花园散步，想喊紫桃侍奉，没想到刚一开口，从园中两间屋子里各奔出一个紫桃。老赵大吃一惊，紫桃连忙解释，这是自己的分身。

　　老赵也没多想，后来他在郊外游玩，遇到一个道士，言谈甚欢，道士对他说：贫道其实是专为老先生您来的，您本是海外的神仙，贬谪到人间，如今期满，应该回归仙班，可是您的金丹被狐狸精盗走，不仅没法回去，而且年寿也要受影响。老赵知道一定是紫桃干的，就请道士到家里整治狐狸精。

道士进了赵府作法，长啸一声，只见院子里忽然跪了几十个容貌服饰一般无二的紫桃，把老赵看得目瞪口呆。道士说，哪个是最先来的紫桃？其中一位出列叩头。道士怒斥说：你这妖狐，偷了员外的金丹，已是罪无可赦，为什么还呼朋引伴，要把员外榨干吗？紫桃解释说：是这样的，赵员外前生为海岛上仙，"炼精四五百年，元关坚固，非更番迭取不能得"，如果众狐精姐妹车轮大战，员外必然生疑，所以我们就全幻化成紫桃的样子，无论谁上，员外都会以为自己是在跟紫桃滚床单，如今既然败露，我们恳请离开，不再骚扰员外。道士见事无可挽回，只能叹息一声，挥手让群狐跑路。道士转身对赵员外说，妖由人兴，你"先误涉旁门，欲讲容成之术，既而耽玩艳冶，失其初心，嗜欲日深，故妖物乘之而麕集"。以后安生点吧，说着飘然远去。赵员外此后老老实实地清心寡欲，高寿近九十才去世。(《阅微草堂笔记》卷十五)

这事用网络术语很好解释：老赵原本以为自己是用网线与紫桃连接，没想到紫桃把他当路由器开了热点，结果几十个紫桃蹭热点，狂刷视频，老赵的流量吃不消了。

比开热点更狠的是偷账号。

佛道有夺舍、换形的说法，夺舍就是投胎转世，换形则是肉身衰老时，与年轻健硕的小鲜肉互换，可以继续炼丹。对狐狸精来说，换形就类似于偷高级别的账号。狐狸精练级比人难，所以有些狡猾的狐狸精，就附体在人身上，利用人形修炼，比之前要快得多。当然，其间也有风险，人固然修炼比狐狸精快，但是声色犬马的诱惑也多过狐狸精，堕落的概率也大。所以，没有定力的狐狸精也不敢冒险用这招。比如《右台仙馆笔记》卷十二曾记载狐狸精附体，不过这哥们也不敢久留，只蹭了几顿饭，吃了个西瓜，看看苗头不对就闪了，前后不过三天。高级账号毕竟不是谁都能驾驭的！

开外挂不仅可以快速升级，还能获得难得的宝物。

周家有个寡妇，带着个十五六岁的儿子一起生活。周太太买了个童养媳，这小姑娘虽然看着身体孱弱，但是"善操作，井臼皆能任，又工针黹，家藉以小康"，而且她性格乖巧灵活，婆媳关系也很好。后来婆婆去世，她竟然拿出几十两银子给老公办理丧事。老公问她银子哪里来的，小媳妇想了半天才说：我其实是狐狸精，因为修炼遇到雷劫，必须找到庇护的人才能躲过（狐避雷劫历来说法不一，暂不细谈）。"惟德重禄重者，庇之可免，然猝不易逢，逢之又皆为鬼神所呵护，猝不能近。"简单地说，只有那些德高望重的人才可能帮助狐狸精避开雷劫，但是一来此类人难找，二来临到雷劫时难以靠近。更靠谱的办法是长期行善，所以我到你家里做童养媳，日积月累，躲过了雷劫。纪晓岚说，狐狸精"特巧于诳死，非真有爱于其姑。然有为为之，犹邀神福，信孝为德之至矣"（《阅微草堂笔记》卷十六）。他的意思是，虽然狐狸精开挂，找了个防御力一万点的宝物，不无投机之嫌，但努力尽孝，毕竟是好事。

狐狸精在修炼时开挂，属于作弊行为，特别是采补开挂，害人性命，所以一经拿获，往往要受重责。比如《里乘》卷六

"吾乡某太史"说，一位年少多金的高官，被九女二男十一只狐狸精蹭热点，"由此闭门谢客，镇日与群美周旋，颇幸奇遇。匝月后，精神怠尪，罢于奔命；而群美轮替值宿，苦无虚日，默自危虑"。后来关帝爷出面救了他，将狐狸精一家发配至西域。

人们在指责狐狸精的时候，抢占道德高地的速度飞快。可是，如果自认流量足够，不想开热点的男人应该比较少吧。

狐狸精的真爱

狐狸精与人类的关系，有些是好色，有些则是真爱。只不过真爱的结局不一定如你所愿。狐狸精自己是这么说的：

> 凡我辈女求男者，是为采补，杀人过多，天理不容也；男求女者，是为情感，耽玩过度，以致伤生。
>
> （《阅微草堂笔记》卷七）

"男求女者，是为情感"，也就是说，雄狐狸精与妹子交好，那才是真爱。这和《聊斋志异》里大量狐女爱上书生事正好相反。在另一处，纪晓岚又说："狐之媚人，为采补计耳，非渔色也。然渔色者亦偶有之。"（《阅微草堂笔记》卷九）有意思的是，他接着这个话头，说的却是一个狐基友的故事。也许在他眼里，为了传宗接代或采补，都是出于功利目的，而断背才是真爱。至少在男女之事上，有鬼君觉得身为性瘾症患者的纪晓岚，恐怕比山村私塾教师蒲松龄更深刻些，或者更有现代意识。

狐狸精的断背情结，本文不再啰唆。我们看看狐狸精的真爱是怎样的：

　　唐玄宗开元年间，有一太守姓韦，家中有女，甚是宠爱。某天有人自称崔参军，上门求亲。因为崔参军走位飘忽诡异，韦太守知道多半是狐妖，但也不敢立刻翻脸，只能假意推辞。没想到崔参军颇有神通，直接到了小姐的闺房，自称小婿，把韦太守的女儿拿下了。韦太守当然不干了，请了道士来祛狐，结果术士道士们都被狐狸精打得落花流水。不得已，韦家对狐狸精说，崔姓是高门大族了，我们小姐嫁给您也算是门当户对。不过，还是要给些体面，能不能下聘礼，明媒正娶。

　　狐狸精说，这没问题啊，先给了两千贯作为聘礼，让韦太守定下吉期知会亲友。到了娶亲那天，狐狸的迎亲队伍"车骑辉赫，傧从风流，三十余人。至韦氏，送杂彩五十匹，红罗五十匹，他物称是"。面子里子都给足了，韦太守也就安心将女儿嫁出去。

　　过了一年，韦太守的儿子也被狐狸精魅惑。韦太太就请狐女婿帮忙，狐女婿嘿嘿一乐：我八叔的女儿、我的堂妹，已经长大成人了，想找个女婿，看中了我这小舅子，小舅子的病嘛，"小妹入室故也"。丈母娘一听，勃然大怒：你个野狐魅，拐了我女儿不算，连我的儿子也不放过。我们夫妻俩就指着他传宗接代呢。狐女婿也不生气，只是微微一笑。韦太守夫妻威逼不行，只能哄骗，"日夕拜请"，说只要能治好儿子的病，女儿的事再不追究。狐女婿说，病是好治，不过岳父岳母大人的话，我可不敢信。丈母娘不断赌咒发誓，狐女婿终于答应了，教了丈母娘祛狐的办法。

　　儿子的病好了，丈母娘果然乘胜追击，继续将此法用在女儿身上，把狐女婿也赶走了。过了几天，狐女婿"衣服破弊，流血淋漓"地来到韦府，声泪俱下地声讨她不守信，将此事上告天庭。当初的聘礼都是自己从天府偷来的，如今还不上了，不仅被打了板子，还要流放到西北蛮荒之地。丈母娘当然不会给他好脸色，老丈人韦太守还不错，说了些好话，把前女婿送走了。（《太平广记》卷四百四十九"广异记"）

　　狐女婿虽然是强娶官家小姐，但丈母娘多半是看重女婿丰厚的聘礼，且不守信用，从道义上看，人类多少也有些说不过去。当然，故事里并没有提及这对小夫妻生活是否和美，所以丈母娘的反应也是可以理解的。但是有鬼君并不打算因此黑丈母娘，因为有些丈母娘看狐女婿也同样是越看越喜欢的，比如《阅微草堂笔记》卷十二的一个故事。

　　一般说来，雄狐狸精找上妹子，一方面要冒被天曹责罚的风险，另一方面还要应对女方层出不穷的套路，所以，如果不是真爱，确实不大会下手。下面这只狐狸精，在有鬼君看来，古往今来狐狸精真爱排行榜上，至少能排在前二。

　　唐代吏部侍郎李元恭的外孙崔氏，十六岁，长得很漂亮，忽然被狐狸精看中，得了魅疾。李侍郎找了术士祛狐，也没什么效果。狐狸精后来索性现形，自称胡郎，在妹子眼中算是行走的春药。

　　这位胡郎肆无忌惮地在李侍郎家与崔小姐同居，他颜值高，情商智商也超高，不仅与崔小姐琴瑟和谐，而且每日与丈母娘

275

的哥哥谈诗论道，颇为投契。这也罢了，胡郎更有高人之处，他竟然对崔小姐说："人生不可不学。"请了一位老人精教崔小姐读经史，前后三年，竟然"颇通诸家大义"；然后又请人教她书法，一年之后，崔小姐"又以工书著称"；这还没完，胡郎又请琴师教她弹奏各种曲子，把其中的精妙处一一讲透，除了《广陵散》，就没有不会的。简直就是按世界名媛的级别在培养崔小姐。

胡郎尽心尽力地营造与崔小姐神仙眷侣一般的生活。李家人也对这位姑爷另眼相看，有次就问他，为什么不带夫人回去省亲呢？胡郎一听大喜，自己终于被女方接纳了：我早有此意，只是觉得自己地位低贱，不敢唐突。我家门前有两株大的竹子。

原来李府就有一片竹园，李家人在竹园搜寻，见两株大竹中间有个洞窟，命仆人往里灌水，灌出一窝狐狸，其中一只穿着绿衫，正是胡郎平常爱穿的。李家人大喜：抓住胡郎了。群棍齐下，将胡郎杀掉。(《太平广记》卷四百四十九)

狐女婿如此结局，令人唏嘘！李侍郎一家的做法实在难以让人理解，可能，在李家人看来，胡郎即使颜值高，琴棋书画无一不精，到底还是妖精，杀了也就杀了。非我族类，其心必异。

还有一种狐狸精撩妹的方式，有鬼君不知道算不算真爱：

清代某地一村女，母亲早逝，跟着父亲过活，生活颇为艰难。十三四岁时"为狐所媚"，每晚"同寝处笑语媟狎，宛如伉俪"。不过奇怪的是，与很多被狐狸精魅惑的妹子不同，这妹子无病无灾，生活起居与常人无异。而且狐狸精还经常给女方家里送钱送米送衣服，全家因此衣食无忧。更奇怪的是，狐狸精还为妹子准备了漂亮的衣服首饰化妆品，反正妹子喜欢的，他都去弄来。女方家里也实在是挑不出这位狐狸精的什么不好，因此安之若素。过了一年，狐狸精忽然对岳父大人说：我要走了，你女儿的嫁妆也准备齐全了，快点给她找个好女婿。你女儿还是处女，嫁人是绝无问题的，不要说我始乱终弃。老丈人"倩邻妇验之，果然"（《阅微草堂笔记》卷十六）。纪晓岚说："狐之媚人，从未闻有如是者，其亦夙缘应了，夙债应偿耶？"

比之前面两位，这个故事里的狐狸精行事实在太不合常理了，他究竟想要什么呢？很难判断。纪晓岚觉得是某种神秘的缘分。有鬼君以前觉得，这才是真爱，不过如今仔细想想，小夫妻每晚"同寝处笑语媟狎，宛如伉俪"，却从来没有滚床单。这种貌似清纯的恋爱，对妹子来说，未尝不是一种伤害。

在各种神仙鬼怪中，就撩妹的技巧而言，狐狸精确实做到了不针对谁的地步。只是人类不仅将自身分成三六九等，对狐狸精也是用世俗眼光看待。对神仙基本是谄媚，其余的一概拒斥。真爱不真爱的，人类向来不怎么看中。

人狐争斗，该不该掀桌子

人狐争斗，历史悠久，双方都视对方为异类，非我族类，其心必异。所以一直到明清之前，人狐之间大都是你死我活的、两条路线的斗争。明清时期的变化在于，狐道逐渐向人道靠拢，也就是说，狐狸精越来越接受人类社会的基本伦理和法律规范，一个显著的标志就是开始聚族而居。狐狸精只有群居，才能更好地实现族类的动员。而此时的人狐争斗，不再仅仅是个别人与狐的恩怨，而是上升到族类矛盾。下面要讨论的，就是作为群体的狐狸，在与人类发生纷争时，双方采取的策略。

河北省有一个大户人家请教书先生，有个姓胡的秀才毛遂自荐，主人很满意，就聘了他。胡秀才教得很好，只是常出去玩，而且总是深夜才回来。即使大门关着，不用敲门，人已进屋了。家人都怀疑他是狐狸精，但他也没有什么恶意，所以主人对他也从不怠慢。

胡秀才知道主人有一个女儿，想向主人求婚，几次向示意，主人都装聋作哑。他索性找了个媒人来提亲。这媒人五十多岁，衣着光鲜，谈吐风雅。主人还是不肯：我与胡先生已是莫逆之交，何必亲上加亲呢？况且小女已许配人家了。媒人再三恳求，主人执意不肯。媒人有点不高兴：胡先生也是世家大族，怎么就配不上你家呢？主人也毫不客气说：实话实说吧！恶非其类耳。这下媒人脸上挂不住了，争吵起来。主人也不客气，命仆人直接将狐媒人赶出门。

闹成这样，主人知道狐狸不会善罢甘休。第二天，"果有狐兵大至，或骑、或步、或戈、或弩，马嘶人沸，声势汹汹"。还是机械化部队。狐兵扬言要火攻。这时，一个仆人带领大伙冲了出去，"飞石施箭，两相冲击，互有夷伤"。狐兵渐渐败退，丢弃了不少刀剑，众人拾起一看，都是些高粱叶子。技止此尔！

此后几天，狐兵都未再来，大家也有点懈怠。一天主人去上厕所，忽见狐兵朝他乱箭射来，都射到他屁股上。拔出一看，原来是芦苇秆。之后虽然未爆发大战，但狐兵小规模的袭扰时有发生，不得安宁。

又有一天，胡秀才亲自带狐兵来犯。主人叫他出阵相见："仆自谓无失礼于先生，何故兴戎？"说着请他进屋，设宴款待。喝了一阵，主人推心置腹：以我们交情，结亲也没什么；但先生车马、宫室，多不与人同，弱女相从，即先生当知其不可。"胡秀才也觉得有些惭愧。主人又说：不如这样，小犬今年十五六岁，愿得坦腹床下。胡秀才说：好啊！我妹妹比令郎小一岁，正合适。于是双方很愉快地达成了协议，约定狐女成年后就成亲。主人又摆宴席招待同来的狐兵。一直喝到黄昏，胡秀才才带着狐兵大醉而归。此后，狐兵不再来骚扰。

过了一年半，胡秀才再次登门：小妹已长大成人，请你们选个吉日过门成亲。主人大喜，随即一同定了日子准备成亲。到了大喜之日，"果有舆马送新妇至，奁妆丰盛，设室中几满"。而且狐新娘美丽贤淑，主人家上下没有不满意的。新娘子还有一项神通，"新妇且能预知年岁丰凶，故谋生之计皆取则焉"。人狐姻缘，美满无比。（《聊斋志异》卷三"胡氏"）

这次人狐纷争，能在大打出手的情况下和解，没有掀桌子，很大程度上是双方都有退让。作为人类的一方，能接受狐女嫁入自家，反之则坚决拒绝；而狐狸精一方则都能接受。这样看来，人类在狐狸精面前还是有族类的优越感，而狐族也默认了人类的这种优越感。当然，从结果看，这种双赢其实是人类赢了两次。

人狐矛盾，当然也有掀桌子的。

河北遵化县衙有很多狐狸精出没。特别是县衙最里面的一座楼，成了他们的据点，闹得最厉害。历来县令上任，对狐狸精都客客气气，不敢触怒他们。直到新任县令邱公上任，情况发生了变化。邱公性情刚烈，不能容忍妖狐，群狐派代表找到邱公家人：请转告大人，给我们三天时间，带领全家老小搬走。邱公听罢，也不言语。

到了第二天，邱公阅兵完毕，下令士兵不要解散，把各营的大炮都抬来，突然包围了县衙后的那座楼。一声令下，众炮齐发，顷刻间将楼夷为平地。"革肉毛血，自天雨而下。"硝烟中，有一缕白气冲天而去，有一只狐狸逃掉了。此后，官衙太平无事。

过了两年，邱公打发仆人带着大笔银子到京城活动升迁。"事未就，姑窖藏于班役之家。"忽然有个老头告御状，说他妻子被邱公杀害，邱公还克扣军饷，行贿高官，银子现藏在某人家里，可以去查证。皇上下旨押着老头去班役家检查，但怎么也搜不到。老头用一只脚轻轻点地，差役会意，果然挖出银子来，上面还刻着"某郡解"的字样。接着再找老头，已经不见了。又取来户口册查检，竟无其人。但邱公的案子确实证据确凿，判了死刑。众人回想，这个老头应该就是当年逃走的狐狸。（《聊斋志异》卷二"遵化署狐"）

这一回的人狐之争，是人类失信，先掀桌子，狐狸精险些团灭，反观狐狸的报复，完全在人间的法律框架下完成。其间是非曲直，并不难判断。可是世间的事，往往不是那么黑白分明，所以需要更高层的裁决。

江苏盐城县戴姓人家的女儿被狐狸精附体，家人在村口的圣帝祠投诉，"怪遂绝"。后来有金甲神托梦给戴家人，说自己是圣帝部下，因为将狐狸精杀了，狐狸精家族要来报仇，请戴家届时帮忙助阵。戴家人当然答应，战斗打响，只听空中阵阵金戈铁马，显然厮杀激烈。戴家人敲起锣鼓，果然不断有黑气从空中坠落，村前村后掉下许多狐狸脑壳。过了几天，金甲神又来托梦，说上次杀的狐狸太多了，得罪了狐祖师。狐祖师向圣帝投诉，圣帝要亲临处理，请戴家人为他作证。

到了圣帝下界那日，"仙乐嘹嘈，有冕服乘辇者冉冉来，侍卫甚众"，而另一方呢，则是一白发老道，后面的牌匾上署着"狐祖师"。圣帝对其还特别恭敬。狐祖师说：小狐扰民，罪当死，但你的部将残杀我族类，其罪也不小。圣帝说，您说的是。戴家人忍不住站出来说，你这老狐狸，纵容子孙奸淫妇女，还来说情？狐祖师笑呵呵地说：在人世间，与多名女性发生或保持不正当性关系，判什么罪啊？戴家人说：打板子。狐祖师说：对啊，说明这不是死罪，即使我的子孙身为异类，罪加一等，也不过流放充军而已，何至于被杀？更有甚者，竟然杀了我几十个子孙，还有王法吗？还有法律吗？

圣帝眼见辩不过对方，连忙宣布处罚决定，金甲神杀戮太重，但念他是公事公办，为民除害，减轻处罚，降职调到海州。就此了结了这桩案子。（《子不语》卷七"狐祖师"）

三个故事，反映的人狐之间的族类矛盾，情况各有不同，结果也迥然有异。究竟应该求同存异，还是掀桌子，很难找到什么普适的原则。

依有鬼君的看法，人类自己跟自己都无法达成共识，跟狐狸精怎么可能共存？所以，掀桌子其实是一种美德。

假如狐狸精的修炼在上世纪没有中断

栾保群先生称《洞灵小志》为最后的聊斋，不是没有道理的。此书作者郭则沄于 1946 年去世，书中所述多为上世纪二三十年代涉及鬼狐的奇闻逸事。在此之后，这类作品有鬼君没有见到过，栾先生也没有看到。至于网络时代兴起的天涯社区"莲蓬鬼话"以及各种修仙小说，与之前的志怪传统毫无关联。"家法"不再。当然，你也可以说，这是在形成新的志怪传统，呵呵。

先简单梳理一下狐狸精的发展史。李剑国先生的《中国狐文化》一书中收集了大量关于狐狸精的故事，并且对狐狸精的演变史也做了详细的分析。有鬼君只简要地根据书中的内容做个概述。

早期的狐狸地位相当高大上，很多古籍中都记载了大禹娶了涂山氏之女，后来生下启，建立了夏朝。不过在《吴越春秋》中，这个故事增添了一个主要角色——九尾狐。故事说：大禹整天忙着工作，一直没工夫娶妻，直到三十岁还是单身狗。有一次来到涂山，工作之余，不免心中忧伤。这时，一只九尾白狐来到禹的面前。禹立刻觉得这是上天在暗示自己：白色是我衣服的颜色，九尾是我要登基为王的征兆。又想起了涂山当地的民歌，大意是九尾白狐是成家立业的标志（九尾狐意味着子孙众多），于是就在涂山娶妻生子。这个故事把涂山氏的故事神化了，九尾狐有这样大的作用，因此成为著名的祥瑞。传说商纣王扣留周文王后，文王的大臣散宜生抓到一只九尾狐，进献给纣王，纣王很高兴，认为是自己王朝兴盛的符命，散宜生再多方打点，纣王最终放了文王。只不过，这九尾狐不是商纣兴盛的符命，而是文王的，当然结局是周灭了商。

也许是惯性的作用，狐狸在汉魏时期地位仍相当尊崇，曾经与龙、麒麟、凤凰一起成为著名祥瑞之一。还有人总结说狐狸有三德：毛色柔和，符合中庸之道；前小后大，符合尊卑秩序；死的时候头朝着自己的洞穴，是不忘根本。曹丕为了做皇帝，谋划禅让，暗示手下大臣奏报祥瑞，其中就有郡国上奏发现九尾狐。北魏时期对祥瑞特别重视，《魏书》中曾记载，在六十八年之内（478—545年），各地上报的发现瑞狐的记载就有二十八次之多，几乎每两三年就来一次。无论是白狐、黑狐还是九尾狐，总之都是为了证明天命所归。

就在狐狸成为祥瑞的同时，其作为妖精之一的身份也同样被人们所认识。在狐狸妖精化的过程中，出现了不同的分类。有一类是特别博学的，《搜神记》卷十八的一则故事中，有学富五车的狐狸精活得不耐烦了，竟然去西晋名臣、当世第一博学的张华家踢馆，张华说不过他，将其杀害。另一派则是以色诱人的雌狐，《搜神记》卷十八的一则狐狸精崇人的故事，最后引《名山记》解释说："狐者，先古之淫妇也，其名曰阿紫，化而为狐。故其怪多自称阿紫。"故被称为阿紫派。我们在通常意义上谈到的狐狸精，大约都可归入阿紫一派。狐狸精以色诱人，固然是出于修炼的目的，但并非修炼之正道，除了人类将其视为妖魅，天庭也常执行天罚。从唐宋至清，大体皆然。

面对恶劣的外部环境，狐狸精改变了策略，在明清时，不再夜郎自大，开始向人类学习。在道的层面上，接受人间的法律和伦理规范，以狐道依附于人道，走向与人类和平共处的修炼之路。在器的层面上，比较明显的有几个特点：一是与人类通婚、共同生活，不再将人类视为修炼采补的药材；二是聚族而居，只有群居，才能更好地实现族群的动员；三是积极参与人类的政治活动，比如在冥府担任判官，负责清廷紫禁城的部分安保之责。

这些显示狐狸精修炼进阶的特点，我们在科幻小说中也能找到相似的类比，三体人思维是全透明的，毫无心机，所以不能理解狼外婆的故事，听到《三国演义》中的权谋会觉得人类真可怕。可是他们学习能力很强，在占领地球之后，不仅杀伐果决，还懂得扶植地球治安军，到后来，三体人甚至能拍电影供人类观看。三体人在心智上的进化与狐狸精的进化在逻辑上都是合理的。

不过，往前回溯，我们可以在明清关于狐狸精的作品中找到一些蛛丝马迹。

清代江南河道总督下属的财务总监（河库道），掌管河工款项的出入，是个肥缺，河库道的办公地点在江苏淮阴［原文为："袁江河库道署有楼，庋藏《河防一览》《衡水金鉴》诸书板。"承江苏社科院历史所姚乐兄指点：袁江是淮阴清江浦的别称，又叫袁浦，因为《水经注》记载，袁术（字公路）曾在淮阴驻兵，所以当地有公路浦。袁江、袁浦得名可以追溯到这里。清江浦是清代江南河道总督（南河总督）衙署所在］。据传道署的楼内有狐狸精借住，所以历届财务总监一到任，就要准备丰厚的祭品向狐仙拜码头。而且，小楼一直锁着，任何人不得随意打扰狐仙。这样才能不为狐狸精所祟。这样过了几十年，相安无事。乾隆年间，著名治水专家何裕城新任河库道，一上任，属吏就向他报告祭狐仙的惯例。何总监嘿嘿一笑：狐仙本来就喜欢住楼房，没什么奇怪的，不用祭了。狐狸精倒也没来打搅他们，只是晚上楼上常常开派对，吹拉弹唱，煞是热闹。

有一天，何总监命下属去楼上取书板印书，结果被一通飞石打退。何总监很生气，到楼下指责狐仙，楼上回答说：我等借住于此，是多年的惯例，不愿见生人，所以误伤尊属，实在抱歉；我们这几天就会将书板移到前厅，这样可以互不干扰；另有一事要麻烦总监大人，我等三世簪缨，也是贵族出身，可是影堂却没有合意的祖先画像（影堂为陈设祖先画像的厅堂），殊为遗憾；听说总监幕僚中有一位周先生雅擅丹青，能不能请他为我族先祖绘几幅画像。何总监说，这没问题，明日就让周先生过来。

当晚，周先生就在书桌前看到一张请帖，上面以楷体写着

"翌日早光楼隐拜订"八个字，书法颇工。第二天，周先生带着画具前往小楼，楼门自动打开，他石级而上，见楼内陈设雅致，"茗椀炉香络绎位置"，书桌前有一扇门，门中间放了一张大镜子，镜中有一"方巾道服者"，这显然是此狐族的始祖。周先生拿过画笔，对着镜中的狐仙模特悉心绘制，大半天才画完。画完一人（狐），又来一人（狐），一共有男女二十多人（狐）。他画了近二十天才画完。狐狸精对周先生照顾得也很周到，每天都是盛馔，还有清秀娈童唱歌助兴，周先生喝得格外尽兴，画得自然格外卖力。全部画完，狐狸精还给他二十多两银子作为润笔费。

周先生有此奇遇，得意扬扬，到处吹嘘，据他说，那些狐仙的先祖与人的长相没什么差别，男的衣着打扮如仙官，女的则类似唐代仕女。唯一的差别是眼珠白多黑少。（《翼駉稗编》卷七"狐求影像"）

从这个故事看，狐狸精的族群意识已经强烈到要给祖先设影堂祭祀了，有鬼君此前从未见到类似的记载。狐狸精祭祖有怎样的意味，不妨摘录王国维在《殷周制度论》中的一段话：

> 中国政治与文化之变革，莫剧于殷、周之际。……欲观周之所以定天下，必自其制度始矣。周人制度之大异于商者，一曰立子立嫡之制，由是而生宗法及丧服之制，并由是而有封建子弟之制，君天子臣诸侯之制；二曰庙数之制；三曰同姓不婚之制。此数者，皆周之所以纲纪天下。其旨则在纳上下于道德，

> 而合天子、诸侯、卿、大夫、士、庶民以成一道德之
> 团体。

按照王国维的看法，中国文化的特质，就奠基于殷周之际。狐狸精祭祖意识的产生，当然是从人类这里学来的，但要说明的是，相对于与人类通婚、族居、参与政治等对人类制度文明的学习，在心理意识层面的学习、模仿、吸收，可能是更为根本也更具颠覆性的。三体人从不能理解狼外婆的故事，到有意识地拍电影输出价值观，岂非也是心智进化的飞跃？在这个意义上，狐狸精祭祖的故事虽然只是个例，但其突破性并不难理解。

幸好，从上世纪二三十年代开始，狐狸精修炼的进程就被现代化进程所中断了。

女仙与狐狸精

　　每逢中秋节，关于嫦娥奔月神话的资料，翻来覆去也就是那些，被研究者和爱好者不知反复咀嚼了多少遍，有鬼君自然不可能翻出新花样来。倒是对鲁迅小说《奔月》中"乌鸦肉炸酱面"印象颇深。

　　扯远了，其实引发有鬼君联想的，是读到《坚瓠二集》卷二中这么一段话："月与日并明，人所敬事。词人以嫦娥之说，吟咏极其亵狎。至云一二初三四，娥眉天上弯。待奴年十五，正面与君看。"

　　想来也确实如此，嫦娥奔月通行的说法就是她偷吃了不死药，然后演绎出几个后果。

　　一是指责她的薄情寡义，比如《坚瓠二集》紧接着的一条就引了袁郊的诗说："嫦娥窃药出人间，藏在蟾宫不放还。后羿遍寻无觅处，谁知天上亦容奸。"连带着把天庭也黑了一把。

　　二是要在月亮上忍受无穷无尽的孤寂："嫦娥应悔偷灵药，碧海青天夜夜心。"

三是经常受到天庭登徒子的调戏，最出名的当然是《西游记》中的天蓬元帅，猪八戒自己是这么说的："逞雄撞入广寒宫，风流仙子来相接。见他容貌挟人魂，旧日凡心难得灭。全无上下失尊卑，扯住嫦娥要陪歇。再三再四不依从，东躲西藏心不悦。色胆如天叫似雷，险些震倒天关阙。"

在清代神魔小说《女仙外史》中，天狼星奉玉帝旨意下界为明成祖朱棣，临行前一定要睡了嫦娥：

> 天狼向二仙女深深作揖道："我奉上帝敕旨，令午刻下界。今已迟了四个时辰，岂能延至明日？烦仙女上达嫦娥：我应做三十四年太平天子，少个称心的皇后。我今夜就要与嫦娥成亲，一齐下界，二位仙娥，也做个东西二宫，岂不快活？何苦在广寒宫冷冰冰的所在守寡呢！"嫦娥听见，不觉大怒，骂道："泼怪物！上帝洪恩，敕你下界做天子，乃敢潜入月宫，调谑金仙，有干天律！我即奏明上帝，决斩尔首，悬之阙下。"天狼星又陪笑道："嫦娥，你当时为有穷国后，不过诸侯之妃。我今是大一统天子，请你为后，也不辱没了。就同去见上帝，婚姻大礼，有何行不得呢？"嫦娥愈加恼怒，厉声毒骂。天狼料道善求不来，便推开二仙女，飞步来抢嫦娥。

天庭里神仙与仙女互撩者挺多，思春下凡的也不少，但奇怪的是，所有把持不住的男神们，都只想去调戏嫦娥。

四是下凡。下凡的原因很多，一种是与后羿的凤缘，《女仙外史》里观音是这么跟嫦娥说的：

> "嫦娥不记得奔月时乎？那时王母娘以丹药赐与有穷国君后羿。尔时为国妃，窃啖其丹，因得飞身入月。独是后羿情缘未尽，恐将来数到，不能不为了局。"嫦娥默然半晌曰："我闻缘从情发，情亦从缘发，若一心不动，情缘两灭。小仙在月宫清修数千年，情缘亦已扫除，不知从何而发？"大士曰："缘有二种：好缘曰情，恶缘曰孽。情缘，如铁与磁石遇则必合，不但人不能强之不合，即天亦不能使之不合也。孽缘，如铁之与火石，遇则必有激而合者，孽之谓也。是则凡人多溺于其内，而仙则能超乎其外者也。嫦娥请记斯言，后当有验。"

凭良心讲，这个逻辑是相当荒唐的，因为嫦娥下界是玉帝、如来、三清道祖开小会决定的，然后不过是由观音传达而已。嫦娥下界投胎为唐赛儿，嫁给后羿转世的林有芳，林公子睡了她几次之后就了结孽缘死掉。然后……她起兵造反，跟那位在天庭就想睡她的天狼星朱棣开战，成为著名的起义军女领袖！

另一种则是思凡。在元杂剧《张天师断风花雪月》中，嫦娥又双叒叒被调戏：

> 妾身乃月中桂花仙子。今因八月十五日，有这罗睺、计都缠搅妾身，多亏下方陈世英一曲瑶琴，感动

娄宿，救了我月宫一难。我和他有这宿缘仙契，今日直至下方，与陈世英报恩答义去也。

罗睺、计都是九曜星君中的两位，也就是北斗七星的两个马仔而已，这俩灰孙子也色胆包天，不可思议。《倚天屠龙记》第二十二回，六大门派下山后，伤亡惨重的明教受到小帮派围攻，大抵还算虎落平阳：

> 周颠气呼呼大叫："好丐帮，勾结了三门帮、巫山帮来乘火打劫，我周颠只要有一口气在，跟他们永世没完……"他话犹未了，殷天正、殷野王父子撑着木杖，走进室来。殷天正道："无忌孩儿，你躺着别动。他妈的'五凤刀'和'断魂枪'这两个小小门派，还能把咱们怎样了？"

有意思的是，虽然这帮大小神仙前赴后继地打算睡了嫦娥，真正得手的却是凡人。除了上面提到的林公子有芳、陈公子世英，还有《聊斋志异》卷八"嫦娥"提到的宗子美，这个故事挺长，这里述其概要。

宗子美随父亲在扬州游学，机缘巧合，不仅娶了名为嫦娥的美女，同时还收了一个同样美艳的狐狸精颠当。嫦娥确实是月宫的那位，"实姮娥被谪，浮沉俗间"。因此很多法力还在，宗子美观赏美人图卷，感慨无缘得见画中的赵飞燕、杨玉环，嫦娥说，这有何难？仔细揣摩画像之后，"便趋入室，对镜修妆，效飞燕舞风，又学杨妃带醉。长短肥瘦，随时变更；风情态度，对卷逼真"。宗公子高兴至极："吾得一美人，而千古之美人，皆在床闼矣！"

嫦娥受罚期满，本欲离开，被颠当与宗公子合力留住，但此后很少与宗公子滚床单。狐狸精颠当"慧绝，工媚"，善于解锁各种姿势。夫妇三人调笑之际，她"伏地翻转，逞诸变态，左右侧折，袜能磨乎其耳。嫦娥解颐，坐而蹴之。颠当仰首，口衔凤钩，微触以齿。嫦娥方嬉笑间，忽觉媚情一缕，自足趾而上，直达心舍，意荡思淫，若不自主"。

这几句大致意思就是狐狸精差点把嫦娥掰弯了。你没看错，狐狸精差点把嫦娥掰弯了。在《聊斋志异》里，蒲松龄试图掰弯的，并不只是嫦娥。卷五的"封三娘"、卷十的"神女"，都隐晦地涉及女同。最牛的是卷九的"绩女"，一位年已七十的孤寡老太，忽然得女神下界，愿与她同住同劳作，老太与女神睡在同一张床上：

> 罗衿甫解，异香满室。既寝，媪私念：遇此佳人，可惜身非男子。……女哂曰："婆子战栗才止，心又何处去矣！使作丈夫，当为情死。"媪曰："使是丈夫，今夜那得不死！"

有研究者认为，蒲松龄写的十多篇涉及同性恋的小说中，对男同比较苛刻，对女同则相对宽容。大概他觉得，掰弯众神仙都没能扑倒的嫦娥，才称得上惊世骇俗。

如何追杀狐狸精

在人狐近两千年的斗争史上，人类总结出的对付狐狸精的办法很多，既有专业的，也有业余的。专业的即术士治狐狸。这里的术士，包括职业的道士、和尚，以及掌握驱狐专业技能的巫师。其中道士最常用五雷法，"凡得五雷法者，皆可以役狐"。按照道教的说法，施行雷法所招摄的雷神将帅，实即自身三宝（精、气、神）及五行（五脏之气）所化。作法者若能成就内丹，以自心元神主宰自在，随意升降身中阴阳五气之雷神将帅，从而达到兴云布雨、驱邪伏魔、禳灾治病等目的。也就是说，真正的五雷是激发内心的小宇宙，达到类似召唤雷部诸神的效果。可是，对于老百姓来说，登坛作法比之修炼内丹要有意思得多，也热闹得多，所以大多数笔记小说中记载的五雷法，都是正儿八经地请雷神除妖。

南宋隆兴府樵舍镇有个富户姓周，家资丰厚，每天就是吃喝玩乐。绍兴四年，有一老头带着女儿来见他，愿意将女儿嫁入豪门做个妾，而且一分钱不要。周员外见这女子"容色美丽，

294

善鼓琴弈棋、书大字、画梅竹"，当然高兴得不得了，马上命人办了契约文书，迎娶进门。过了一年，有道士经过他家，说这家里有妖气。于是请周员外出来，说愿意免费为周家除妖。周员外素来敬重这些方外之士，答应了，让全家二十多口人全来到厅堂。道士眼盯着那小妾，伸手掐诀，大喝一声，雷火如球状闪电一般从袖子中放出，一声巨响之后，满屋子烟雾腾腾。烟雾散去之后，小妾倒在尘埃中，化为玉面狐狸。道士也飘然隐去。（《夷坚志补》卷二十二"王千一姐"）

从这个故事描述的情况看，五雷法的威力相当于一颗手榴弹。鉴于《夷坚志》中对道士的态度一直不怎么友好，有鬼君很怀疑这个故事是为了抹黑道士的。年轻女子愿意在豪门享福，好好地侍奉了周员外一年，没有招惹是非，也没有把周员外榨干。道士为啥平白无故帮人除妖呢？

但是，狐狸怕雷却是实实在在的，即使虚张声势也能吓住他们。

明代北京天坛有个道士，很擅长捉狐狸。有天有白衣人上门请他去捉狐妖。道士当时喝多了，也没注意，就让白衣人雇了轿子，自己钻进去呼呼大睡。一觉醒来，发现被抬到西山僻静之所。原来白衣人是狐狸精幻化的，将其引入伏击圈。他掀开轿帘一看，无数狐狸精围着他跃跃欲试。双拳难敌四手，道士故作镇定，说，我既然到了这里，就没打算逃。你们能掰开我的手，就随你们处置，说着伸出手捏成拳头。一只狐狸上来掰，掰不动，三四只上来，也掰不动，最后所有狐狸一拥而上，一起掰。道士心中默念掌心雷口诀，突然撒开手，雷声大振，群狐一听，吓得四散奔逃。道士这才脱身。(《坚瓠秘集》卷二"天坛道士")

但雷劫并非无处可逃。"狐避雷劫，自宋以来，杂说者不一。"规避雷劫，一些比较蠢的妖精只知道靠投机取巧，而狐狸精则更懂得修身避祸，下面两个故事的对比就很明显。

清嘉庆年间，朝廷举办祭祀大礼，三位大臣刘墉、彭元瑞、纪晓岚先到了憨忠寺守候，等待其他大臣到来。等了一会，天色忽然黑下来，电闪雷鸣，暴雨如注。纪晓岚是个随性的人，对其他两位说，下这么大的雨，其他王公大臣肯定要迟到，我肚子饿了，不如我们先去吃饱喝足再说。于是三人来到偏房，命令仆人准备酒宴，脱去官服，大吃大喝。正吃着，纪晓岚发现自己脱下的官帽上有只蜈蚣，就让仆人弄掉。仆人拿着帽子走到门口，用手指将蜈蚣弹到屋外。刚弹出去，就听一声霹雳，一个巨雷打来，仆人当场倒下，那只蜈蚣也立刻变成身长五尺、宽三寸的巨型蜈蚣。巨雷过后，天立刻放晴，红日当头。仆人过了一会苏醒了，那只蜈蚣当场死掉。很显然，那只蜈蚣是成精的，故意化小躲在一品大员的顶戴上，以期避开雷劫。可惜，雷神的智商没有它想象的那么差。(《咫闻录》卷二"雷击蜈蚣")

我们再来看看狐狸精是怎么避雷劫的。有位老人，因为生活穷困，将女儿嫁入周家做童养媳。这女孩虽然身体单薄，但特别勤快能干，操持家务井井有条。而且，她对婆婆特别孝顺，婆婆生病，她守在床边十几天，几乎从不休息。婆婆去世后，她竟然能拿出几十两银子办丧事。丈夫觉得奇怪，就追问钱是怎么来的。小媳妇说：实话实说，我是狐狸精，嫁到你们家是为了避雷劫的。凡是狐狸精遇到雷劫，只有两个办法规避，一个是托庇于德才兼备的大官手下，但是没那么容易被大官收留，还有一个办法是早点经营善事，祈福免灾，但是修小善没用，所以我在你们家十多年辛勤操劳，对婆婆尤其孝顺，是靠婆婆的保佑，才免除天罚。（《阅微草堂笔记》卷十六）

这狐狸精不知之前犯了什么错，要遭受天罚，不过她的脑子很清醒，要做就做大流氓，不要做小流氓。

刚才谈到道士用五雷法驱狐，五雷法貌似只要掐诀念咒就行，但实际修炼极难。有鬼君看到的一份已经很简化的文献介绍说，修炼五雷法要"凝神定息，存左有太阳，右有太阴，吸日精月华之气，咽下重楼，直至中宫驻之，与自己祖气混合为一。良久，以意提起，自双关直至泥丸，则阳神从左目出，阴神从右目出，诵秘咒，握斗印，召空中神合一，而役之。自然神定气升，光出将现"。对非专业人士来说，几乎是不可能完成的任务。所以，民间的驱狐大多是自开发的路子。

纪晓岚说，狐有五畏：畏凶暴、畏术士、畏神灵、畏有福、畏有德。（《阅微草堂笔记》卷二十一）这五畏，其实对其他精怪也是有效的，所以并不是单单针对狐狸精。如有鬼君之前反复提及的，狐狸精与人最为接近，所以，从人性的角度去了解它们的弱点，最容易突破。

清代时，有位候补官员在北京西城区虎坊桥一带租房子住。有人跟他说，这里有狐狸精出没，最好能准备点贡品祭拜一下，以求平安。这人生性吝啬，偏偏不肯。幸好没有什么异常发生。

后来这人纳了一房妾。小妾进门第一天，独自一人在屋里坐着，就听窗外乱七八糟的声音在品评她的颜值，毫不顾忌。晚上入洞房，灯一关，就听满屋的窃笑声。两人准备进入温柔乡时，每个动作，都被高声喊出来，完全成了现场直播。连续几天都是如此，搅得两位新人无法尽兴。这些当然都是没有享用到祭品的狐狸精在报复。

这人实在受不了，去请道士驱狐。道士问明缘由，说，这事我们不能出面。这些狐狸精没有害人，最多只是闹洞房有点过头，王法也不禁止的。岂能因为这样床笫隐秘之事，亵渎神明呢？这人没办法，只好准备了丰盛的酒席祭拜狐狸精，这才安生。时人评价说：这说明应酬之礼不能太随便啊。（《阅微草堂笔记》卷十三）

整个过程完全是从人伦的视角来看待的，连道士都没有把狐狸精看作异类；当然，狐狸精也没把自己看成异类，所以处理好人际关系，人狐之间的关系也就大多能处理好。不过，如我们所知，狐狸精与人的关系之所以纠缠不清，主要出在生活作风问题上，所以从生活作风入手，既是反腐的利器，也是驱狐的良方。

也是在清代，甘肃有位姓杜的富家员外，因为住在郊外，附近有不少"狐獾穴"。杜员外嫌狐狸精晚上太闹腾，用烟火将它们熏出来赶走了。当晚，狐狸精就来报复了。它们的办法很有趣，在杜府内外幻化成十余个杜员外，呵斥家人做这做那。因为无论相貌、衣着、动作还是声音，都一模一样，杜家老小乃至仆人根本无法分辨，这么闹腾了一晚上，全家苦不堪言。

杜员外在妓院有个相好的小姐，听说此事，自告奋勇说，这事我能解决。"盍使至我家。我故乐籍，无所顾惜。使壮士执巨斧立榻旁，我裸而登榻，以次交接。其间反侧曲伸，疾徐进退，与夫抚摩偎倚，口舌所不能传，耳目所不能到者，纤芥异同，我自意会。虽翁不自知，妖决不能知也。"大意是说，我能在床上啪啪啪的时候分辨出杜员外的真假。于是，小姐事先找个壮汉在边上拿着斧子候着。等真假莫辨杜员外上得床来，动了几下，小姐大喊一声"砍"，壮汉一斧挥下，果然一只狐狸精被杀；第二个进来，小姐又大喊一声"砍"，又杀掉一只狐狸精；第三个进来，刚动了几下，小姐就抱住对方，说这是真的，其他的都可以杀了。仆人们就动起手来，把那些假冒的杜员外全部诛杀干净。（《阅微草堂笔记》卷二十一）

虽然先挑起事端的是杜员外，如果狐狸精只限于恶作剧，倒也罢了，可是偏偏在生活作风上把持不住，连杜员外在外包养的小姐也不放过，岂不是自取灭亡？

某人娶的续弦，一直被狐狸精所骚扰。后来请来道士将狐狸精捉住。道士命令狐狸精自供罪状。狐狸精解释说，自己前世与这妇人是夫妻，因为一点恩怨，她故意出轨报复我，所以今世我要来报仇，这是因果报应，上天也不会干涉的，法师您又何必多事呢？道士沉吟良久，问：这妇人前世找相好多久？一年。又问：你今世骚扰这妇人多久？三年。道士勃然大怒：你多了两年，这还是对等的因果报应吗？赶紧滚得远远的，否则就把你移交雷神处置。狐狸精就此认罪，再也不来骚扰了。（《阅微草堂笔记》卷十二）

对付狐狸精在生活作风上的这个弱点，还可以借刀杀人。

南京评事街有户人家姓张，张家宅子里有座小楼，传说里面有吊死鬼，所以没人敢住，锁得严严实实的。有一天，有位少年书生来到张家，想租房暂住。张家人表示没有空房，书生很不高兴："不管你们租不租，我都能随意出入，到时你们可别后悔。"听他说话的口气，似乎是狐仙。张家人就说：西边有三间空房子，您去住吧。就把那座小楼租给狐仙。他们心里盘算的是，可以借这狐仙驱鬼。书生很高兴，第二天就搬进来了。当晚，就听见小楼里笑声不断，似乎鬼狐相处很和谐。张家为了帮助狐仙，还每天供应鸡鸭鱼肉。这样过了半个月，小楼又恢复了平静。张家认为这狐仙已经走了，上楼一看，一只黄色的狐狸自缢在房梁上。这个故事的题目就叫"狐仙自缢"。(《子不语》卷十四)

在这个故事里，缢鬼可能除了笑声，没有一点痕迹留下，也没人知道他（她）是如何行事的，但，被击败的是狐仙。就像李寻欢击败上官金虹一样，如羚羊挂角，无迹可寻！

这也许是猎狐的最高境界了。

动物如何在政府的指导下修炼成精

社交媒体上隔一段时间就会有涉及娱乐圈的谣传，有些事假冒广电总局的规定。比如，前几年有一则言之凿凿的广电总局的规定，其中说道：卫视剧片名不许有性暗示，不许出现人工流产，建国后的动物不许修炼成精。前两条后来大家都不大记得了，唯有第三条成为流传至今的梗。前两条真实性如何，有鬼君不敢置喙，但第三条铁定是谣言。理由很简单，有两点：

第一，拟定规定者，不可能不知道除了动物，植物也能成精。《聊斋志异》卷十一的"黄英"，说的就是花妖的故事。如果没看过《聊斋志异》，《西游记》总看过吧。第六十四回"荆棘岭悟能努力，木仙庵三藏谈诗"讲得清清楚楚，与唐僧谈诗论道的正是树精，原文如下：

> 行者仔细观之，却原来是一株大桧树，一株老柏，一株老松，一株老竹，竹后有一株丹枫。再看崖那边，还有一株老杏，二株腊梅，二株丹桂。行者笑道："你

可曾看见妖怪?"八戒道:"不曾。"行者道:"你不知，
就是这几株树木在此成精也。"

很显然，我们不能假设制定规则的人文化差到连《西游记》
也没看过，在拟定规定时竟然让植物逃脱法网。更何况，还有
山精、石怪乃至桌椅板凳之类的非生物。

第二，无论动物还是植物，修炼成精耗费的时间都相当长，
短短六十几年是不够的。所以，1949 年后的动物、植物、非生
物都绝无可能修炼成精。

只凭这两点，笔者就敢断言一定是谣传，是为了妖魔化某
些管理部门而编造出来的！

但是，我们不能因此就以为，动物修炼成精是自发的，不
需要政府指导。恰恰相反，大量的记载表明，在古代，动物修
炼是受到很多成文或不成文的规范制约的。我们以狐狸精为例
来简要说明。

动物修炼成精的很多，其中最擅长也最有可能修炼成功的
是狐狸。《阅微草堂笔记》卷十说："人物异类，狐则在人物之
间，幽明异路，狐则在幽明之间。仙妖殊途，狐则在仙妖之间，
故谓遇狐为怪可，谓遇狐为常亦可。"狐狸介于人与动物、阴
阳、仙妖之间，也就是说，它们在心智上与人最接近，所以最
有可能修炼成功。

当然，狐狸修炼的时间绝不短，上面这篇文章中就提道，
某位硕儒与老学究一般的狐狸精为友，狐狸精每次与他聊天，
总是劝他修道，说，我们辛辛苦苦一两百年，才能修炼成人身，

像你们人类一样体验饮食男女，生老病死，然后才能继续修炼以登仙界，你们现在已是人身，等于功成大半了，还如此浑浑噩噩，宁可与草木同朽，实在可惜。

对于修炼升级的过程，以及人类相对狐狸精的优势，《子不语》卷一"狐生员劝人修仙"条说得更细致："如某等（即狐狸），学仙最难。先学人形，再学人语。学人语者，先学鸟语；学鸟语者，又必须尽学四海九州之鸟语；无所不能，然后能为人声，以成人形，其功已五百年矣。人学仙，较异类学仙少五百年功苦。若贵人、文人学仙，较凡人又省三百年功劳。大率学仙者，千年而成，此定理也。"

你看，狐狸要修炼，必须先学会各种鸟语，然后才能在此基础上学习人类的语言，幻化成人形。这就要花五百年时间。简单地说就是，狐狸要奋斗五百年，才能与人类一起喝咖啡。而且，我们要特别注意的是，并非所有狐狸都有资格修炼的。阴间的主管泰山娘娘每年举行一次资格考试，只有文理精通的狐狸才可以成为生员。考不中的就是野狐，是不能修仙的。也就是说，动物的修炼是纳入地府的日常管理体系中的。

除了考试之外，法律以及各种规章制度也对狐狸精的修炼有制约。比如《阅微草堂笔记》卷十三就记载有人狐冲突时，人类打算到土地庙去状告狐狸精。在同书卷十八中，狐狸精曾解释它们修炼时所受的制约：最具灵性的狐狸，是采用道教内丹法修炼，"讲坎离龙虎之旨，吸精服气，饵日月星斗之华，用以内结金丹"；天分差一些的就开私服外挂，用采补的方法，但是采补术有违天道，"不干冥谪，必有天刑"，也就是说，是要受法律制裁的。如果不是学霸，又不敢冒天罚的危险，就只能乘人睡觉时，吸取人的鼻息之气，就像蜜蜂采蜜一样，对花无损，而自己又能慢慢练级。

狐狸精不仅要遵守天律，对于人间的法律、权威也必须尊重。据《五杂俎》卷九记载，明朝时，天坛边有只白狐狸精，自称千余岁了，须发皆白。常常化为人形、穿着与人一样的衣服，与人交游。因为互相都很熟悉，大家就当它是个白胡子老爷爷，也不以为异。有一次天子要到天坛求雨，这位狐狸精就失踪了好几天，直到天子回宫才又出现。有人问他说：天子出行，有众神护佑，连沟渠洞窟都有神灵看守，你能躲到哪里去呢？它呵呵一笑：天子这一动，整个华北的妖精都要避让。我一口气跑到泰山躲在山洞里了。

对于狐狸精的管理，《咫闻录》卷二"治狐"条介绍了基本原则："狐之秉天地之气而生也，本属阳间之物；而其性属阴，故出没无常，变幻不测。神之不加以诛也，因其尚未蹈杀身之罪耳。然为害于民，咨嗟闾巷，官应驱之。而不识其巢穴，自宜牒之城隍，并力而驱，则狐无所遁匿矣。"大意是说，虽然天界允许狐狸精修炼，但是如果它们扰乱人间正常的生活秩序，官府就应该惩戒，同时阴间的城隍也需要配合人间政府，联合执法。

狐狸精的修炼，并不同于游戏的练级，除了以上这些刚性的管理制度之外，它们自身的道德修养也是非常必要的，甚至可以说，它们对德性的强调甚至比人类还严苛。

清代沧州有位盲艺人蔡某，因为机缘巧合认识了一位老汉，两人很投缘，经常一起吃饭闲聊。后来蔡某感觉这老汉是狐狸精，不过因为两人熟悉了，也就不再避讳。某天两人谈到不久前的一场官司，因为涉及闺阁之中的绯闻，蔡某不由好奇心起，对狐狸精说：你既然能通灵，这事的秘闻肯定知道得一清二楚，给我八一八。没想到狐狸精勃然大怒：我是修道的人，怎么能乱传八卦呢？况且男女之事，向来暧昧难明，不足为外人道，如果一味逞口舌之快，那是要"伤天地之和，召鬼神之忌"的，损阴德啊！说完，竟然拂袖而去，此后再也没有出现。

专心修炼的狐狸精，不仅不传绯闻八卦，还知道努力向善。有位老塾师曾经半夜经过一座古墓，听到墓中传来鞭打声，还有说话声传来：你不读书识字，不能明事理，将来什么坏事做不出，等到触犯天律，后悔就来不及了。老塾师觉得奇怪，深更半夜，荒郊野地里，谁在教育子弟啊！仔细再听，原来是狐狸精在训子。（《阅微草堂笔记》卷七）

至于狐狸精学雷锋做好事，甚至大义灭亲的故事，也并不少见。所以有人曾感慨说："世有口谈理学而身作巧宦者，其愧狐远矣。"

如果总结起来，狐狸精的修炼虽然不是官方活动，但一方面受到阴阳两界政府甚至天庭的规范化管理，另一方面也有内心对伦理道德的自觉遵从。在修炼的进程中，它们比人类要付出多得多的艰辛。从这个意义上说，它们的修炼进程就像平民努力上进一样，充满了励志的正能量。所以清末的经学大师俞樾说："由狐而仙，譬如白屋中出公卿，方以为荣，何讳之有！"（《右台仙馆笔记》卷七）

獐子岛的扇贝又成精了

　　有鬼君对财经新闻向来不懂，可每次遇到獐子岛的新闻，总是很关注，比如某次公告称："2018 年 1 月 30 日晚间，獐子岛发布公告称，公司目前发现部分海域的底播虾夷扇贝存货异常，可能对部分海域的底播虾夷扇贝存货计提跌价准备或核销处理。"此前，"2014 年 10 月，獐子岛突然公告称，超百万亩虾夷扇贝'报废'，扇贝'因灾'绝收，造成三季度巨亏 8 亿多元，此举曾震惊中国资本市场"。也就是说，2014 年 10 月，大连獐子岛的扇贝成精并且成功出逃，时隔三年，历史重演，扇贝们再次成精出逃。这对有鬼君的专业知识形成了巨大的挑战，或者乐观点说，动物成精的基本原则将要被"獐子岛"改写。

　　扇贝会成精并不能算匪夷所思，真正神奇的是能在短短三年多时间就成精，这确实值得深究。有鬼君觉得，关键在于水族的隶属关系。《鬼世界的九十五条论纲》的第四条说："在鬼世界与人类世界这两个三维空间之外，还依附有两个次级的三维空间，即水族（含江河湖海）、仙界洞府。"第五条说："水族、洞府的时空尺度与人类世界的时空尺度也不完全相同，但与鬼世界是否相同无法确定。"也就是说，水族一方面不完全受冥府管辖，另一方面，其时空尺度与鬼世界也不尽相同。獐子岛的扇贝成精如此之快，其实证实了有鬼君对水族的基本界定。

关于水族不归人类世界和鬼世界的管辖，其实在志怪作品中多有暗示。

在《西游记》第九回"袁守诚妙算无私曲 老龙王拙计犯天条"中，渔翁张稍向樵夫李定吹嘘："这长安城里，西门街上，有一个卖卦的先生。我每日送他一尾金色鲤，他就与我袖传一课，依方位，百下百着。今日我又去买卦，他教我在泾河湾头东边下网，西岸抛钓，定获满载鱼虾而归。"结果被泾河水府巡水的夜叉听到，报告泾河龙王："若依此等算准，却不将水族尽情打了？何以壮观水府，何以跃浪翻波辅助大王威力？"之后的事情我们都知道了，泾河龙王为砸袁守诚的算命招牌，违犯天条，魏征梦中斩龙王……然后才有了伟大的《西游记》。

龙王统治的水府归上天的玉帝管辖，那么，人间的帝王对其有没有管辖权呢？在《剪灯新话》卷一"水宫庆会录"的说法是这样的：

> 潮州秀才余善文某天被南海龙王广利强邀去做客，善文惊曰："广利洋海之神，善文尘世之士，幽显路殊，安得相及？"……广利曰："君居阳界，寡人处水府，不相统摄，可毋辞也。"

余秀才与南海龙王都很清楚，阳界与水府不相统摄，幽显路殊。这是当时都认同的知识背景，如果引申一下，我们大致可以说，在一个更宽广的空间里，水府与冥府、阳间是平行地隶属于上天的。这个知识背景有点意思，按照这个设定，渔夫的捕鱼活动，应该算是对异族的屠杀了。当然，古人很少会这么看问题，只不过，在志怪小说中，水族的报复显然比家禽家畜的报复要多些（也就是说，吃河海鲜可能比吃牛羊肉更危险）。关于这个问题，需说明几点：第一，因为牛在农耕时代是重要的生产资料，在许多朝代都不许私自宰杀牛，所以牛不在讨论的范围内；第二，所谓的报复也不包括那种有明确指向的前世的恩怨。

有鬼君对河海鲜没什么了解，猜想起来，河鲜之中排名第一的也许要算河豚了。只是河豚因为有毒，太过特殊，不太能说明情况。在江浙一带，大闸蟹大概算是很有代表性的河鲜了。擅长吃蟹的饕餮客，最低限度吃完要能将蟹壳再拼回原样。但是，吃蟹也是有危险的。

南宋湖州有个富家老太太，最爱吃蟹，每到秋风起蟹脚痒的时节，每天都要买几十只，与儿孙辈大快朵颐。老太太去世后，子女在道观为她做法事。老太太忽在道观外现身说法：我因为吃蟹太多，造业也太多，死后就被驱入蟹山受报应。阴差把我叉起扔到蟹群中，受众蟹鳌爪的钳刺，一刻不停，痛苦不堪。你们回家后，"为我印九天生神章焚之"，超度群蟹，让它们早点受生。子女听说，回家后就赶紧雕版印所谓的神章，每天晚上烧几百张，一直到整个丧事办完。（《夷坚乙志》卷一

"蟹山"）

　　同样是在南宋，昆山一位叫沈十九的士人，雅擅丹青，同时家里又开了家海鲜酒楼，专做蟹宴。某晚沈十九梦见自己被阴差带到阴间受罚，因为他杀戮太多，被判到大锅里煮煮。沈十九正战战兢兢之际，忽然有个邻居出来说，这人只要到锅里洗洗干净就行了，不必受罚。果然，他虽被扔进锅里，水却是清凉的，等于痛痛快快地洗了个澡。沈十九这才想起，前几天这位邻居请了一幅地藏菩萨的像，自己帮他装裱了。正是这微末的善行，才免除了杀蟹的报应。沈十九醒来之后，立刻将海鲜酒楼改成馄饨店，不再做蟹宴了。（《夷坚乙志》卷十七"沈十九"）

　　吃河鲜不行，吃海鲜当然也有麻烦，《夷坚支志》丁卷五"李朝散"条，就提到某人因为吃蛏子太多，被冥府责罚杀生太广。不过，这些都不能算最厉害的，惩罚最重的是吃甲鱼。因为吃甲鱼引发的血案，最早可以追溯到春秋时"食指大动"的出典。为什么吃甲鱼这么危险？《闲窗括异志》的解释是："鼋鼍龟鳖，水族中之灵物也，人岂可杀乎？"古人以麟凤龟龙为四大祥瑞，其中只有龟是实际存在的，所以，每只龟都有可能是成精的灵物。《夷坚三志》辛卷三"鄂渚元大郎"中提道："水族中，鼋鳖遭罹网罟，而能托于梦寐以脱其死者，见于传记甚众，唯鼋最多。"

　　南宋宁宗年间，湖北的裁缝小程，梦见一黑胖大汉求见他，大汉自称为元大郎，请程裁缝救自己一命，所费也不多，将来必有厚报。程裁缝醒来后，也没太在意，就出门去集市买东西。

这时见有四人抬着一直超大的巨鼋送到集市来卖，这只巨鼋重三百二十斤，渔夫售价一万三千钱。程裁缝想起昨晚的梦，这不就是那黑胖汉子吗？马上对渔夫说，这钱我出了，千万别杀。回家赶快把值钱的东西当了，凑足一万三千钱，买下巨鼋，将其放生。市民眼见他毁家行善，"相率裒钱以助，乃获一倍之赢"，反而赚了一笔。这大约就是黑胖汉子所说的厚报吧。

有些人可能会嘿嘿冷笑，有鬼君你说了那么多王八、螃蟹、蛏子，怎么没有扇贝成精呢？这个嘛，正经扇贝没有，但相近同类是有的。《庸庵笔记》"巨蚌成精"记载：清咸丰年间，上海有一条通往黄浦江的小河萧家浜，乡民们无意得知，河中有两只巨蚌，"在海中修炼多年，来此欲食仙草，以成正果"。于是筑水坝截断河流抽水，在河底发现了这两只修炼的巨蚌。可是巨蚌虽然被困于河坝内，但在河底来去如风，威力惊人。村民们没法捕捉，只能困住等着它们干死。过了几天，就见巨蚌忽然翻越堤坝（"已腾跃而越坝矣"），逃至黄浦江中。只是他们并不入海，仍在不远处每晚放射宝光。

又过了几天，有两位姓彭的女子到县衙告状，说有邬姓恶少强占她们为妻，没法回娘家，求县令捉拿；两女子刚走，一邬姓书生也来县衙告状，说彭氏二女悔婚，请县老爷做主。原被告两边都说自己住在黄浦江某处，可是县令拍差役提人，却怎么也找不到他们，只能暂且搁置。过了半个月，二女又来催告，县令说，根本找不到原被告双方，怎么处理？二女说，这事好办，只要给我们一份文书，声明对邬某要按律惩处，盖上县衙的官印，在某时某刻焚化了投入黄浦江就行。县令虽然觉得像儿戏，也想试试好玩，依言照办。刚把烧了的文书投入黄浦江，就见一条五六丈长的大黑鱼浮出水面，身中数刀，已然死了。当晚，黄浦江中的宝光再也不亮了，渔民们倒是在近海的蛇山常常看见宝光。大家这才明白，成精的巨蚌之所以迟迟没有离开黄浦江，是因为被黑鱼精所阻拦。他们先后去县衙告状，先得到官印加持的就赢了。

　　总结一下，简单地说，在古人看来，水产品是不宜多吃的，至少不能过分地大吃特吃某一类水产。因为它们太容易成精了，杀生的罪过比吃别的肉食更大。

　　回到獐子岛扇贝的话题，扇贝成精没毛病，集体出逃也可以理解。问题是，既然是圈养的扇贝，究竟是哪个善人盖了公章，让成精的扇贝回到水府的？

轻信人性，是狐狸精最大的错误

　　清代同治、光绪年间，帝都有一座都总管庙，祭祀的主神据说为狐仙，"其神为狐族之长"。有个年轻的士人，科考登第，意气风发。偶然来到都总管庙，写了一篇游戏文字，大意是说，贵狐族一直有灵，近于人类，跟人常常结亲，我独居帝都为官，"旷然寡俦"，如蒙不弃，倒是可以与你们族人成亲，将来传之后世，也是一桩美谈。写完就在庙里焚化了。

　　这士人原本只是调侃的游戏文字，没想到，第二天，狐族就上门提亲了。一位老者对士人说，敝姓胡，昨天见到您的文章，不以我族为异类，不胜荣幸，今天特地带了我族子女前来托庇于您。说着一招手，一下子出来十一个俊男靓女，老者对他们说，你们以后要好好侍奉大人，前途光明。士人一看，"九女二男，女固妖娆，男亦婉娈，目炫神摇，不能自主"。原本只想点一道菜吃，没想到对方上了满汉全席。从此闭门谢客，整天在脂粉堆里厮混（此处省略八百字）。最初他心驰神摇，像老鼠掉进米缸里，可是一个月后就吃不消了。精神倦怠，疲于奔命，想要歇几天，可是美女娈童轮替值宿，岂止996，绝对是007。士人想要讨饶说不行，又怕被众美耻笑。想来想去，又悄悄写了一封告状信，状告狐总管纵容子女作妖为祟，在前门的关帝庙祈祷焚化。当晚，士人梦见自己被金甲神带到一处官衙，庭上审案的冥官神情严肃，命令阴差将胡姓老者带来，让士人与他对质。一人一狐唇枪舌剑，冥官听他俩吵完，怒责士人不知自重，玷污官声。只是他平时尚无大恶，只是与多名男女保持不正当的关系，所以从宽处理，命他即刻辞官离京。

士人一觉醒来，浑身冷汗直冒，再看家中，群美已不知去向。天亮时分，胡姓老者拄着拐杖来到他家，对他破口大骂：天下没有像你这样无情、无理之人，当初求婚的是你，所以我才把子女托付给你；你若反悔，大可以跟我商量，即便分手，法律也规定可以有冷静期啊！怎么能动不动就告到关帝爷那里？最可恶的是，你竟然把婚姻问题上升到族类矛盾、宗教矛盾，幸好关帝爷仁慈，没有把我们团灭，打了我三百板子，全家老幼被发配西羌，等我回来，再好你算账。说完愤愤离去。士人吓得半死，辞官回乡，再也不做升官发财换老婆的妄想。（《里乘》卷六"吾乡某太史"）

也是清代，山东蒙阴的蒙山一带多狐狸。猎户一般在冬季进山猎狐。按照惯例，蒙阴县县令会在打猎前一个月颁布通告，指令某天开猎，某天封山。这样可以让狐狸事先知道，避开会猎期，颇有古圣人网开一面之意。而狐狸精也会特意留下老的、病的以及获罪该死的狐狸，以供猎户围捕。

猎户猎狐所得，足够一年的生活开销，但他们不满足，因为所获的都是品质低劣的草狐，想要卖大价钱是不可能的。恰逢蒙阴来了新的县令，此公以贪财著称，猎户就集体去贿赂县令，让他将开猎公示期缩短为三天，让猎户出其不意进山，狐狸没有准备，纷纷被杀。所获的狐狸"罗列珍品，有青狐、黄狐、火狐、玄狐之属，猎户皆获利数倍，大令亦遂餍其所求"。

此事过后一天，有一位白胡子老人忽然闯入县衙，自称是狐族之族长，怒斥县令：凡事应该遵循规矩，开猎公示期向来为一个月，你为了一己私欲，与猎户结伙谋财，我的子孙，大多为你所杀，此仇必报！说完倏忽不见。过了几天，县令的儿子莫名其妙在浴室里淹死；过了不到一个月，县令的父亲也突然病故。县令只能按例辞官守孝。

虽然赶走贪腐的县令，可是人狐和平相处的日子再也回不来了。众人只记得那位白胡子的狐狸族长"青衫毡笠，貌颇朴野"。（《庸庵笔记》"蒙阴狐报仇"）

前几年有一部很红的动画片《哪吒》，电影将原作中哪吒与龙王三太子敖丙的争斗，改编为龙族与人类的族类之争，现代民族国家中的族类矛盾以及电游《魔兽争霸》的设定混合在一起。这两个故事反映的人狐之间的关系，虽未演化为族类之争，但显然，在清代，狐狸精聚族而居的情况很普遍了。一般来说，聚族而居的狐狸精，因为已主动或被动地融入人类社会，所以很少会故意骚扰人类。这两起争斗，都是因人先毁约而起。尤其是第二个故事，实际上狐狸变相地以朝贡的形式向人类输诚，却依然逃不过贪婪的猎户和县令。

　　狐狸精努力修炼，总要经过幻化成人的阶段，所以，它们总是会用儒家的那一套来约束自己，以便继续在心性上精进。可是它们的问题在于，对人性中阴暗的那一面体会不够，总以为人人都真正信服三纲五常，或者至少遵守基本的公序良俗。

修仙为什么要有冷静期

道教神仙的故事很多，最早的有《神仙传》《列仙传》等，有鬼君曾粗粗读过，不过兴趣不大，读得很少。一方面觉得神仙不怎么接地气，不如鬼好玩；另一方面，感觉那些成仙的修炼方法神神秘秘。虽然成仙的办法很多，比如服丹药、导引、内丹、科仪等，但必须经过得道的师傅甚至仙人指点，甚至还有各种考验。特别是那些古怪的考验，防不胜防……《神仙传》卷二有个关于魏伯阳的很著名的故事——

魏伯阳带着三个弟子进山炼丹，炼丹成功，但是知道弟子并不心诚，就做了个测试："此丹今虽成，当先试之，今试饴犬，犬即飞者可服之，若犬死者，则不可服也。"进山时他就带了条白狗，这时把事先准备好的毒丹给狗吃下。说是毒丹，其实是"转数未足，合和未至，服之暂死"。白狗吃了立刻躺倒不起。魏伯阳假意跟弟子说：我抛妻弃子进山修炼，现在丹药有毒，显然违背神明之意；既成不了仙，又没脸回家，就吃了这丹药死掉算了。服下丹药，也同样躺倒不起。三弟子面面相觑，其中一个说，师傅不是凡人，这么做一定有深意。说着也吃了丹药死掉。另外两位弟子冷静了一阵："所以作丹者，欲求长生，今服即死，焉用此为！若不服此，自可数十年在世间活也。"下山给师傅买棺材。两人一走，魏伯阳就爬起来，给弟子和白狗服下丹药，两人一狗就此升仙。

在修仙故事中，魏伯阳这种类型的考验很常见，而两位弟子的反应，"所以作丹者，欲求长生，今服即死，焉用此为！若不服此，自可数十年在世间活也。"也很冷静、理性，可是冷静之后，就永远失去了升仙的机会。

按照宗教学的说法，宗教是一种对超自然的神秘力量的崇拜信仰，归根到底是对以非理性形式存在的神圣者的信赖，本就以非理性占据上风。其神秘特征就成为宗教非理性最坚实的阵地。魏伯阳的两位弟子虽然只经历了极其短暂的冷静期，却恰好背离了宗教非理性的特质。得其所哉！

魏伯阳的考验是最简单的，后来修仙的考验极为繁复。东汉著名方士费长房，原本深受壶公青睐，壶公偏要多事，反复测试，一模、二模、三模……

> 遂随从入深山，践荆棘于群虎之中。留使独处，长房不恐。又卧于空室，以朽索悬万斤石于心上，众蛇竞来索，且断，长房亦不移。翁还，抚之曰："子可教也。"

差不多得了，偏不，壶公又出幺蛾子：

复使食粪，粪中有三虫，臭秽特甚，长房意恶之。

　　翁曰："子几得道，恨于此不成，如何！"

　　费长房只是稍微冷静了一下，不愿吃屎，一颗成仙的好苗子就夭折了。当然，经过多次考验，他还是有所收获："遂能医疗众病，鞭笞百鬼，及驱使社公。"

　　为什么要多次考验，当然是为了淘汰那些意志不坚定、不努力以及仙缘不够的候选人。这样才能把成仙率降下来，否则像绝地天通之前那样："烝享无度，民神同位。民渎齐盟，无有严威。神狎民则，不蠲其为。嘉生不降，无物以享。祸灾荐臻，莫尽其气。"（《国语·楚语下》）神仙没有威严，凡人不知敬畏，人人都可以到仙界占地摆摊，成何体统？

　　所以，在修炼的进程中，特定的冷静期反而意味着修仙的失败。当然，成仙未必是人类最佳的选择，唐人卢杞在冷静期的选择就为自己换来了一世的荣华富贵。《太平广记》卷六十四引"逸史"记载——

　　神仙姐姐太阴夫人，奉天帝之命，下界"自求匹偶"，她选中了当时穷困潦倒的年轻人卢杞，认为此人有"仙相"。命人将其带到仙界水晶宫，给他三个选项："常留此宫，寿与天毕；次为地仙，常居人间，时得至此；下为中国宰相。"第一项是做自己的夫君，寿与天齐；第二项是做地仙，可以时时来水晶宫幽会；第三项是再下界做宰相。卢杞说，这还要选吗？自然是寿与天齐。太阴夫人很高兴，上奏天帝，天帝派使节再次验证卢杞的态度，没想到使者说完三个选项，卢杞默默无言，使者催他立刻答复，卢杞忽然大声说：我要做人间宰相！太阴夫人闹得灰头土脸，只能将其送回。后来卢杞果然在德宗朝拜相。

不知道卢杞为什么会反悔，反正冷静的结果是放弃了与女神的婚姻。也许，入赘天宫让他感到恐惧。

他的恐惧不是没有道理。

明万历年间，有一落魄少年，梦中被征召到天庭，原本以为有什么美事，结果天帝命他降雪：

> 召玉女两人捧玉盘出，命士人立殿前盘石上，取冰珠撒于下方。士人视其汁可数斗许，心计无奈何，急用右手握而撒之。梦中自觉凛慄殊常，肌肤生粟，手指欲堕。帝敕左右垂火精帘于殿门，以障其后。帘既下，则衣裳中渐有暖气，而寒威解严。久之，撒未半，闻天鸡鸣，俄而下界之鸡亦乱鸣。士人求归甚哀。甲士怒叱，被推仆悬崖之下，陡然惊觉，右手五指冻落如斩，楚不自胜。时天向曙，童子开门出视，则积霰盈庭矣。其年冬，江南吴越间大雪数百里，江河胶结，舟楫不通。（《狯园》第三·仙幻·梦召散冰珠）

可怜的孩子，"五指冻落如斩，楚不自胜"，都快冷死了，你让他怎么冷静？

当然，宗教信仰本来就是理性与非理性的结合，无论信或者不信，修仙或者不修仙，既是命运的安排，也是自我选择的结果，是否有冷静期，影响并不大。

怨念与蛇

这些年，精神疾病越来越受到社会的重视，有鬼君心情不好时，也曾担心自己会得抑郁症。总之，怀着一颗绝望的心在这个时代生活，只有不断作天作地，才可能避免心绪永沉深渊。

心理的变化肯定会带来生理上的反应，那些极端的情绪给身体带来的变化就更大了。《西游记》里的朱紫国王因"金圣宫……被那妖响一声摄将去了。寡人为此着了惊恐，吃那粽子，凝滞在内；况又昼夜忧思不息：所以成此苦疾三年"。不过，这还算是唯物的领域。至于精魂之凝聚生出物质来，可算是突破维度的变化了。最出名也最早的例子，当然是精卫填海：

> 发鸠之山，其上多柘木，有鸟焉，其状如乌，文首，白喙，赤足，名曰："精卫"，其鸣自詨。是炎帝之少女，名曰女娃。女娃游于东海，溺而不返，故为精卫，常衔西山之木石，以堙于东海。（《山海经·北山经》）

郭璞说精卫"沉形东海，灵爽西迈"，更坐实了无中生有的唯心到唯物的转换。不过有鬼君更喜欢用"怨念"这个词。在日本的怪谈作品中，怨念化为精怪的例子比比皆是。比如"高女"是一位未嫁出去的剩女的怨念，"手之目"是被劫杀的盲艺人所化的妖怪，"铁鼠"则是绝食而死的高僧所化……

同样是怨念所化，精卫填海的格局比日本的妖怪就大很多了。

相对而言，中国古代的怪谈中，怨念逆袭的情况并不常见，倒是另一个特点引人注意——中国式的怨念往往会化为蛇。

安徽亳州有个姓郜的土豪，他的奴仆在四乡八镇仗势欺人。当地的陈老汉，家里的田产因为紧挨着郜家的宅子，常常被郜家的骡马踩踏，上门讲理，反遭郜家家丁的辱骂。陈老汉自知没法说理，心中郁闷，积郁成疾，不久就病入膏肓。

陈老汉趁着自己还神志清醒，将子女叫来安排后事，请工匠做棺材。他特地交代工人，在棺材边上开一个小孔。老汉说：我这病就是被郜家气的，此生不能报仇了，我立誓死了之后要变成一条蛇，"食郜之心肝"解恨。工匠们当成玩笑一样，没几天，这话传到郜氏耳中，他完全不知自己的奴仆如此放肆，大吃一惊，第二天就亲自来到陈家道歉请罪。陈老汉说：你如果真的不知，只要将骂我的家丁唤来，在我面前当众责罚，我就不再恨你。郜氏照办了，请老汉到自己家中，让家丁向老汉磕头赔礼。老汉很高兴，还留下来一起吃饭。忽然胸中作呕，吐出一条小蛇。郜氏这才意识到，如果不是今天去赔罪，老汉将来必化为蛇来报复。而陈老汉的病此后也不药而愈。（《续子不语》卷三"怨气变蛇")

在日本的怪谈中，怨念往往是人死之后才激发出无中生有的力量。在这个故事里，陈老汉尚未去世，其心中的郁积之气已然成形。可见，怨念的转化不是刹那的。

江苏常熟有位中产人士，雇了长工为其种田。这长工的妻子甚美，小中产见了不免心动，于是设计害死长工，纳其妻为妾。过了一两年，他偶然在田边走过，见到长工的棺材已朽坏，心里有些不忍，想着今年就将棺木入土，"以慰其幽魂也"。正思虑时，棺材中窜出一条蛇，一下咬住他的脚不放，怎么都甩不掉。小中产死去活来，痛不可忍，回到家中，抱着小妾痛哭流涕，"我腹痒不可忍，急取刀破吾腹看其中果何物也？"遂抱持其妾而死，须臾妾亦死。（《北东园笔录》四编·卷六·常熟某甲）

不仅人有怨念，动物的怨念也有同样的力量。

福州永福县有座小寺庙，有兄弟俩都在这庙里出家。庙里还有一条狗，哥哥很喜欢这条狗，弟弟不知怎么却很讨厌这条狗，一见到它就呵斥或者踹上几脚。有一次，哥哥外出十天，回来后发现狗不见了，追问弟弟是不是把狗杀了吃掉了。弟弟说自己没吃，但是因为狗偷吃东西，于是把它打死了埋在后院。哥哥到后院去看，回来跟弟弟说："犬虽异类，心与人同。汝与结冤非一日。适吾视其体，头已为蛇，会当报汝，汝不宜往。"汪星人的怨念已开始化为蛇了，弟弟吓得要死，请人再去后院看，说是蛇头越来越长了。哥哥就让他在佛堂日夜忏悔，祈求汪星人的宽恕。过了几年无事，弟弟也渐渐淡忘了，一天他在烧纸钱时，盆子里忽然窜出一条蛇，趁着弟弟张着嘴，直接窜入他口中，立时就没命了。（《夷坚甲志》卷八"永福村院犬"）

就像抑郁症的成因是多种多样的，怨念的产生也有各种缘起。比如有位姓苟的悍妻，对夫君扈统颐指气使，蛮横无比。我们现在看来这可能只是性格问题，可是古人不这么看。有神仙托梦给扈统说：天下男人苦悍妻、妒妻久矣，原本有《化妒神咒经》一卷，失传已久，现在传给你，每天清晨你虔心默念三遍。扈统想，上天真是事无巨细都照顾到，于是每天念经。过了三五天，就起效了，夫人对他的态度温和多了。过了四十九天，苟氏觉得胸口烦闷，吐出一物，"似蛇两头，似蝎两尾"，然后心情豁然开朗。当晚，神仙又托梦给扈统说："此是汝妻妒根，今为佛力拔去，永无妒心矣。"（《坚瓠集》十集卷四"化妒神咒"）

有和尚说，其实《化妒神咒》就是《怕老婆经》而已。在佛教徒看来，只要你有缘，循正道，各种执念都是可以化解的。这倒有点接近心理医生的疗法了。

有鬼君虽然没有皈依任何宗教，但是基本的敬畏心还是有的，无论是怨念还是执着心，就像心里住着一条蛇，不知道哪一天就会日长夜大。

还不如多肉活得坦然

最近几年，流行养多肉植物。有鬼君的一位同事，虽然才起步，家里已经几十盆了，而且在办公室发展了一老一小两个下线，其上线大约有数百盆。剩下的几位之所以未被安利，只是因为先加入了跑步教而已。孟子说："杨朱、墨翟之言盈天下，天下之言，不归杨则归墨。"如今则是：天下不归跑步教，则归多肉教。

有鬼君对园艺盆栽并不反感。植物也能成精，只是被大家忽视了。其实，这在志怪作品中很常见。比如《搜神记》卷十八说：

> 吴先主时，陆敬叔为建安太守，使人伐大樟树，下数斧，忽有血出，树断，有物，人面，狗身，从树中出。敬叔曰："此名'彭侯'。"乃烹食之。其味如狗。《白泽图》曰："木之精名'彭侯'，状如黑狗，无尾，可烹食之。"

木之精"状如黑狗"是个笼统的说法，实际上，随着植物修炼水平的提高，幻化为人形并不是难事。《西游记》第六十四回中，松树精、柏树精、桧树精等与唐僧论诗，还要将杏树精嫁给唐僧。"八戒闻言，不论好歹，一顿钉钯，三五长嘴，连拱带筑，把两颗腊梅、丹桂、老杏、枫杨俱挥倒在地，果然那根下俱鲜血淋漓。……那呆子索性一顿钯，将松柏桧竹一齐皆筑倒。"动物成精要杀，植物成精也要杀，为什么？

这个问题暂时无法展开，只能简单说两句。古人认为"地反物为妖"（《左传·宣公十五年》），即违背人类、自然之正当秩序的现象，均可称为妖。有些研究者进一步将精、怪、妖分开，妖属于激进的鹰派，精属于温和的鸽派。不过，古人似乎并没有如此细致地划分。不管怎么说，对于违背了秩序的怪异现象，除掉是最便捷的办法。

"物久成精"，植物尤其是木本植物的寿命太长，比起那些需要苦苦修炼、不断抗拒生死轮回的动物，植物成精就容易得多了。只不过，虽然植物成精容易，但移动不便，被人发现之后，只有等死。可是，植物成精之后，往往忍不住像电影《九品芝麻官》里的讼师方唐镜一样："怎么样呀？咬我呀你，又站出来了。又站回去了。跳出来又跳进去，揍我呀笨蛋?!"然后就如愿了。比如下面这位。

唐高宗上元年间，临淮驻军将领举办烧烤夜宴，肉香四溢。诸将正吃得开心，忽然有一只巨手从窗外伸进来，外面还有声音传来，说要块烤肉吃。这些军将都是胆子大的，怎么能被这种怪象吓到，当然不给。那巨手连伸了好几回，都没捞到肉吃。

军将们烦起来，用绳子做了个活套，在窗边候着，等那巨手再伸进来，一下套住就往屋里拽。外面那位似乎力气还不小，众人一齐用力，把手臂拉断，原来是一截杨树枝。再出门"持以求树"，在不远的河边发现了那棵杨树。当然是群刀齐下，将其砍断，"往往有血"。（《太平广记》卷四一五引《广异记》）

既然杨树已经成精了，继续餐风饮露不是很安全吗？偏偏想开荤，而且是讹诈兵哥哥，下场可想而知。当然，这种因贪吃丧命的花妖还是较为罕见（为叙述方便，植物成精均用花妖指代，虽然并不完全一致）。他们与人类的交流一是谈诗论道，二是交欢。《西游记》几位已经向唐长老表达了诉求，只是第二事未谐。《聊斋志异》卷十一"黄英"则两条都办到了。陶氏姐弟均为菊精，与酷爱菊花的马子才结交。姐姐黄英嫁入马家，弟弟则与姐夫每日欢饮论道。

一般来说，女性花妖比较受欢迎，因为可以满足男性的幻想。

唐僖宗中和年间，书生苏昌远在苏州郊外的小庄园里读书。某天遇见一绝色女子，"素衣红脸，容质艳丽"，惊为天人（"阅其明悟若神仙中人"），就像段誉在苏州遇到王语嫣一样。苏书生不像段誉那般迂腐，此后每日与"神仙姐姐"在庄园中幽会。为了表示爱慕之切，他还将玉环赠予"神仙姐姐"。有一次他偶然见到门前的荷花开得特别妖艳，就仔细赏玩。赫然发现花枝上挂着自己送给"神仙姐姐"的玉环，他意识到自己遇到花妖了，当机立断，将花枝折掉，果然神仙姐姐再也没来。（《北梦琐言》卷九）

南宋光宗绍熙三年，潘昌简被任命为湖北蒲圻知县，他带着师爷陈致明上任。因为"邑小无民事"，工作清闲，潘知县常去师爷家里喝酒闲聊。师爷家院子里的芭蕉长得茂盛，潘知县就跟师爷开玩笑说：就让蕉小娘子给你陪酒。这么清闲的日子过了一年，陈师爷遇到一女子，"绿衣媚容，入与之狎"，师爷久宦在外，家里也没人，于是欣然笑纳。几个月过去，师爷的身体渐渐不支。潘知县不明所以，忙着请医生，可是一点用也没有。师爷病势愈来愈重，这才告诉知县，那位叫"蕉小娘子"的女子是病根。知县命人砍掉芭蕉树，不过已经来不及了，师爷最终芭蕉叶下死。（《夷坚支志》庚，卷六"蕉小娘子"）

以上的几个故事里的花妖，虽然举止优雅、容色艳丽，且善良、无辜、没心机，可是人类遇到她们，结局未必有多好。善良、无辜、没心机，似乎蛮符合圣母白莲花的特征。顺便说一句，《北梦琐言》里的那位荷花精，在原文中即作"白莲花"。

当然，我们不能简单地将花妖视为"白莲花"，因为有的花妖是男的，只是他们同样秉承了花妖温和鸽派的传统。

清代有个书生借住在帝都云居寺准备科考。有个十四五岁的小孩子，经常来往于寺庙。书生是个浪荡子，见小鲜肉生得唇红齿白，不由龙阳之心大动，引他滚了床单，小鲜肉倒也欲拒还迎、顺水推舟。第二天一早，两人还未起床，有客人忽然推门进来，书生颇为囧愧。没想到客人熟视无睹，过了会和尚送茶进来，也像没见到小孩似的。书生心中起疑，就追问鲜肉的来历。孩子说：相公不要紧张，我"实杏花之精"。我不是来采补相公的，玩采补一路的是魅，"山魈厉鬼依草附木而为祟，是之谓魅"；我们是"英华内聚，积久而成形，如道家之结圣胎，是之谓精"，至于身为男子，则是因为杏树有雌雄，我是雄杏精。(《阅微草堂笔记》卷八)

植物成精的领域时常受到忽视，这其实倒也不必过多指责，一方面是人们对精怪世界缺乏专业知识，另一方面则是花妖的白莲花、小受属性，往往会让人放松警惕。《庸庵笔记》"树灵报仇"条是这么解释的："夫草木无知之物也，然老树阅世至百年，得日月之精华，受雨露之滋培，其灵气愈积愈厚，则无知而若有知，亦理之可凭者。""无知而若有知"很准确地说明了植物成精那种温和、小受的特点。

温和、小受并不是弱点，相反，相对于动物为了修炼成精，总在生死轮回中挣扎，植物往往"阅世至百年，得日月之精华"。它们在生死关头，能坦然面对。无论是人还是动物，死后在冥府喊冤、杀回阳间报仇的比比皆是，但几乎没有植物这么做。

坦然面对生死，这境界并不容易达到。

附录　和有鬼君谈鬼

人说鬼话，鬼说人话

杨健：对于你多年耕耘的那个幽冥世界，中国历史上的正统价值观总体上持回避态度。子路问怎样去侍奉鬼神，孔子答"未知生，焉知死"。当然，也可以将之理解为"鸵鸟政策"。一方面，中国人是现实的；另一方面，幽冥世界无非是更森冷、更幽暗一些的现实罢了。在那个世界面前，中国人又习惯于将头埋在沙子里，至少掌握话语权的正统派是如此。作为幽冥世界的描述者，你如何理解中国人对现世之外或者说未知世界的这种矛盾态度？

有鬼君：我觉得并不矛盾。首先，孔子并没有否认鬼神的存在，其实是留了口子的，即使儒学发展到程朱理学阶段，也没有否认鬼神的存在，只是将其视作"二气之良能"。换句话说，儒学的鬼神观只是比较不愿谈这个话题，但不能说是鸵鸟政策。其次，所谓"掌握话语权的正统派"，其实对鬼神世界热爱得不得了。你看二十四史里的《五行志》《郊祀志》之类的文献，从皇帝到各级官员几乎天天都在跟鬼神、怪异打交道。无论是作为主流价值观代表的儒家，还是"掌握话语权的正统派"，并不是反对鬼神，而是要规训民间信仰，将其纳入合乎主流价值观的轨道上来。正史中的"循吏传"，提到他们的成就，往往有"禁淫祀"这一条。我觉得，整个志怪小说中人鬼、人狐之间关系的演变，就是那个世界逐渐被规训、被秩序化的过程。

杨健：阐述儒家道统的文本，四书五经之类，以及由它们所淬炼出来的古文传统，在文学意义上一般被认为是呆板、僵死、缺乏想象力和创造力的那一脉。而你在写作时所参考的文献，是《聊斋志异》《阅微草堂笔记》《子不语》《西游记》等所代表的另一脉——腾云驾雾又上天入地，毫不在意也毫无顾忌，作者的思绪游走于阴阳两界，穿梭自如，连个把门的都没有。其实，无论蒲松龄还是纪晓岚，都是读过圣贤书的人。两种截然对立的文化特质并存于一人，如何理解中国文人的这种"一体两面"？

有鬼君：文人的一体两面好像不只是中国特色吧。欧阳修在《归田录》里说："钱思公（惟演）虽生长富贵，而少所嗜好。在西洛时，尝语僚属言：'平生惟好读书，坐则读经史，卧则读小说，上厕则阅小辞，盖未尝顷刻释卷也。'"这就是文人生活的常态，没有什么特别矛盾的。没有现代科学的规训和指引，古人的想象力非但没有什么束缚，恐怕更加碾压我们今人。

他们有自己默认的规则或曰家法，比如古人用扶乩来与鬼神交流，就是文人日常的雅集，也有一套完备的操作规程，这跟我们聚会时去唱卡拉 OK 一样常见。

杨健：你提出幽冥世界更接近于葛兆光所说的"一般知识、思想与信仰的世界"。说白了，人们所说的那些鬼故事，更接近于实际生活。怪力乱神、荒诞不经，反而更接近于真实，此等荒诞如何解读？莫非人说鬼话时，鬼却说人话了？

有鬼君：我们现代人当然更相信科学，而不相信怪力乱神。可是古人的生活世界里，鬼神是无处不在的，无神论者极少。在他们的三观中，鬼神观念占据了很重要的位置。我们想了解古人的生活世界，鬼神的维度是必不可少的。这并不是说鬼神世界和实际生活互相冲突，而是说古人将对那个世界的思考和理解融进了日常生活。在他们眼中，人和鬼不过是生命的一体两面，幽明一理。人和鬼共享同一个基本的伦理规范体系，所以人说鬼话，鬼说人话，都是正常现象。那些鬼故事更多的是表达对于不公平的或有缺陷的人类社会的不满而已。

杨健：你拼出的那个幽冥世界，我的理解是一个"小政府、大社会"的治理模式。尤其突出的是，它又是一个典型的法治社会。那么问题来了，中国古代的治世之道，历来是伦理资源丰厚，而法治思想阙如。依据你提出的"幽冥世界是人类世界的镜像"来评判，它的这种政治构建，显然不符合存在决定意识的逻辑。

有鬼君：我说的镜像，更多指的是理念的一致。而且幽冥世界对于人类世界，更像是一种心理补偿。《阅微草堂笔记》卷二有一段话说得很有意味："幽明异路，人所能治者，鬼神不必更治之，示不渎也；幽明一理，人所不及治者，鬼神或亦代治之，示不测也。"幽明异路，但幽明一理，也许古人正是想到阴阳界共同认可一个理，才不至于过分焦虑。如果再多解释几句，就是，我们在人世间常常见到"杀人放火金腰带，修桥铺路无尸骸"这类不公平现象，既伤心愤怒，又无力改变，如果有一个幽冥世界来实践那些善恶报应，即使需要轮回二世、三世，心理上也能得到抚慰。志怪小说中有几位著名的反派，如曹操、秦桧，古代大部分民众都觉得他们是奸臣乃至汉奸，但是其一生平安落地，没受什么罪，所以就安排在冥府反复受罚，怎么也得受个几万次酷刑，才能转世；而关羽、岳飞这样的忠义之士，必须封神。如此，因果报应的观念才能为人们所接受。

杨健：因果报应被认为是中国古代志怪小说的一个核心叙事原则。与此同时，转世轮回也是佛教传入后为人们所共享的观念。你是否接受这样一个判断，即佛教在中土的盛行，点燃了人类对鬼世界虚构的热情？

有鬼君：大致接受吧。我自己觉得，在古代志怪小说中，魂魄是质料因，因果报应和转世轮回是动力因。轮回观念是佛教传来的，同时佛教对于魂魄观念和因果报应观念，也带来了很多新鲜的视角，有点像车头和两个轮子，这样车就跑起来了。

地狱的审判和刑罚的基本理念，无论中华本土文化还是佛教，并不冲突。但是轮回观念与本土的祭祖传统，却有很大的冲突。轮回观念意味着人死后到了冥府，直接在阎罗殿过堂，根据善恶甄别，很快就或入阴狱受刑，或转世离开，不可能在冥界有与阳间相似的社会生活。所以，理论上说，轮回观念与日常生活观念的矛盾一直存在。比如，如果长辈死后已转世成人或其他动物，那么祭祖的活动还有意义吗？杨庆堃先生在《中国社会中的宗教》中说："（祭祖仪式）表明去世的祖先在家庭活动中仍占有一席之地，不仅在阴间继续照看家庭成员的一举一动，并且以看不见的方式保佑家庭的幸福和兴旺。"传统宗教祭祀中能"保持群体对宗族传统和历史的记忆，维持道德信仰，群体的凝聚力借此油然而生"。如果让轮回观念占绝对上风，那么连最基本的传宗接代的功能也会受到挑战。在某种程度上，大概要庆幸的是，在冥府基本构建起来之后，人们才逐渐接受了轮回观念。否则，冥府就只有一个审判机构，那些志怪故事也就只有一个模式——因果报应和轮回转世。

杨健：天界、人类世界和鬼世界，道德水准谁高谁低？智识水平又如何排序？如你所言，鬼世界侧重道德教化而轻视文化教育，且各种专业人才欠缺，由此看来，鬼世界应是三界中最笨的那个团伙，但它又是怎么实现对人类命运、行为乃至心迹的监控的？

有鬼君：道德水准最低的大概是天界吧，至少从我阅读的志怪小说里看不出天界对自己有太多的约束。或者说，因为没有什么基本的原则可以约束他们，所以他们对道德、智识的要求也没法显现出来。人类世界和鬼世界因为自身的各种限制，所以只能在智识或道德水准上要求自己。鬼世界显得最笨，只能说智识这一因素在他们的世界里不具备决定性作用。鬼世界就是道德价值优先，以德服人他们做得最好。但是"侧重道德教化，而轻视文化教育，且各种专业人才欠缺"，并不说明他们的力量（power）就弱，他们有业镜、心镜、冥簿、阴狱等一整套工具来对付人类。这个时候，智识其实没多大用处，况且人类的很多智识，无非是心机之类的生存技巧，谈不上智慧，更不用说道德上的优越感了。

杨健：来说说人类最喜闻乐见的女鬼吧。天界或冥府的女性，突破三界之间的藩篱，委身于人间男子（也有天界或冥府男性与人间女子的搭配，但少。没办法，中国的文字传统就是直男癌当道的），是中国文学叙事津津乐道的入门话题。换言之，如果承认中国文学也有想象力的话，那么在这个维度上一定非常发达。我发现，无论是一宿荒庙的艳遇，还是千里孤坟的相思，阴阳两界相逢多半是要落实于"委身"二字的。换言之，落魄公子与狐狸精终究是要卸下伪装真枪实弹一番的。相反，长着胸毛的西方人在处理此类话题时却斯文得多，动作很小，点到为止，王子一个吻便唤醒公主打通阴阳之隔。这种差异缘由何在？

有鬼君：西方的神怪世界我不了解，不敢乱说。只就中国来说，我们得把狐狸精和女鬼分开谈。狐狸精与人的艳遇，主要是出于修炼目的，也就是所谓的采补。按照这些小说中的逻辑，男人大都是无辜的，如果不是狐狸精出于自己修炼成仙的目的，用各种手段幻化、撩拨、投怀送抱，男人是不会犯错的。这样的逻辑，再加上狐狸精毕竟不是人类，可以消除男人在艳遇时的负罪感，可以拒绝与狐狸精谈道德。当然，明清时期的不少志怪小说对这一点也有反思和批评。

至于女鬼与男人的艳遇，很多时候是为了证明凤缘的存在，也就是因果命数的作用。因为按照一般的理论，鬼为阴，人为阳，人鬼有密切接触，受损的一定是人，更别说人鬼交合了。大多数这类故事，人最后的结局都不太妙，所以某种程度上也不是没有道德劝诫的作用。

杨健：你说你写作的抱负是"拼出一幅那个世界的整体图景"，但从我的阅读体验来说，你的不少文章，都是结合这个世界的新闻热点、焦点来写的。那么，过多地蹭热点，是否会影响你"拼接那个世界整体图景"时的从容？

有鬼君：不会，因为我想象中的那个世界的整体图景是包含无数细节的，并不是一幢只有钢筋水泥框架的房子，而这些细节，恰恰是由这个世界的热点、焦点激发我去了解的。比如看到某次审判的新闻，我就会找出冥界关于审判的记载，通过阅读比较故事文本之后，可以发现冥判的一些基本程序和遵循的原则，这就丰富了我对那个世界的理解。而且，在比对之后还会发现阴间阳间那些微妙的差别，这就更有趣了。

杨健：最后一个问题，作为幽冥世界的描述者，你对人类世界有什么建议？

有鬼君：我没资格给人类世界提建议。对我自己来说，就是保持敬畏心。敬畏常识，敬畏基本的伦理底线，敬畏那些我们并不了解的事物。

阎罗王也是有任职期限的

李夏恩：第一个问题不妨从我们活人最关心的穿衣吃饭入手。

在古人的想象世界里，鬼的穿衣吃饭一直是个难解的谜题。就像王充在《论衡》里指出的那样，既然鬼为"死人之精神"，那么为何人们看见的鬼还都身穿生前的衣服？莫非没有精神的衣服也能变成鬼吗？如果按照冯梦龙的说法，鬼的衣服是"神气所托，能灵幻出来"，就像梦里人穿着衣服，但衣服不会做梦一样。那么为何又会出现《水经注》里武功县北稷祠楚亭女鬼因为生前被杀时赤身裸体，死后因为没衣服穿连状也没法告的状况？难道她不能自己幻化出一身衣服吗？而且最奇怪的是，听闻女鬼喊冤说没衣服穿的县令王少林，把自己的衣服解下来扔到地上，衣服就"忽然不见"，被鬼穿上了，现实的衣服是如何被死后精气的鬼穿上的呢？

吃饭也有同样的问题，虽说很多笔记都讲鬼食饭菜香气的说法，香气对精气，也算合理的解释。但在《子不语》里有一则故事,讲的是扬州商人郑家的主母死后突然复苏,说自己不该托生给自家奴仆郑细九为儿,说完还喝了口青菜汤才咽气。结果那厢郑细九突然来报,说自家刚生了个儿子,嘴里还含着青菜叶子。活人生前的菜叶子,是如何通过鬼的轮回转世,跑到下一世的嘴里来的呢?或者更确切地说,鬼世界的物质转化有没有一个合乎规则的解释呢?

有鬼君:首先需要说明,对鬼世界的解释并不是《走进科学》,换句话说,对于古人记载的鬼世界的那些矛盾和 BUG,我们无法也无须用现代科学术语来转化。比如灵魂的有无,如果想用科学方法来给其称重、分析成分甚至做 DNA 测序,可能不是一种合理的证明方式。其实,关于衣服、物品乃至气味等在阴阳之间的移动和穿越,古人一直就有困惑,比如《世说新语·方正》就记载魏晋名士阮修的质疑:"今见鬼者云,着生时衣服,若人死有鬼,衣服复有鬼邪?"即使到了现代科学彻底压倒怪力乱神的前夜,这个困惑也没有解决。清末的经学大师俞樾就表达了同样的困惑:鬼魂穿的衣服究竟是鬼制造的幻觉,还是衣服本身的精气凝聚而成?实际上,古人不仅对衣服有此困惑,对鬼魂本身的形质也不是那么有把握。关于鬼魂的形质,简单组合,就有四种可能:有形有质、有形无质、无形有质、无形无质,这四种形态在逻辑上显然是互相矛盾的,可却在志怪小说中分别都能看到,且并行不悖。所以,也许可以说,在绝大多数古人眼中,衣食住行等一应物品虽然没有魂灵,但都可以穿越到阴间,他们并不将其视为物质转化的问题。换句话说，他们更像是物质在两个空间（阳间与阴间）的不同呈现形态。衣服如此，食物大约也是这样。

李夏恩：第二个问题涉及清明节和七月半。国人祭祀先祖时最常见的传统便是烧纸钱。纸钱不仅数额巨大，而且数量巨大，如此巨大的"通货膨胀"，鬼世界是如何消化掉的呢？

有鬼君：关于纸钱是否会造成阴间的通胀，以前也有人提出。不过我最近越来越觉得这很可能是个伪问题。在经济学里，货币的增值或贬值，与其锁定的锚点有关，比如黄金、石油、美元、英镑等，可是如你所说，在鬼世界，衣食需求都仰仗于人世，那么冥币的锚点无论是黄金、石油或不动产，其实都不重要，反正人间会烧给他们。古人祭祖，除了烧纸钱，还会烧衣食住行等一应生活所需的物品。祖先在冥界既然衣食无忧，那么冥币上的天文数字，也就只是数字游戏而已。就像我们吃饱喝足后玩大富翁游戏，游戏中纽约、洛杉矶那些商业大厦的价格、过路费，完全可以随便标注，你丝毫不会觉得这个游戏中的价格对于真实世界有什么冲击。鬼大概也是这么想的。

在志怪小说中，很多涉及烧纸钱的故事，鬼魂在要求烧纸钱的同时，也会让亲人准备食物及生活用品以供使用，所以，纸钱大都不是用来实现基本消费或商业投资的。那么纸钱是用来做什么的呢？很多故事里是用来行贿、打点阴差，甚至赌博的。比如《子不语》卷三"赌钱神号迷龙"说某人生性好赌，死后还魂，让家人"速烧纸锞，替还赌钱"，那些输了的"赌败穷极，便到阳间作瘟疫，诈人酒食"。

真正艰难的是那些在阳间没有亲友祭祀的孤魂野鬼，他们是真的有生存之忧。所以对鬼世界来说，每年七月半的盂兰盆会（中元节）可能比只是祭祖的清明节更重要，因为这一天是向所有鬼世界开放，让饿鬼吃顿饱饭。

李夏恩：接下来这个问题很简单，但也很让人困惑，那就是鬼的智商问题。我们在遇到可以轻易拆穿的低智商骗局时，经常说"你骗鬼！""鬼才信呢！"但遇到超出自己认知水平的问题，又会说"鬼知道！"那么，鬼的智商究竟处于一种什么样的水平？另外，阅读古代笔记时经常会发现，一个活着时思想认识很丰富的人，变成鬼后反而思维窄化得只剩一根筋。女吊只顾着报冤，厉鬼只顾着杀人。但也有像《聊斋志异》里连锁、聂小倩那样有人类情感的鬼，这种智商和情感上的差异是如何造成的？

有鬼君：我觉得这不是鬼的智商问题。我们有这样的感觉，大概是以下几个原因造成的：一个是冥界的生活环境相对简单，所以鬼的心机不如人类，换句话说，他们大多不用为名利地位而勾心斗角，因此缺乏这方面的训练，所以显得比较一根筋，或者情商智商"不在线"。

另一个，执着于报冤或报恩，其实并不是鬼魂生活的全部，而是记录者身为人类，只能看到他们与人类交往时的一个面向或一个短暂的时间段。鬼与人打交道，就是为了了结恩怨，如果恩怨已了，他们一般不会再跟人类打交道，人类接触不到他们日常生活的面向，当然对他们的理解也就单一化了。比如《子不语》卷二十二"穷鬼祟人富鬼不祟人"的故事里说："鬼皆醉饱，邪心不生。公不见世上人抢劫诈骗之事，皆起于饥寒。凡病人口中所说，目中所见，可有衣冠华美、相貌丰腴之鬼乎？凡作祟求祭者，大率皆蓬头历齿、蓝缕穷酸之鬼耳。"祟人的鬼除了恩怨未了，就是"起于饥寒"，那些生活安逸的鬼，人们一般见不到。类似的道理，那些脑子清楚、情感丰富的鬼，人们也很少遇到。第三个原因，也许跟志怪作品的作者有关，《聊斋志异》中鬼魂的丰富情感，更多地是由于蒲松龄出人的写作技巧，而像纪晓岚、袁枚的记载，就简单得多，情感的丰富性也体现不出来。

李夏恩：下面这个小问题，是关于投胎转世后的身份问题。当然，对普通小民来说，投胎前被灌上一碗孟婆汤，把前世忘得一干二净，之前的身份也就自动放弃了。但问题是那些大人物，尤其是那些大到死后成神的人物，倘使投胎的下一世又是个死后成神的大人物，那这个多重身份怎么算呢？

譬如大名鼎鼎的伏魔帝君关羽，明代凌星卿在《关岳交待》中就指出，南宋名将岳飞乃是关羽转世，但关羽死后成神，为伏魔大帝，岳飞也死后成神，《燕京岁时记》载其执掌东岳大帝速报司。再如《十国春秋》载宋高宗乃吴越武肃王钱镠投胎，讨还江南国土。而江南既有康王庙，又有武肃王祠。等到岳飞或宋高宗死后，是恢复本来面目以关羽、钱镠自居呢？还是换成下一世身份以岳飞、宋高宗自处呢？这个身份如何确定？

有鬼君：岳飞为关羽转世的说法，确实有很多记载。但很多此类转世的故事，都属于地方性知识。地方的祠祀，在官方话语系统里大多属于淫祀。官方如果对民间的祠祀活动不干涉，不统一体例，就会出现你所说的多重身份。不过，这一情况到明代以后开始有了变化，朱元璋对冥官体系做出很多规定，以对应于阳间的官僚系统，比如城隍，就分府、州、县不同的级别。这些冥官系统规范化之后，自相矛盾的地方就比较少了。关羽和岳飞已经封神，民间对他们转世轮回的故事和传说，不被纳入官方话语系统，也就不为官方所承认了。

李夏恩：最后一个问题，关于鬼世界最为大众所知的君主阎罗王。众所周知，冥界是十殿冥君，其他九殿好像存在感都很低，具体政务也不明确，而且似乎都是终身任职，为何唯有存在感最高、事务最多最杂的阎罗王却不定期就要换人呢？甚至还有《聊斋志异》里《席方平》《阎罗薨》中现任阎罗王枉法不公，遭受酷刑甚至遭到处决的例子，而其他终身任职的冥王却没有出过同样的问题。乃至于到了民国时代，《绮情楼杂记》《革命逸史》里面记载章太炎被袁世凯软禁北京龙泉寺时居然入冥与五大洲冥界统治者一起断案，算是鬼世界的全球化，最称妙绝的是囚禁他的袁世凯居然在死后也成了阎罗王，而根据《凌霄一士随笔》记载，他成了阎罗王后还不忘在扶乩时跟老朋友打招呼。既然聪明正直之谓神，为何偏偏要挑容易犯错的人类来担任这一要职呢？

有鬼君：阎罗王之所以在十殿冥王中脱颖而出，也许是因为家喻户晓的包拯曾担任阎王的加持吧。他名气太大，风头压倒了其他九殿阎王。而且在志怪的记载中，有时大概为了称呼简便，会直接说"冥王""阎王""王"等，很难说就一定是指第五殿的阎罗王。所以不能简单地认定他们都是终身为王制，而阎罗王是有任职期限的。

至于人类担任冥官，是长期的传统，不仅限于冥王。古代的科举是选官制度，到后来科举越来越为人所诟病，很大程度上是因为参加科举考试的人越来越多，而政府能提供的官职越来越不够，录取率直线下降。清代出现非实缺的各种候补官员，就是僧多粥少的体现。冥官从人间选拔，也有这个趋势。因为冥府对官员的需求量并不高，可是历朝历代那些名臣、忠义之士积累越来越多，大部分不能如岳飞、关羽那样直接封神，就只能占据冥官的位置，所以冥王的职务也必须轮换。古人曾用"冥招"来表示人死后入冥为官的情形。

魏晋时期的冥官，有些是先秦的名人，比如《太平广记》（卷三，一九一则）"苏韶"的故事说，苏韶死后还魂，介绍冥府的情况："言天上及地下事，亦不能悉知也。颜渊、卜商，今见在为修文郎。修文郎凡有八人。鬼之圣者，今项梁；成贤者，吴季子。"魏晋时期，冥府建立不久，大概冥官的需求量并不大，所以颜渊、卜商（子夏）、吴季子，这些已去世几百年的名人还在任，可是后来，"冥招"的官员一般是刚去世的。这一方面说明冥府规模的扩大，另一方面更说明适合担任冥官的聪明正直之人越来越多。

绝大多数鬼都是讲道理的

董子琪：你是如何整理分析鬼故事的？

有鬼君：老先生都会做资料卡片，我不是用手抄的，自己用 Access 做了一个电子数据库，把不同的志怪故事里的元素抽取出来，放上去做分类整理，再用关键词作信息检索，这是一个积少成多的过程。我会设置一些关键词，比方说我讲"生身活鬼"，是有一则材料用了这个词，描述的是鬼在人间和人一起生活，在没有被说破的情况下，大家都认不出来，识破之后鬼就会消失。我把"生身活鬼"作为关键词，将所有鬼在人间和人类一起混居生活的故事整理出来，那么等我要写的时候，就通过资料库检索，把所有材料调出来，很快就能发现一些特点。

董子琪：在给鬼故事分类的过程中，你会辨析这些故事的类型，或者梳理类型故事的变化吗？

有鬼君： 你说的是做民间故事研究的方法，会研究一个母题的变化。我的方法就不太一样，对我来说更重要的是整个幽冥世界的图景。之前我没看到有相关的研究，我要先把这个幽冥世界的图画出来，然后再考虑时代变迁如何影响了这个图景，我的方法比较接近栾保群先生。学界讨论志怪可能会针对具体某一个神的变迁，比如城隍关公土地之类，讨论的视角是现实中信仰的变化，最终指向的是现实世界。而我要看城隍在幽冥世界处于什么位置，在阴间有什么作用，某种程度上强调的是鬼世界的"本位"和"主体性"。幽冥世界是一个自足的、闭环的世界，不是所有事情都需要依赖人类，它有一个基本运转的规则套路。

董子琪： 你的很多文章，重点都放在对冥界运转规则的探讨上，比如提到冥界的法治与冤魂的复仇，你说这体现了刚性的法律与附体抱冤构成合力、主张因果报应的规则。为什么会去关注法治的部分，是因为志怪小说中这样的材料特别多吗？

有鬼君： 我在文章里写过，如果把冥府当作一个政府机构，你会发现这个政府的结构很简单，只有一个阎罗殿，公务员系统就是司法系统，除了内勤官，即判案子的冥官，还有外勤官，就是我们通常说的"黑无常""白无常"之类的索命阴差，以及执行刑罚的牛头马面。古代社会都是小政府大社会，冥府比古代政府还要小，就是一个判案机构。

讲到"鬼魂附体"，这也是一个重要的故事元素。一个活人被鬼魂附体之后，首先，鬼魂附体说出来的话是有可信度的；其次，这个附体像是有程序一样——我们判案子要有案情，比如说一个人突然死了，怎么判断是什么原因呢？这里看不到因果报应的规则。而通过附体，让当事人把案情说一遍，就能起到宣扬因果报应规则的作用，所以"鬼魂附体"类的故事非常多。

董子琪：所以这一切对规则的研究，实际上都在表明冥界的运转有一种合理性，而不是如很多人想象的那样荒诞无稽？

有鬼君：对，冥府当然有一个合理的建构，至少要遵循一些基本的逻辑和规范，而它的构建也是不断完善的。这反映了古人认为人是可以和幽冥世界沟通交流、讲道理的，前提当然是古人大部分相信鬼世界的存在，所以志怪不是证明鬼不存在，而是书写怎么与它相处。

这和现代人不同，现代人无神论占主流，不相信鬼，觉得无法与鬼交流。所以我不大爱看天涯BBS上"莲蓬鬼话"那些东西，因为那个只是来吓你的，而志怪里绝大部分的鬼是讲道理的，虽然道理可能是歪理，可能要流氓，但不作任何沟通、上来就把你弄死，这种情况是少有的。

现在流行的很多灵异故事都没有道理，会讲某个人深夜里看到穿红衣服的，第二天就死掉了。古人讲鬼故事有传统和规范，不一定有具体的规则写下来，但大家都遵循这个规范，而这个规范现在断裂了。因为随着科学的进步，留给鬼的空间越来越小了。

董子琪：说到冥间的合理性与自足性，其实你也发现了一些不合理的、不符合因果报应规则的、与灾难相关的鬼故事，比如瘟疫鬼的故事就有点恐怖。

有鬼君：瘟疫在古人眼里确实是非常恐怖的。对古人来说，瘟疫发生在春夏之际，春天不知道怎么起来的，一到夏天就消散了，捉摸不定，神秘莫测。而且瘟疫会无差别伤害所有人，如果说有因果报应，那为什么有些人没干坏事也受了影响，古人对这个是有反思的。《萤窗异草》三编卷三的"讼疫"故事说，有人怀疑瘟疫无差别地杀人是不合理的，写了诉状指责阎王爷，阎王爷把他叫到阴间讲了一通道理，但既没有说服那个人，也没有说服我。

董子琪：从这些故事中可以发现中国古代志怪与其他国家的传说——比如日本怪谈——的不同之处吗？

有鬼君：我写过一篇"为什么冥府不 care 全球化"，写的是中国构建的幽冥世界太发达了，对其他国家是碾压式的。

日本没有冥府的概念，我看过周作人译的《今昔物语》，也看过小泉八云的《怪谈》和《阴阳师》，里面的很多故事是从古代志怪小说借用的。而中国和日本一个最明显的区别是，日本的幽冥世界没有管理者，他们有一种怨念的观念，人死之后恩怨未了、心头郁结的事会变成外物，有的人怨念死后变成一条蛇，变成脖子很长很长的人。而中国的冥间还是有一个规范和程序的，冤魂受到冤屈要打官司告状，有时候是自己附身生人，有时候是让阴差杀人。日本怪谈不大有管理机构，就是自然状态。

董子琪：所以相较于日本，中国的神怪都遵循比较严格的管理制度吗？

有鬼君：相对来说是这样，鬼怪妖魔从古代到明清经历了社会化、秩序化的过程，管理得越来越细。像狐狸精最早是单独行动的，而生物学上的狐狸本来也是独居的。《太平广记》的狐狸精不管是害人还是帮人，大都是个体出没的；到了明清，狐狸精都是家庭甚至家族式的，表现出中国的妖怪越来越社会化了。

这也跟整个中国社会的秩序化、从小政府到全能政府的变化有关。《洞灵续志》卷六"太仓会馆"的故事讲民国初年一个鬼被困在巷子里，他作祟请人帮他魂归故里，跟人说要开个"路条"才能回去。鬼要开"路条"这类故事挺多的，以前只要找个县太爷大印一盖就行了，这次他说要交通部主事以上的联署作保才能出去。交通部是晚清才成立的，当时叫邮传部，民国才叫交通部。这次鬼要求在交通部开路条，就是中国社会变化的投射。

鬼世界确实有自己运转的规则，但也会受到人类社会变化的影响。举一个很荒谬的例子，清明到了，以前要烧纸钱、纸衣服，现在还要烧路由器、iPad——这是因为活人觉得它们需要，鬼世界也在与时俱进。

董子琪：我看你还写过几则神怪的趣闻，就像雷神很不靠谱，劈人的时候经常搞错，这似乎颠覆了非常威严、从不出错的神的形象。这样的趣闻主要是民众的想象还是文人的创作？

有鬼君：有些民间信仰的成分。我们有时候会将民间信仰脸谱化，好像民众是很恐怖地匍匐于神的脚下，崇拜高高在上的神，其实民众崇拜神也是因为他们有神通而已，人跟神的交流并不是一味靠跪拜。弗雷泽在《金枝》里就说，广东人求雨龙王爷，过了多少天还没下，就把龙王塑像从庙宇扛出来放在太阳下晒，意思是我也让你尝尝暴晒的滋味。人并没有把神当作高高在上的存在，你把我逼急了，我就没有必要再求你了。所以，有跪拜恳求，也有威逼利诱，这才是民众正常的心态。

董子琪：这是不是在一定程度上落入了对中国人"实用主义"信仰的批评？

有鬼君：我觉得有的批评是没有道理的。中国人高考的时候烧香拜神，是因为现实里的高考把人逼急了。其他宗教可能也会讲上天堂和末日审判，并不是完全不功利的。中国古代各地都有土地庙和关帝庙，这事实上起到了社区稳压器的作用，可以解决民众纠纷、年终祭祀等。

董子琪：文人的见解以及文人趣味对鬼故事的发展起到了什么作用？

有鬼君：比方说，讨论鬼有没有形、有没有质量，人们有时候认为鬼像气体，有时候又像有实体，这个讨论其实从魏晋就开始了。但这个讨论是有变化的，比如说在宋明理学兴起的时候，张载、朱熹认为气的不断交汇、旋起旋灭、聚合消散形成了鬼。宋儒的说法之后引发了特别多关于鬼的形质的讨论，纪昀的《阅微草堂笔记》和袁枚的《子不语》引用的都是张载、朱熹的看法。再比如"扶乩"，从明清时期起在文人之间特别流行，开始是用来预测科举考试题目的，它写一通，大家说这个说得对。

董子琪：栾保群说鬼故事能够折射出动荡时期的心态，人们添油加醋地讲述鬼故事的过程，与谣言有相同的传播基础，你怎么看？

有鬼君：是的。但我要补充的是，鬼故事的创作从来就没断过，不管时代动荡不动荡。我们小时候讲鬼故事就像晚上的一个节目，那时候乡下没有电视，听老人或长辈讲鬼故事，吓个半死，这是很有娱乐性的。我想说的是，鬼故事对人的心态有很好的补偿作用。这种补偿并不是遥不可及的，而是一种平民化的愿望。宗教的许诺比较远，鬼能让契合实际的愿望得以实现。

幽冥世界并不像仙界那样，而是更贴近人类世界，同时又与人类世界不同。人类社会不能实现的愿望在这里都能实现，比如"因果报应"——坏人到阴间一定是受苦的，如果好人很早去世，就想象他在阴间做官了。普通人不一定要成佛成仙，希望的是死后到阴间能投个好胎。你看修仙的故事后来越来越少，因为成仙太难了，人仙恋爱的故事早期有，后来和狐狸精恋爱的越来越多，因为狐狸精接地气。

后记　那个世界会好吗？

　　本书是《见鬼：中国古代志怪小说阅读笔记》（东方出版社，2020）的续编。主要汇集了之前限于体例未收入《见鬼》以及最近三年新写的一些文章，其中一部分涉及精怪特别是狐狸精。

　　在中国古代，精怪与鬼魂、人类的关系非常密切，尤其是狐狸精，在明清的志怪小说中极为常见。对于精怪与人类的关系，有学者认为："当着文明时代精怪、人鬼和神分途时，原始的精灵世界分化了，演变了，只有精怪仍然保持百物之精的原貌，人鬼和神则在分化中不断地清洗着精怪的原型。从这个意义上说，精怪是中国人神秘世界中的元老。"（刘仲宇著《中国精怪文化》）所以，将精怪置于人鬼世界的关系中来观察，也许会有新的发现。我总有种感觉，鬼怪妖魔从上古到明清的历史，就是一个不断社会化、秩序化的过程，也是幽冥世界主动或被动与人类社会保持同步的屈服史。古代的文化专制主义真正实现了人鬼殊途，幽明一理；八荒六合，唯我独尊。

在宇宙的无限与生命的有限之间，横亘着永远无法跨越的矛盾与纠结。如何面对死亡，如何想象死后的世界，如何化解有涯与无涯的矛盾，儒释道都有自己的看法。以我粗浅的理解，大致来说，儒家的办法一是主张"立德立功立言"的三不朽，二是通过子孙后嗣的延续来实现不朽；道家则以"齐生死"的豁达方式消解这一问题；之后的道教以追求长生不老、肉体飞升为解脱；佛教主张涅槃寂静，故求永灭，超脱轮回。而偏于民间信仰的幽冥世界，则兼容并包，将各种解救之道都吸纳进来：既有阎罗殿上冥判的酷刑，也有阴间社会衣食住行的烟火气；既有各种纷繁复杂的转世投胎，也容许在鬼世界做隐士自生自灭不参与生死轮回；同时还允许僧人、道士通过各种合法或半合法的方式到阴间"捞人"……看着确实驳杂不堪，各种说法矛盾歧出，但这就是古人想象中的幽冥世界，既不是美好的蓬莱仙境，也不是只有泥犁地狱。不管怎样，大概可以说，虽然那只是个想象中的身后世界，但我们这个世界并不比那个世界更干净。

古人对于幽冥世界的想象，当然还有很多角度可以琢磨。不过，对我来说，却似乎已走到了死胡同。这首先是因为自己的驽钝且疏懒，此外，我写的这些文字大都来自现实生活给予的灵感，所以始终只是浅尝辄止，无法沉潜下去。尤其是在现实生活中见识到的各种花式吊打，让我实在无法将两个世界完全隔绝开来。我总在问自己一个问题——那个世界会好吗？但我答不出。

作为一个民科，这个关于中国古代幽冥世界的拼图游戏，我已不厌其烦地玩了二十年。游戏过程中给我带来的安定感和新鲜感，以及与现实世界保持一定程度的疏离感，是非常难得且愉快的体验。妻子杨帆多年来一直容忍我这种不合时宜的童心，这是我最要感激的。这三年，新冠疫情反反复复，甚至数月被迫足不出户，而喵星人毛豆的时刻陪伴，则是我最好的安慰。

本书能出版，一如既往地感谢陈卓兄的不断鞭策，他是比我更不怕鬼的编辑。但我还是想提醒自己：既已天下无鬼，今后就不再灾梨祸枣了。

2022 年 10 月